我爲西遊記補妝

一位录音师、配音导演的回忆

古松子

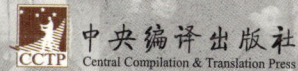

中央编译出版社
Central Compilation & Translation Press

图书在版编目（CIP）数据

我为《西游记》补妆 / 冯景山著 . —— 北京：中央编译出版社，2022.5
ISBN 978-7-5117-4114-1

Ⅰ.①我… Ⅱ.①冯… Ⅲ.①纪实文学-中国-当代 Ⅳ.①I25

中国版本图书馆CIP数据核字（2021）第272807号

我为《西游记》补妆

责任编辑	赵可佳 张北北
特约编辑	于维明
责任印制	刘 慧
出版发行	中央编译出版社
地　　址	北京市海淀区北四环西路69号（100080）
电　　话	（010）55627391（总编室）　（010）55627372（编辑室） （010）55627320（发行部）　（010）55627377（新技术部）
经　　销	全国新华书店
印　　刷	天津久佳雅创印刷有限公司
开　　本	787毫米×1092毫米 1/16
字　　数	190千字
印　　张	18
版　　次	2022年5月第1版
印　　次	2022年5月第1次印刷
定　　价	98.00元

新浪微博：@中央编译出版社　　　微　信：中央编译出版社（ID：cctphome）
淘宝店铺：中央编译出版社直销店（http://shop108367160.taobao.com）（010）55627331

本社常年法律顾问：北京市吴栾赵阎律师事务所律师　闫军　梁勤
凡有印装质量问题，本社负责调换，电话：（010）55626985

"齐天乐"春节晚会上,作者与六小龄童

"齐天乐"春节晚会上,作者和饰演女儿国国王的朱琳

"齐天乐"春节晚会上,作者和杨俊、赵丽蓉、作者的助理于祥泉、项汉、龚鸣

在福建鼓山的配音现场,张建民、程之和作者

拍摄《孙猴巧行医》时,作者和饰演唐僧的迟重瑞、饰演朱紫国国王的龚鸣

"八二版"《西游记》总监制,中央电视台原副台长阮若琳

导演杨洁和摄像师王崇秋

为本书题字的著名书法家古松子（右）

为本书提供大力支持的冯俊芳女士

西游记之声

冯景山

作者的书法作品

作者画像（曲芳婷绘）

前言

人生之路漫漫而冗长，于我而言大半生坎坷不断，但其间的追求是奋斗的闪光点，艰苦是磨砺的幸福感，伴随是最大的收获。

桃李春风一杯酒，江湖夜雨十年灯。时间好不经用，突然回首，林林总总，已度过了悠远而绵长的岁月。回忆泛黄却弥新，故事陈酿而醇厚。打开尘封的日记，寻找最美的回忆。

几年的军旅生活，锻炼了我的体魄，磨炼了我的意志。我也曾做过记者，在采访过程中，我总是被那些英雄事迹所感动，更同情那些为了生活而求索的人们……我怀念那段火红的岁月，那段金色的战斗年华和那群无法替代的人。

一九八二年七月三日，电视剧《西游记》正式开拍。从那一天开始，我的电视剧录音生涯就开始了，也是从那个时候起，我告别了我喜爱的外出采访工作，走上了现场调音的"指上舞台"。那个时候虽然每天都在最简易、最破烂不堪的录音棚里工作，但出来的效果却是令人惊喜的，那一刻最有成就感。

对于录音师来说，主观评价现场的录音音质，只是"好"与"不好"是远远不够的。电视剧的声音美感是一个综合性的听感，电视剧的声音平衡主要包括台词、音乐、效果之间的平衡，这种平衡是根据时空关系、人物、环境的处理而言的，并不是指乐队各声部的平衡。良好的平衡是录音师对作品发挥、理解的最好展示，是感知维度上的。录音之路，艰难跋涉，千水万山，困难重重，在摸索和实践中给了我担任录音师和配音导演的丰富经验。

不知不觉，《西游记》已步入它的不惑之年。四十年弹指一挥，荧屏上那一个个鲜活的形象，他们的扮演者现实中已不再是当初的风华正茂，但那一帧帧动人心弦的画面却留住了他们的青春，也早已成为一代又一代人不可磨灭的记忆。四十年前，台前幕后，只为经典；四十年后，花开花落，天上人间。我为《西游记》录音，便是为《西游记》"补妆"，让它更加趋于完善，成长为大众所熟知的"八二版"《西游记》。对于我而言，它是我生命中最精彩的篇章。我的故事里没有神话，神话的故事里有我。

从录音师到配音导演，感谢一路上给予我支持和鼓励的中央电视台副台长阮若琳和导演杨洁；感谢与摄像师王崇秋的"偶遇"，让我们在合作中碰撞出珍贵的"火花"；感谢录音科科长宋培福的支持和信任，也感谢那些和我一起奋斗的"战友们"。其中，我印象最深刻的莫过于陈阿喜老师，她配音前都会提前背好台词，现场从来不看稿子，一气呵成。这些对艺术一丝不苟、精益求精的艺术家，每时每刻都给我带来感动。最后，我还要对为本书题字的著名书法家古松子，以及冯俊芳女士给予本书的大力支持表示诚挚的感谢。

目录

上篇　漫漫西游"录"
——我为《西游记》补妆

一、鬼使神差上了"贼"船　　　　002
二、我想有个"家"　　　　　　　020
三、取经"录"上笑和泪　　　　　024
四、配音群英会　　　　　　　　031
五、音画的"视"界　　　　　　　054
六、我的《西游记》战友　　　　066
七、外景起波澜　　　　　　　　075
八、风波又起　　　　　　　　　081
九、告别《西游记》剧组之后　　085

下篇　敢问"录"在何方
——我的成长历程

第一章　青春燃烧的岁月
一、我的家在河北　　　　　　　098
二、大集体食堂　　　　　　　　100
三、温饱度饥荒　　　　　　　　104
四、我的父亲母亲　　　　　　　107

第二章　我是一个兵
一、一人当兵全家光荣　　　　　113
二、严格的军营训练　　　　　　115
三、血的教训　　　　　　　　　120
四、我的末班岗　　　　　　　　122

五、文艺集训　　　　　　　　　　　123
　　六、复员退伍　　　　　　　　　　　130

第三章　人生贵在有追求
　　一、回到电视台　　　　　　　　　　134
　　二、外景采访二三事　　　　　　　　139
　　三、随组拍摄的那些难忘往事　　　　145

第四章　历史的天空
　　一、友邦访华　　　　　　　　　　　162
　　二、在您身边工作的最后日子　　　　170
　　三、小城故事　　　　　　　　　　　173
　　四、访日　　　　　　　　　　　　　179
　　五、国庆大阅兵　　　　　　　　　　185
　　六、即将远去的背影　　　　　　　　187

第五章　影视风云路
　　一、拍摄《长流不息》——琉球之风在中国　191
　　二、《西藏风云》录　　　　　　　　203
　　三、结缘《希望的田野》　　　　　　224
　　四、再现《关东金王》　　　　　　　227
　　五、又忆《关东渔王》　　　　　　　230
　　六、难忘《洪湖赤卫队》　　　　　　240
　　七、我的渡口　　　　　　　　　　　246
　　八、我的收山之作　　　　　　　　　248

采文十指下，悠然逢景山（代后记）　252

部分作品　　　　　　　　　　　　　　254

上篇 | 漫漫西游"录"
——我为《西游记》补妆

一、鬼使神差上了"贼"船

偶遇王崇秋

一九八二年一月的一天,我在中央电视台老台北门偶遇了摄像师王崇秋。"老冯,你愿意给《西游记》录音吗?"他见到我马上问。

我一愣:"《西游记》是怎么回事?"

"电视剧呀!我们台马上就拍《西游记》了,你愿不愿意来当录音师?"当时,我万万没想到这句话改变了我的后半生。

自从崇秋问我愿不愿意为《西游记》录音以后,我还认真地琢磨过好一阵儿。这不是一件小事,很大程度上会改变我未来的工作轨迹。如果我答应了,就意味着从此告别了我喜欢的外出采访、现场直播调音和我情有独钟的戏曲、交响乐的调音工作,以及舞台上那些让我随心所欲、充满激情的"手指"功夫,也抛弃了乘专机跟随各国代表团访问的那种体面的生活。我又想到了录电视剧,剧组的艺术录音工作对我来说也是那么有吸引力,我在那里肯定会大有作为,也能实现我喜欢艺术录音的构想。不知道为什么,我越想越怕自己不敢接这项任务。

当时的我,对电视剧的录音是一片空白、一无所知,对这类艺术的录制我是"两眼一抹黑"。唉,瞎想什么呀?也许科里不让我去,也许是王崇秋随口这么一说。我也不知道为什么老是放不下这件事,十多天过去了,再没有人提起这件事。噢!一场美梦,自作多情。二十来天后,科长宋培福把我叫到办公室说:"经科里研究,推荐你参加《西游记》的录音工作。"

我说:"呀!真叫我去吗?"

老宋说:"你早有准备了?"

我直接否认:"没有!"

他又说:"曾文济会和你好好谈的。"

第二天,业务主管曾文济找到我说:"电视剧《西游记》的录音班子,科里推荐你参与。咱们实景配音,也就是说去现场配音。为了达到各种场景音色的不同,现拍现配音。我带队去录一集,而后你把这项任务完成,历时两年弄完。"曾又说:"录音科的设备你随便挑选,多备一些,录像机、录音机、调音台都要一次性配齐,成套!人员有我、你、缪署金、张建民、王文华,王文华是音乐编辑。"我在他面前愣了老半天,直冒傻气。最后勉强说:"好,我去准备设备。"

从此,我开始了长达六年的《西游记》录音,彻底从新闻采访走进了文艺行当。任务是接下来了,不想没事,一想就睡不着觉。用现在的话说:真的是"压力山大"呀!在这之前我根本就不知道什么叫电影电视剧录音,连什么叫动效都不知道。一旦曾文济撤退,我能完成任务吗?唉,不想了!山高自有路,有路就能走,摸着石头过河吧。

录音初体验

一九八二年七月三日,剧组在扬州开拍了第一个镜头。那天大家都很兴奋,剧组全部人员都守在拍摄现场,唯恐有什么准备不周的地方耽误拍摄。我也在现场整整守了二十多个小时,也不觉得累。看着演员们的表演,构思着配音时的想法。给唐僧配音的是剧组的表演顾问董行佶,为猴儿配音的李扬是剧组唯一的跟组配音,实验话剧团的赵广杉是为猪八戒配音的,后来还出演了剧中僧官一角。

三天以后集中了几十场戏供我们配音,夜里我们在扬州公园里的致爽斋配第一个镜头。这里很安静,离水边很近,背景偶尔有蛙叫声。灯光招来的蚊子有时候也在话筒前嗡嗡叫唤,

作者在扬州,给《西游记》录音是从这里开始的

在扬州公园里的致爽斋录配第一场

总是影响台词。我们就把防蚊水喷在话筒附近，好多了。配了几场后大家坐下来听效果，一听环境声非常好听，适度的自然混响倒是很有味道！这集的台词直接录在"艾格拉"录音机上，如果想和画面一起看，还要录像机、录音机对位才行。录到凌晨五点钟才录了十几场戏。后来我们就每天晚上在实地录音，但还要考虑个别演员白天也要拍戏，比如在剧中饰演太子的演员王海宁，他是吉林省吉林市评剧团的，戏份很多，一连几天休息不好，但任务还是要"按部就班"地进行。如果不能和现场齐头并进，就会耽误拍摄。所以我们就"零敲碎打"地配音，有一场配一场，最好和拍摄的进度一致。

《除妖乌鸡国》里有一场戏是：假国王盯梢太子的背影，现出真形查看枯井。这场夜戏也要等到夜深人静后，在一片竹林旁边配音。这个三伏天院子里有蛙叫蝉鸣，正是这种环境声才更真实。我们在院子里支起一支话筒收录自然噪声，另一支话筒给演员配音。现原形的假国王演员夏柏华的喘气声、脚步声和现场的环境声一气呵成！这种录音效果增加了真实感，提高了可信度。合成时再配上恐怖的音乐，观众会有一种身临其境的感觉。背景噪声衬托了环境的神秘，又表明了假国王烦躁不安的心情！这种恐怖、紧张气氛的渲染在录音棚里插资料是达不到的。

雷明饰演的乌鸡国国王

王海宁饰演的乌鸡国太子

一场别开生面的实景配音

七月的扬州天气闷热。我们利用晚上没有游客的时候，背着设备来到了扬州大明寺的"天下第五泉"旁边，准备在这里录制猪八戒井中捞尸的一场戏。这场戏很难在一般环境里配音，要想达到猴儿和猪八戒的对白有不同的声场环境，就得让猪八戒的声场从井下发音，猴子的声场从井上发音，这样才能使"井下""井上"有区别。该怎么录制这场戏？大家想到了可以利用"天下第五泉"进行实景配音，但必须是在夜深人静时。晚上十一点，我们把一个二十瓦的"西德"进口小监听器用绳子拴牢，吊在井下三米深的地方（这个小喇叭能直接插入一只话筒），再将一只"动圈"话筒插在喇叭上，让猪八戒的配音演员赵广杉手持配音，再用一只 M760 话筒吊在离井下小喇叭一米的高度，收取猪八戒通过小喇叭的台词。这只 M760 话筒直接入调音台，另一支 MK816 超指向话筒让为猴子配音的演员李扬手持，直接入调音台，这样就构成了一个完美的不同"声场"的回路。猪八戒在井下喊："该死的弼马温！深更半夜骗我捞什么宝贝，哪儿有什么宝贝……"这是猪八戒在井下带混响的台词。"八戒！宝贝就在井下，你好好找一找。"这是猴子在井上没有混响的台词，并且还伴有一些秋虫叫声！就是在这种环境下我们配完了井下、井上所有的镜头。播出时，这几场戏的台词听起来是那么自然、那么逼真！

凌晨四点，我们又一鼓作气地把设备背到禅房，喊来唐僧的扮演者汪粤配音（那天汪粤没有日景戏），配猪八戒背着"死国王"的尸体回禅房的戏。汪粤就一句台词："八戒，你背的谁呀？"赵广杉没好气地说："我把孙猴子的外公背来了！"李扬接着对话："呆子！我何曾有外公？"赵广杉急接："不是你外公叫我背回来干吗？"说着二人打起来了！趁着这个机会，王文华和李扬、赵广杉还做了些动效。配音完了，天也亮了，赵广杉白天紧接着还有日景戏，便直接去了化妆室。

通过给这几场戏配音，我觉得实景配音还是很有前途的。只要肯想办法，就能找到好的配音环境！只要胆子大，就能利用各异的声场产生更大的、有反差的声场效应。经过一个来月的奋战，八月份时《西游记》试集《除妖乌鸡国》在扬州闭镜。录音、拍摄同步完成！我们的录音组只比摄像组晚了一天，剧组一同上了回京的火车。回京后导演催促我们赶紧做后期，没过多久，马丽珠就告诉我剪接完成了，马上就能把完成版交给我。我们几个带上"艾格拉"录音机，在制作部的立式录制机上，一句一句地手工操作对口型。整集戏都录在二十六毫米窄磁带上了，必须一个镜头、一个镜头地还音上对白。

左起张建民、李扬、曾文济和作者

一九八二年十月一日,《西游记》试集在中央电视台首播。播出后引起了广大群众的强烈反响,纷纷打电话询问什么时候接着播。录音科一一回复观众:"我们正在努力拍摄中,争取尽快和广大观众见面。"通过扬州试集的拍摄,我们在实景配音方面取得了很多经验,也暴露出了一些问题。如果把台词还录在"艾格拉"录音机的窄磁带上,将增加很多工作量,也不便于当场回放。没过多久,借着科里领导找我谈曾文济撤出剧组,指令我带队赴青城山继续完成实景配音任务时,我便提出了要更换录音设备,把台词直接录在录像机上这件事。这样也好保存(有一次在扬州,录音磁带"吃了面条儿",费了一天的时间,王文华才把磁带修理好),更主要的是剪辑时可以带台词画面一起剪辑。试集剪辑时,由于画面没有台词,导演下的剪刀比较狠,有些 OS(电影电视中的画外音,也可以认为是未出现在画面中的人物声音,以及画中人的内心独白)台词剪得紧巴,画外音听起来不舒服。后来在《偷吃人参果》时就剪辑得得心应手了。

试集中，猪八戒的配音演员赵广杉在剧中扮演僧官（右）

《除妖乌鸡国》拍摄现场（左起王文华、王海宁、雷明、作者和李建成）

绝佳实景配音场地——张天师的道观

《除妖乌鸡国》刚刚播出，剧组就着手准备去四川青城山拍摄《偷吃人参果》一集了。我想着一个道观肯定是建在远离工业噪声污染的地方，对于实景配音的工作来说，应该比扬州好选地方，如果有条件甚至可以现场做动效。这次录音组人手也多，到达道观后，大家一看拍摄场地，录音条件好得让我顿时喜出望外。大殿里的声场，四周的环境，都说明了这里是绝佳的实景配音场地！我和王文华绕着观外走了一圈，道观外的天然音场安静而又神秘，静静的山林松涛阵阵，蜿蜒的小路鸟鸣深谷……晚上激动得睡不着觉，我就把同屋的配音演员李扬叫起来，披着被子聊配音的事……

关云阶饰演的菩提祖师

早已换上"五庄观"门匾的青城山道观，坐落在远离公路的深山幽谷，周围几千米山路崎岖不平，方圆十几千米内更是没有任何村庄。一个高大的门楼掩映在参天大树下，神秘的三清殿完美地顺山势而建，正殿大堂斜对着山门。这也就是道家所说的"顺其自然"的道规了。三清殿的抱柱楹联写着道家理论中大自然的法规"一生二二生三三生万物，地法天天法道道法自然"。每到夜深人静，这里真的是一点儿声音都没有，大殿里掉根针都会吓你一跳。那个演菩提祖师的关云阶，晚上老是弄出个动静来吓唬人，而后在配音时他还绘声绘色地讲给我们听，常常吓得我们大白天也不敢一个人在大殿里待着。因此我给他起了个绰号叫作"关半仙"，叫了他几十年。我俩已几十年没见过面，前些年去杭州演出时偶遇他，我第一句话叫他"关半仙"时，仍把他乐得前仰后合。

就是这样一个世外桃源给我们的实景配音提供了最佳的场地。三清殿的戏就在实景配，它的大殿混响极为美妙。柔柔的音色，适度的回声，充满了神秘的色彩！禅房、卧室无不是就地取材。每每杨洁拍完了戏都会来配音场地听配音，我有时给导演一副耳机一起监听，她脸上总是挂着满意的笑容。

青城山上的《西游记》剧组工作人员（前排左起唐僧扮演者汪粤、导演杨洁和作者，后排左起王文华、摄像师王崇秋、张建民、缪署金和作曲张殿英）

最简单的台词，最复杂的过程

  有一场戏是猴子把镇元大仙的人参果树推倒，被清风、明月两位道童发现后，师徒四人想趁着夜色从道观的后山门逃走。这里就两句台词，八戒说："大师兄，你慢点！"猴儿怕被人听见，说："呆子！小声点。"整场戏就一个镜头，晚上拍完了，我们立刻就地配音。感兴趣的人们都不走，围着看我们配这场戏。这个配音过程比演员们再演一遍还要复杂，监视器让缪署金抱着，跟着配音演员同步走。张建民背着录像机，我把小调音台挂在脖子上调音。王文华负责举话筒，跟着配音演员同步进行。另外还找了个爱给我们帮忙的张木匠顺线。一切准备就绪，我大声喊"开始！"给猴儿配音的演员李扬牵着白龙马，汪粤和马德华紧贴着，只听"吱扭，吱嘎嘎"几声门响，马蹄声发出"嘎嗒嘎嗒"的清脆、有节奏的声响，大家屏住呼吸不敢出声，偶尔的秋虫叫更给剧情增添了一层色彩！马德华还要时不时地留意监视器，到了台词位置，马上说："大师兄！你慢点！"李扬接着话茬："呆子！小声点。"汪粤只给我走了一下脚步动效，沙和尚回怀礼加了一句："师父！"配完这场戏大家用热烈的掌声向我们祝贺！这场戏的配音、台词、动效、环境声一气呵成，真是天衣无缝！大自然的条件使得这场戏达到了最高的水平，恐怕艺术上的最高境界也不过如此！

左起王文华、作者、张建民和缪署金

  一样的实景配音一般有两种录音方案。在道观里大部分是就地取景、实地配音。但是很多外景拍摄都在野山坡上，比如师徒四人逃离道观后在山坡上被镇元大仙抓住的那场戏，都是我们在住处搭棚配音，但是最主要是山景环境音响要符合实景气氛！配日景时，我们只好白天去山坡上，在绝对没有任何干扰的条件下录环境音响，配夜景时就去道观后山门的羊肠小路上。在青城山道观，只要配音的环境和拍摄环境不同，我们就一定要找到相应的环境采录。

  有一天深夜，我们从后山门出观，带着手电筒去一千米以外的地方采录，小路上空气中的环境声非常好听。一会儿，远方传来了阵阵念诵佛经的声音。这种诵经的声音在山谷间飘荡，使本就静谧的山谷增加了些神秘色彩！大家不约而同地屏住呼吸，长时间采样录音。我知道这种佛音音响不可能用在道观的戏里，但好多佛地都用得上，后来我做后期时也曾多次用作背景资料。采完音后我们背好机器，还要随走随录一些多人处于同一环境的脚步声。谁知道缪署金一脚踩空，把一块大石头蹬下山谷，我急忙示意张建民别停机！这块石头轰隆隆地带着山谷的混响滚了五六分钟！这个音响效果也被王文华多次用在片子里，当"滚山石"用。

  剧组在道观内外拍了近二十天，我们都利用实景完成了配音。在文化公园里，剧组拍摄了《偷吃人参果》一集中土地爷和猴子的对白、清风明月两位道童哭树、数丢失的人参果这几场戏。这个公园的环境声非常差，白天有好多汽车喇叭声，还有人声。晚上环境更糟，秋虫叫个不停。几场戏都是日景,我们就用自己的被子在招待所的房间里搭了一个"强吸声"的配音环境!几场戏配音完成后,我们就要在公园里相似的声场选取环境声作为这几场戏的背景声。我们几个白天、晚上各去采了一回景,发现十二桥烈士陵园里比较安静,符合这几场的背景的要求,但只有傍晚的录音效果最好!听段小常主任说,十二桥烈士陵园有杨洁导演的父亲杨伯恺烈士的墓碑。我们几个下午便早早地背着机器来到陵园,在陵园里找了半天才从乱草丛中找到了杨伯恺的墓碑。这个墓碑太小,掩藏在草中,字迹工整,旁边还有几块儿半截的碑,碎碎的,也不知道多少年没有人扫墓了!段小常说导演见了父亲的墓碑还哭了一鼻子,人之常情嘛!我们在那停立了一会儿,就在墓地记录了我们要用的音响资料。

张云明接棒唐僧配音

一九八三年《偷吃人参果》播出,实景配音工艺流程也日渐成熟,只是配音工作要用到的人员往往和拍摄现场要用的演员在时间上发生冲突。有时候一连几天都等不齐演员配音,在北京我向导演提起过这事,杨导说:"确实是个事!你有打算吗?"我说:"目前没有人选,

唐僧的配音演员张云明

实景配音现场

但猴子和唐僧的台词最多,如给唐僧配音的人也能和李扬一样随组就好了!"导演没有立刻回答我。过了一段时间,剧组马上要去福建鼓山拍摄《祸起观音院》了,广播局北门口有一个八一电影制片厂的演员打电话来说找我,我正在机房整理设备,放下手上的活儿到了北门一看,一个"小白脸"穿着军装,他自我介绍说:"我叫张云明,导演让我找你,我来给唐僧配音!"

我怀疑地问他:"你给唐僧配音?"

"对,导演对我说的,让我来找你。"他还理直气壮,蛮有把握似的。

"你是来演唐僧的吧?"我呛他说。

他瞪着大眼睛看着我说:"我是认真的。"

我把这个"小白脸"带进录音棚:"你说几句台词听听。"

他清了清嗓子:"我说什么呀?"

我说:"你就说几句台词吧。贫僧从东土大唐而来,是去往西天拜佛求经的。"

谁承想他张口即来,很标准地把前面的话说了一遍!下午我给杨导打了个电话,说了张云明的情况。导演在电话里嘲讽我说:"小冯子,你考他?谁不知道张云明是配音界的大腕!好啦,后天让他跟你上火车去福建配音。"云明很勤快,上下火车都抢着搬东西。就这样,我们录音组的配音班子目前是全了,拍摄和录音之间也很少发生"撞车"的问题了。

配音时我和程之成了好朋友

　　擅长喜剧表演的程之是上海电影制片厂的资深老演员了，他在拍摄《祸起观音院》时已经是六十岁的人了。在拍摄前的那段时间里，他在《电视塔下》串演了二十集的小品作品，每集都给观众留下了深刻的印象和阵阵的欢笑；他还在电视风光片《蠡湖烟绿》里连导带串地扮演了一个导游老人，之后都没来得及休息一下，就被杨洁导演请来鼓山饰演《祸起观音院》的老和尚了。在拍摄现场我去看他老人家，想先接触一下这个大腕，看其是否好说话。借着拍摄空隙，我凑到他跟前和他套近乎："程老，我是录音组冯景山。"老人马上伸出手来："你好！"很热情！这下我心里有了底，这老头儿不倔！我紧接着说："咱们拍摄完几场戏后，需要在现场实景配音，您老会很辛苦的。"他笑容满面地说："没事没事，我听你的，小冯。"这个老头儿好合作！我心里踏实了。

　　几天以后就有二十多场戏可以开始配音了。我们提早在一座破庙里搭建了一个临时配音场所，既是为了不和拍摄场地冲撞，也是为了没有噪声，也因此我们大多选择晚上录音。第一天晚上配音工作进行得很顺利，十一点左右杨导拍完了夜戏来破庙里看望大家，这时正赶上程之、李扬、张云明配对白。她悄悄走到我身边，冲我摆摆手，意思让我继续工作。配完了这场戏，导演拉着程之的手亲切地说："程老，真对不起，刚刚拍完了就要配音，这么大年纪了也休息不了！我过意不去。"程之听后开朗地大笑："导演比我没小几岁吧？"她笑着点点头。程之接着说："这种实景配音方法导演选得好哇！我这几天拍的戏还没忘台词呢！配音时不用回忆，不假思索地就能把拍摄现场的'心理动态'准确地说出来。不是'同期'胜似'同期'。把猴子、唐僧的配音再糅合在一起，更是天衣无缝。如果隔几个月再配对白，我倒还要想想当时的情景！"导演笑容可掬地听程之侃艺术，"这样配，自然而然地就流露出了当时的心理节奏，虽说累了点，多踏实啊！"导演有些激动："那你们太辛苦了！这种录音方法虽好，但给录音师增加了不少工作量，后期还要往画面上贴。"程之说："那也合算，质量好哇！"说着话，我要求导演看看刚刚配好的那几场戏。她看完后说："每天不能太晚，要保证演员休息，不耽误拍摄。"并提醒我不要落下台词，注意语气的衔接。语速、语法都要准确。告诉李扬少给猴子加"水词"，叮嘱张云明的语气要把握好，现在有点软，又提醒猴子不要装腔作势。

　　连续三个晚上的配音，程之在现场总是谈笑风生，一点也不显得累。休息时我问程之："在这集里您饰演的是个坏和尚呀！怎么配出音来我觉得这个和尚不坏？一点也不阴险可怕？"

程之和作者

他说:"你提出的问题很关键,我给你们举个例子——在《子夜》里我扮演的是一个出坏点子的家伙,让韩非'白搭了一个闺女'的投机商何慎庵,在《开枪,为他送行》里我更是演了一个十足的坏蛋!这些角色都有模特儿可仿,都有剧本为准绳。这个老和尚剧本是什么提示也没有,全靠自己揣摩。我跟导演说过,这老和尚并不坏,就是贪心。杨导演也同意我的看法。你看,他是个反面人物,但实际上属于正面人物。演员演的是人,人的气质、思想感情和丰富的内心世界,都是按照真实地存在于生活中的人演绎的。如果先入为主,我把他演绎成一个反面角色,那就把这个人物演得脸谱化了。我们配音也一样,不能从思想上将要配的人物划分成反面、正面人物,那么进一步讲,角色本身在戏里也不承认自己是坏蛋对吗?"

程之在剧中扮演金池长老（右二）

大家鼓掌，希望程老讲下去。他清了清嗓子，"我们演戏、配音也不是只讲内涵，不要表演，也不是只注意形体动作，不问心理动向。一个合格的演员、配音演员要善于将内涵和外在统一起来。"这一席话听得大家长时间为程老鼓掌。

几天下来，我和程之混得很熟，老头儿也喜欢和我聊天！在鼓山，我们两个同住一栋二层小楼。他在二楼住单间，我和张云明住楼下。只要程之拍戏回来得早，还没有上楼就喊一声："小冯，我回来啦！上来喝茶！"一般我会放下手中活儿，三步两步上楼去，程之老是提醒我自带水杯。坐下后他会拿起小铁筒，用一个小"耳挖子"掏出一勺茶叶，放进我杯子里。

我说："程老，放两勺儿！"

他会认真地说："年轻人不懂，薄喝花茶厚喝绿，花茶厚了苦，你们北京人喝花茶是首选，我也喝花茶！"说完哈哈大笑。

程老的为人可见一斑，直爽而开朗！有天夜里配老和尚"梦幻"那场戏：袈裟在弄堂里飘来飘去，老和尚伸着双手就是够不着袈裟，急得满屋子追，嘴里喊着："我的宝贝袈裟！我的宝贝袈裟呀！"他带着哭腔，用小嗓子发音。"程老，发音位置有点靠前了，带哭腔发音位置应该往后点。"

程之说："发音位置一靠后，就是'大哭'，让别人听见怎么办？""噢！听您的！再来一遍，多加点'水词'好吗？"

程老高兴地说："好！听你的！小冯不是'报复'吧！"程老逗乐了现场的所有人。这样欢乐的配音工作一点儿也不让人感觉累。

有一天晚上十点多钟，任务还没完成就下起了雨。哗啦啦的雨声使我们不能配音了，大家迅速拾掇好了机器在原地等了会儿，雨还在下，我们决定冒着雨回去。破庙到小楼有三四百米的距离，当时就只有一块儿盖机器的黏布，我们赶紧先把机器用黏布送回住处，再把黏布拿回来给老头儿遮雨。演员李永贵和两个演群众和尚的小伙子各自拽着一个黏布角，老头儿走在中间，有个小男孩扶着他一步步走出破庙。我们到住处时都淋湿了，回屋后我和张云明刚刚换好衣服，就听楼外哗啦啦……云明大声喊："谁在楼上撒尿？"老头随即答道："唐长老，是本院院主。""老爷子，您还不睡觉！"云明又喊。"长老放心，一夜我就撒一泡！"这是老头儿又在和云明打趣了。

我和程之聊得很多，天南地北、艺术分类都有涉猎。但更多的时候，聊的是他的家事、他的经历。程之出身于京剧爱好者之家，父亲程君谋是上海名票，工谭派须生，师从陈彦衡，曾与《西游记》剧组副导演荀皓的爷爷荀慧生同台演过戏。程君谋老先生的《空城计》灌了唱片。我问他是当时的"留声机"吗？他兴致勃勃地说："对！就是那个黑色的唱片。""那么程老是名票世家了？"他只摇头说："不全是，但我的表兄弟、姊妹都是'京剧迷'。我受家庭的熏陶，六岁操琴，七岁学戏演出，十一岁灌了《尉御果园》的唱片。我从小就唱戏，对拍摄电影、演话剧都有帮助。特别是对语言的吐字、发音、音色韵味的掌控都有好处。"我说："我们的杨洁导演是戏曲舞台的播出导演，我俩好多次一起转播戏曲。一九七一年在天津拍摄过十六毫米的戏曲电影《红灯记》，那个时候我是现场的'前期录音员'。"他兴奋地说："杨导演也是从戏曲起家的！"我说："应该是。"他接着说："从那天在配音现场给你提的要求我发现，她对戏曲的道白、鼓白和逻辑重音的运用都很清楚、准确且严格。她对台词的强弱分寸是很有讲究的，艺术的表现形式十分多样！但触类旁通，原理其实都一样。我也喜欢相声，早年还和石挥合作说过相声。那时候是在家庭节日晚会上'出洋相'瞎折腾，不能登大雅之堂。四个月，我俩演了几百场，累得死去活来，有一天更是出台十一场。后来我创作了《好阿婆回上海》。"接着又语重心长地跟我说，"搞咱们这行儿的，各种艺术形式都要尝试一下，艺术修养越深越好！我是湖南人，四十年代在上海苦干剧团，和黄佐临、石挥、韩非、张伐、白杨等著名电影艺术家一起演舞台剧。那时候我年纪最小，我是给人家打杂的。"

老人有时谈得很激动，我听得却更上瘾。程之的开朗又是那么的得体，我常想这就是缘

程之饰演的金池长老

分了！剧组到了青芝山后，我俩就不在一起住了。青芝山地区的农民特别讲究赶"大集"，应时按节都要去集市进行农产品交易。每有"大集"的日子，程老都得叫上我给他做保镖。那天我俩都没工作，头天晚上老爷子便约我明天一起去"大集"。那天程老爷子戴了一顶大"遮檐帽"，一副黑色墨镜架在鼻子上。我提醒他："您捂得这么严实，挤丢了我可找不到您！"他诙谐地说："只要你不想丢下我，我就绝对丢不了。"嘿嘿，这个老爷子倒打一耙。"大集"上人太多，我紧紧抓住他的衣襟，有的时候我也走在前面为他开道。老头儿心安理得地享受我对他的保护。"小冯，走！买点'架黄瓜'回去当水果吃。"说着就往黄瓜摊前挤。"老爷子，那边有香蕉，不如买点？"他蛮有趣地说："一样的功效为什么不买便宜的？大手大脚，我看你以后怎么过日子！"在另外一个小摊上，摊主正在贩卖一只穿山甲，程之走了过去，一弯腰，他戴的墨镜竟掉在了地上。那个小贩一抬头发现了程之。"哇哇！是程之！"大家一听是程之，都围拢过来和老人问这问那，程之索性把大檐帽摘下来让人们看，还有意和人们开玩笑："你们围着看耍猴的呢？"人们哄堂大笑！我急忙用手护着他往外挤，他还不忘回头和人们"挤鼻子弄眼儿"。我俩前面走，一群人还在后面跟着喊："程之！程之！"我俩好不容易回到住处，累得他气喘吁吁。我逗他说："这就是做名人的'下场头'。"他还埋怨我："你怎么对他们那么横？他们是我的观众呀！"接着又用京白调侃："下次不可就是。"嘿嘿，老头儿还端起来了！

接下来的几天里没有程之的戏份，他暂时回了上海，十多天后他又回到剧组。我到车站去接他，在车站见面后他先说："我就知道你会来接我，你替我背着背包。"司机抢着要背，他说让小冯背着。傍晚把他送到他原来的那间房子后，我也回去了，化妆师小崔洁从我门口路过说："冯老师，我给程老师试妆时，他让我给你捎个信，叫你一会儿过去！"到他房间后，他很神秘地拿出一团儿纸，打开以后露出一方印。那是一方绿色的"景山"名章，章的一侧刻着一行小字"令小儿万刻制以赠景山同志留念。一九八三年元月，程之。于《西游记》剧组",好漂亮的章!老头儿又拿出他的一幅行书小中堂,上写"精益求精"。可惜字后来让我女儿抢去了,这枚章我至今当宝贝一样收藏着。

记得一九八六年底,程之和曹铎来京参加一九八七年《西游记》"齐天乐"春节晚会的彩排,两位老师表演的是一段相声。这个段子说到最逗人笑的时候,程之还亮了一个"出手活儿":他把我的话筒从左手一抛,再用右手接住。这下我可倒霉了,只听我的调音台上"嘭!"的一声巨响,VU 表大力度地撞到顶头,我的手一哆嗦,差点出了差错!我急忙往下拉调整"分路推子",这老先生等"嘭"的一声过后继续说他的相声!中间休息时

作者和程之

我"埋怨"他:"您光顾着玩'花活',那'嘭'的一声若和台词搭上,剪刀剪不了怎么办?杨洁不把我吃了才怪呢!"他笑容可掬地说:"绝对有剪刀!放心吧!"他刚刚下场就到我的调音台低声告诉我:"你师娘在门口等我,我先走了。"我说,等等大家一起照个照片再走吧!他摆了摆手,扬长而去。

有一天彩排,他和曹铎老师抽空儿去《西游记》录音房看望我,我的剧务蔡志平把两位老人接到机房。当时的我正在整理资料,连忙放下手里的活儿接待他们。进了我的录音棚,二位老师大吃一惊:"堂堂的中央电视台,怎么《西游记》组用这样一个'破不溜丢'的录音机房?"我当时的脸色特别难看:"我是中央电视台录音科的录音师,这个破棚子也是央视。导演他们都是剧中心的,一九八三年央视和剧中心分家时,我也是为了这个破烂棚子才没有跟着导演去剧中心。我现在是'脚踩两只船',舅舅不疼,姥姥不爱。想增加点设备比登天都难!我憋着这腔血也要把《西游记》录完!这是我的命。"两位老人听得很激动:"你的困难,导演知道吗?"一旁的蔡志平说:"老冯不让任何人知道,还常常嘱咐我们在剧组把嘴封上。"程老鼓励我别泄气,我说:"一切都是我自找的,我高兴。"后来,晚会表演临上场时,程老来我调音工作台要话筒,他说那是他的道具,经过上次彩排的"教训"后,

我说:"不能把观众的耳朵震聋了。"我便没给程之"手持话筒",老头临走时"咬牙切齿"给我做鬼脸,表示抗议:"我早知道你'手上活儿'不利落,出了差错杨导演骂你!"如今再看"齐天乐"春节晚会你会发现程之这段相声是无实物表演,只是做了一个拿话筒的动作。

最后一次见程之是一九九〇年六月,他在石家庄电视台自导自演一部《名优之死》的舞台戏曲片。他打电话说需要"先期录音",如果有困难还要我帮忙。我当然发誓一定会全力以赴!当年他拍完后来北京审片子,就住在音乐学院的招待所里,还打电话叫我去聊天。我俩聊了整整一天,中午老爷子请我吃饭,每人一碗炸酱面,要了两个小凉菜,还破天荒地买了一瓶二锅头,他也陪着喝了一小点。到天黑了他才放我走,把剩下的酒塞给我,嘱咐我以后别嘴馋,少喝酒!而后相拥而泣。没想到这一别竟成了永别!

二、我想有个"家"

《西游记》录音组应该有个"窝"

在鼓山完成拍摄和实景配音后,回北京不久,录音科便通知我,因为多种原因,《西游记》不再进行实景配音了。科里决定只剩我一个人继续完成录音工作,王文华也留下做音乐编辑。我问科里是什么原因导致终止实景配音,这种方式不是很好吗?而且我也熟悉了这种工艺流程。科里说:"这是剧组的意见!"剧组的意见?几天来我老是琢磨这个事……不实景配音了,真要搞后期录音,《西游记》连个固定的机房都没有。录音科总共就一个新闻录音间,每天都有新闻要录音。那么《西游记》后期、配音、配乐、动效、混录,我怎么完成?如果我没有一个安定下来的"窝",每天和新闻录音棚"撞车"的话,肯定是完不成《西游记》的录音任务。再说了,中央电视台是新闻单位,谁敢把每天的新闻录音挤掉?想来想去我想到了"鞋底抹黑油"的办法,溜之大吉,把困难推到科里,看他们怎么解决!唉,真要是今天一个录音师录台词,明天一个录音师录动效,混录也不固定人,机房里也以新闻录音为先,《西游记》录音每天搬进搬出,那么后果不堪设想!还有一个最可能的办法,就是把《西游记》承包给外单位录音。我越想越害怕,我最钟爱的《西游记》录音、最离不开的剧组各个朋友……找导演去!看看杨洁有什么高招。鼓了两天的勇气,这天晚上八点钟,约莫着导演吃完了晚饭，我信心十足地上了杨洁所在的三楼！刚要敲门，便听见屋里导演好像在和演员谈话。我一下子就泄了气，急忙抽身往回跑，鼓了两天的勇气早已云消雾散。我想，现在不能找杨洁！先去科里，台里找阮老太太（阮若琳）和台长王枫，他们如果都解决不了这件事，我就要利用杨洁天不怕地不怕、刀枪不入的性格把李小沛（央视大录音棚的录音师）的大录音棚搬出来为《西游记》录音！24轨录音棚一个月也不录什么音乐，李小沛要录也是三两天用，我可以让几天！这几天没事我就往大录音棚跑，到处看，棚子有好多"强吸声"隔断间，还附带几十个好话筒。

转了几天后，录音科的梁柏强好像看出了我的心思："老冯要打录音棚的主意？不可能！"我更是直言不讳地说："是想在这里挤一挤。"

出了大棚，我坐在台里的大放映厅里发愣，一眼便看到了放映间里放着的大绒布，里面裹着两个大屏风，正好是椭圆形的！可以做个小圆屋子，再把前排座椅拆掉两趟儿，空间就够了。在小配间装机房，做个完整的"《西游记》录音专用机房"！这样一来，这一亩三分地就姓冯了！我想着先给阮若琳耍赖，让老太太出面和科里、台里领导谈。这个放映间是全台唯一能开大会的地方，用到的机会很多，录音科审片子这里更是必用之地。也不知这两个衙门能否容我这个"刺儿头"？我想好了怎样向阮老太太耍赖的台词，也想好了如果找阮老太太不行，该怎样去哄杨导这个女强人出来给我帮腔。一定要达到目的！这是我最后的希望……

左起许镜清、王文华、梁柏强、作者

第二天一早，我就去她办公室找人，阮老太太头也没抬："小冯有事吗？"我也不加思索地说："《西游记》不搞实景配音了，后期没有配音机房，老太太的《西游记》，我可能完不成任务了。"这时候她抬起头来看着我："你准备怎么录？"我说："我们录音科没有录《西游记》的机房。"我滔滔不绝地给阮老太太说了很多困难，她听着直点头。有门儿！我接着说要把放映间装成一个机房为《西游记》专用。她一听就说："那咱们全台大会到哪儿去开呀？"我开始耍赖："我不管！我只要机房！"她站起来看着我，也不放话，知道了我今天是有备而来。老太太淡淡地说："这放映间你打算怎么利用？"我一听有希望，胆子就更大了："我拆两排椅子，搭个棚，您还要告诉我们科长宋培福给我提供一切设备。"老太太温和地让我先回去。过了一个多星期，冯骥找到我："你有什么困难，阮若琳让你去找宋培福。"我成功了！第二天我和缪署金就开始着手利用录音科里可用的"破烂"搭棚子。

破烂不堪的录音棚

我和缪署金丈量了一下放映厅的长度和宽度后，决定拆一排座椅，更好地利用放映间右侧的空间。录音组剧务蔡志平原是广播局木工班的职工，他通过关系请来了两个木工，把前排的椅子拆下来抬到放映间的小舞台银幕后藏起来，免得领导发现。我们把屏风先推过来围个圈，再把半截旧地毯敲敲土铺在地上。还有一块早就无人问津的"棉黏布"，在放映间不知道放了多少年了，被虫子咬了很多洞，缪署金把它拽出来时还带出了一窝小耗子。顶棚怎么搭呢？小蔡建议去买棉花套子盖在上边。那搭建顶棚的椽子怎样解决？蔡志平从广电总局车队请了个司机，他知道哪里有施工工地，我们准备去那里捡些被工地抛弃的竹竿当横梁。那个小卡车司机叫王国裕，拉着我去京西一个楼房建设工地，那里果然有些个零星被丢掉的竹竿！我们找到了一个看工地的青年人，我让蔡志平拿出早已准备好的香烟，递给他后说明来历。青年人很爽快地说："你们随便捡，不然的话淋雨后也得沤烂了。"我俩拾掇了二十来根四米以上的竹竿拉回来。

两天后棚子算是搭建好了，放映间的混响却不好听，必须把破棚子的门口用布遮上，以达到我对录音棚里"声场扩散"的要求。我们没有调音台，缪署金就花了两天的时间，把新闻混录棚里一台"上海六路小调音台"重新修理好了！这个调音台已经搁置多年了，还是一九七六年中央台无偿支持地方台，后来又被地方台抛弃、没人要的破烂。署金尽心地把那台小调音台都拆开，换了很多零件，焊接了几天。我一直陪着他。最后他说："没有问题了，咱们把大厅里那两台720大座机给王文华剪辑音乐，做音效用。"就这样，我俩把实景配音用的两个M760话筒，以及十二寸的监视器放在配音棚给演员用，又从科里要了一个最小的六寸监视器放在工作间。为了减少噪声，我把采访时专用的"艾格拉"录音机当前机。最后我们还缺少一块门帘，我找到剧组的"张木匠"张瑞来想办法，他满口答应，并且来我的机房量了一下尺寸。第二天他竟就从台里"大播"亲自扛来两个棉门帘！帮助我搭在上面。我用手拍拍，试了试声响扩散，很满意，有点儿像"强吸声"的效果。经过十来天的调试，缪署金说："保证你能用，有问题再修！"

作者获得的"中国首届电影电视技术学会声音奖"奖杯

这就是堂堂中央电视台《西游记》的"专业"录音棚，也正是这个简陋的录音棚，我们一直用了六年多，从没有更新过。尤其是《西游记》在中国电影电视协会一九八七年召开的"中国首届全国电影电视技术学会声音奖"比赛中夺冠时，科长宋培福在西安大会上领奖时获得了长时间热烈的掌声！在央视领奖的舞台上，我捧着奖杯，听着台长王枫给予我的鼓励，听得我心里五味杂陈，不知道是什么滋味。

三、取经"录"上笑和泪

录音棚来了个"傻大个儿"要为猪八戒配音

《祸起观音院》是采用实景配音的最后一集,《偷吃人参果》《除妖乌鸡国》也是通过实景完成的配音,这三集戏在中央电视台播出了。一九八三年我在北京给杨导演打电话,提出了两个建议:既然不实景配音了,猪八戒、孙猴子、唐僧的配音就要统一,各角色都要用一个人配到底;另外把实景配音不统一的都挑出来重新配音,赵广杉、马德华实景配完的部分也都改用一个人配音,唐僧的对白也用张云明一个人。如果一个人物的配音"七出八进"会影响艺术质量,而且我也觉得赵广杉配的猪八戒并不是我想象中的猪。

导演说:"这样改动工作量太大。"

"我不怕,我有的是时间,我可以少去现场。"

导演又说:"你想象的是个什么样的猪啊?"

"起码不要像赵广杉的台词,猪味太浓!"

导演立刻追问:"怎样配猪味才不浓呢?"

"为猪八戒配音不是人学猪,而是猪学人,咬字不但清楚还要有人味!"

导演半天没有说话,忽然她说:"我会考虑你的意见,很重要!"还没等我张口答话,她"咣当"放下了电话,电话里发出了刺耳的声音。我知道导演的电话没放在电话机上,那是只有放在玻璃上才会发出的这种啸叫。隐约听到崇秋问:"谁的电话?""小冯子的。"过了没几天,我在机房调整《计收猪八戒》的台词,来了一个戴大檐帽、穿军装的人。

他进屋就问:"谁是冯景山?"

"我是,你找我干什么?"

"导演让我来找你,让我为《西游记》的猪八戒配音!"

我一眼认出他,急忙站起来:"你是《林海雪原》的'傻大个儿',《回民支队》的马本斋?"

"对对!冯老师记性真好!"

随后张云明也进来了:"是导演叫他来找你。"

我放下手中的活儿,让云明领里坡到配音棚,想让他俩配几句台词,好做到心里有数。里坡老师打量着我的配音棚,好像不太相信这是央视给《西游记》配音的地方。我看出了他

里坡后来在《三国演义》里扮演董卓

的心思:"这个棚子音色很好,混响不比你们八一电影制片厂录对白的棚差,我搭建时是按'强吸声'要求处理的。""那我配哪段台词呢?"我把云明叫来:"你们俩配猪八戒见师父。"

猪八戒:"师父!菩萨叫我戒了'五荤三厌',今天见了师父我可开荤了吧?"唐僧:"不可!不可!你既然戒了'五荤三厌',我再给你起个法名叫'八戒'。"试音之前我给里坡老师说了我对猪八戒这个人物的要求,应该是:猪学人,不是人学猪。掌握了这个原则就不会出现像赵广杉那样嘴里含糊不清,台词发音不准的现象。里坡听了非常理解:"好!就按照你的思路配!"二人进棚把这段戏配完,我一听回放,顿时喜出望外。精彩,十分到位!

里坡悟性很高,一点就通。他音色圆润、吐字清晰。根据猪八戒这个人物贪吃、贪财、贪色的特点,应该是"连吃带喝"的发音才适合这个角色。但里坡用嗓子得当,发音清楚,字字入耳,非常符合这个人物形象。

里坡是八一电影制片厂著名的导演、配音、演员,不知配了多少部译制片。一句"斯巴林克斯"台词咬字不清楚,成了大家调侃他的笑柄。他还自导自演了《回民支队》里的马本斋,但给我印象最深的还是《林海雪原》里的"傻大个儿"。张云明最初给我介绍他的作品时,第一个讲的就是"傻大个儿"的音色。

除了创作出多部优秀的作品外,里坡本身是个非常尽心的人。《西游记》前五集没有猪八戒的台词，他也愿意来我的录音棚"串杂"，偶尔也配两句，但都记不清他配的是哪句了。我约他吃午饭再聊会儿，他高兴地答应了。蔡志平买来了二斤大肥肠儿、几个火烧外加一瓶二锅头，用微波炉一热！把里坡乐得手舞足蹈。我说："咱俩今天喝点，配音时间不能喝。"他哈哈大笑。我告诉蔡志平，肥肠儿可以开票报销，酒两块一，我自己掏钱！四个人的吃饭标准不能超过每人每餐两块五。里坡说："我喜欢在老冯这个棚子配音，心情舒畅，还可以吃大肥肠儿！"大家为此还编了个顺口溜："录音棚破又旧，大肥肠儿管个够，里坡来了加肥肉，你说享受不享受。"

饭后我俩又聊了很长时间，从猪八戒配音不统一、实景配音工艺流程，一直谈到以后配音会很零散，集中不起来，只能拍摄完成一集配一集。里坡倒是对此蛮有把握的："你随叫，我随到！"事后我打电话告诉了杨洁试音的情况，导演调侃地说："这是你要的那个猪吗？要不行我还给你换。""哈哈哈导演，这头猪好哇！"咣！这次我先搁了电话。在一旁的王文华问怎么样，"这次我们可把导演这个'弼马温'哄好了！"

三月份里坡要去《西游记》剧组串演牛魔王，在冷水江波月洞里出了洋相。只要把老牛的面膜往脸上一贴，他就出不了气，如此反复了两次，里坡才知道"这碗饭不好吃"。我嘲讽他说："让你配猪八戒你敢给我'拍胸脯'，你演牛魔王也给导演拍了胸脯了！"里坡老师直给我作揖："冯老师你饶了我吧！"事情就是凑巧，我和里坡一起配音两三年，他从来不迟到。有时候刮风下雨，我就让蔡志平和司机王宏德去接他。

"血染"金鞭溪

位于湘西土家族苗族自治州的大庸县，也就是现在大家所熟知的张家界市，被人们称为"失落的明珠"，当时仍是未开发的"处女风景区"。一九八三年四月，《西游记》剧组来这里拍摄《三打白骨精》的外景戏，刚刚到了山口就遇见了塌方，前面的路堵死了，汽车过不去。这么多设备、道具、人马就这么被阻在了那里！等了约莫两个小时，前面探路的人回来说："不是一处塌方，清理起来很困难！"见此情景，导演说："大家准备好，扛着设备爬山。"

录音组当时就我一个人，只背着一台"艾格拉"用来采录环境声，并不重。录像组就不像我这么轻松，机器设备多，沉重的设备电池两个人都扛不动。机械员贾开宸那边人手不够，我自发地帮技术组拎一个小监视器。大家七嚷八吵地顺着山路艰难且小心地向金鞭溪进

张家界拍摄现场

发。有塌方的地方就爬山绕着走,就这样,也不知道走了多长时间。我们几个率先到达了驻地,那是一个刚刚建设好的宾馆,剧组成了宾馆第一波入住的客人。我们在宾馆待了一个多小时,才看到导演和"大部队"拄着一根棍子,狼狈地赶到了驻地。

登上张家界山口,只见峰峦叠嶂、绿树葱茏、满山野花正艳,山底金鞭溪清水潺潺,金鞭崖高耸入云。我置身于这个奇异的环境里,疑是进入了陶渊明笔下的世外桃源。从林场向峡谷行不到一千米,可见四周的石峰陡壁直刺苍穹,浑朴中藏着一点妖气,真是鬼斧神工!如此险峻真像西天取经路。

黄狮寨又称"观景台",停立于黄狮寨向左眺望,莽莽苍苍烟雾笼罩,千峰万壑隐隐约约。当地政府为了开发旅游景点,还起了好多富有故事情节的名称,什么"西天取经""劈山救母""黛玉葬花""千里马""金鞭崖"……使人目不暇接。为了拍摄唐三藏师徒四人在悬崖峭壁上行走的镜头,全剧组拉马挑担,演员们抡棒拖耙,顺着四五十度的陡坡向上攀登,边走边拍摄。虽然各个部门都有固定的保镖和保安措施,但如此陡峭的山路,人走都害怕,白马更是通身大汗,四条腿瑟瑟发抖,此时骑马拍戏更增加了几分危险!技术人员也只能抱着监视器,扛着录像机,连着长线跟着演员往前走;导演半弯腰看着监视器屏幕,瞪着眼睛"指手画脚"。最苦的是摄像师王崇秋了，肩上扛着摄像机，用绳子把电池捆在身上，另有两个年轻的剧务一边一个扶着他。只要导演一喊停，我第一时间抓住马缰，好让闫怀礼喘口气，这就是剧组的分工。在金鞭溪旁边，美工师早搭建了三间茅草屋，又布置了一个小院子，这是白骨精变化的一个场景所在。忽然猴儿蹿到一个白发老翁面前，举棒就打！唐僧赶忙喝住，接下来猪八戒、沙僧苦苦相劝。"三打三赶"的几场戏就发生在这里。

饰演老翁的是当时已年近七旬的老人黄斐，为了拍摄好这组镜头，他已在地上滚爬了三个小时了。在最后一个被打死的镜头里，为了表现出当头一棒的场景，他从五尺高的木梯上跌了下来，大家都为他惊出了一身冷汗！人们齐呼："黄老！"他坐起来指了指屁股底下："没有事，垫子厚。"

白骨精变成的村姑是由黄梅戏演员杨俊扮演的，剧情需要她从山崖上摔下来，然而试了几次杨俊都不敢跳。导演背着她暗暗安排好，一切就绪后只听导演突然大喊："杨俊！看棒！"金莱听到暗号，毫不留情地挥棒打来！她吓了一跳，脚下一滑，翻身掉了下来！我们几个紧绷着垫布，在下面稳稳地接住了她。再看此时的小杨俊，眼里含着泪花，在我嘲笑她时用手指了指我的眼睛，做了个哭相。她不好意思地说："你们真坏！""唉唉，别骂我们。"我指指导演，大家扑哧都笑了。

杨俊饰演的白骨精变的村姑

拍摄猴子被撵走的那场戏时，师父拿着贬书赶他走，悟空满眼垂泪，跪伏在地，拽着师父的衣服苦苦哀求。这场戏章金莱酝酿了好长时间仍然出不来感情，拍摄一遍不行，两遍还不行！周围的二十几个打柴工在现场大笑。导演说："我们在拍戏，大家可以看，甭笑。大家一笑演员就没情绪了！"几次劝说都不听，我们只好停拍。一个拿镰刀的小伙来到摄像机旁，用手扒拉机头开关。贾开宸怕他弄坏了机器，说了他几句，这个民工还来劲了："我动动就不行啦？这是我们的地盘！"老贾斩钉截铁地说："不行！"这个小青年说着把镰刀别在腰间，双手扒拉个不停。贾开宸一把抓住他的脖领子，猛力一拉，这个小青年四仰八叉地倒在地上。他立刻从地上爬起来，招呼打柴工们举着工具向我们冲了过来！武术师夏柏华大声喊："谁敢上来！"说时迟那时快，走到前面的两个人还没弄清楚怎么回事就被抛出了两三米，爬都爬不起来。这时候二十来个小伙子又一齐拿着镰刀冲过来，剧组人员忙不顾一切地靠近摄像机。闫怀礼扯着嗓门大喊："谁过来谁先伤！"这时候一个小伙子手里拿着一块石头直奔摄像机而来，这个愣头青一旦失手，将会给这个农民家庭带来不堪设想的损失！我见他逼近，忙一手托住石头，另一手抓住他的衣服，抱在一起扭打起来。滚到山沟时我用力蹬他的腿，眼看他就要滑下山坡，这孩子倒是很机灵，抓住我不放，我俩一起滚了下去。这时我的脸、手、脚脖子都划出了鲜血。

　　那小伙子的鼻子出血不止，五六米的山沟任谁滚下去都会受伤。他躺在那里一动不动，着实吓了我一跳，以为"嗝屁朝西"了。我重新爬上现场时只听大家都在喊："章金莱……章金莱……"大家以为"猴儿"被打柴工们裹挟走了。一会"猴儿"从树丛里露出头来，一看战斗结束了才出来和大家说："我怕弄坏了妆才藏起来。"缓了一会儿后，那个和我一起滚下山的家伙也拐着腿慢慢地走了。事后我向化妆师崔洁要了酒精球擦血，她用纱布给我包扎伤口，我们一路保护着剧组的女孩子们回到宾馆。没多久，大庸县公安局的人来了，还让我们派几个人把那些受伤的打柴工抬去医院，我受伤了没去，听说剧组去了七八个小伙子抬着两个伤员走了一两千米就丢下他们回来了。当时公安局的虽然还没走，但制片主任段小常已经把那几个公安喝得"五迷三道"，此事后来便不了了之。

鬼门关上走一遭

一九八三年八月，剧组马上要去山东拍摄《计收猪八戒》一集，本来准备出差。下午在科里时我肚子突然疼得要命，科长宋培福、杨小平果断把我送去人民医院。医院一检查，是急性阑尾炎，必须马上开刀，否则有危险，很严重！然而当时人民医院手术都排得满满的，没有多余的手术台。他们二人急忙送我去铁路医院，三个小时后我就上了手术台。手术进行得很不顺利，一般来说，阑尾炎手术半个多小时就做好了，我的手术整整做了三个多小时，家里人在手术室外面急得像热锅上的蚂蚁。手术完成后，大夫说因为手术时找不到阑尾的位置，扒来扒去快把肚皮都摆弄熟了。第三天伤口感染了，我开始发热。三十九点五摄氏度，连续发热五天。那几天每天输液，大腿上压着几块大冰坨，家人在医院每天以泪洗面。烧还是降不下来，我的病也惊动了台领导，人事部派赵群去铁路医院交涉，录音科的同事们都纷纷到医院来"告别"。那几天烧得迷迷糊糊的，我老是觉得我还在《西游记》剧组拍戏呢。每天上午能稍微退点烧，家人趁机告诉我，台里的领导已经找过了医院主任医师，录音科也每天都有人来看我。短短一个星期把我折腾得连说话的力气也没有了。一天早晨，我的病床前来了五六个大夫，我就这样稀里糊涂被推进了手术室。他们把我的肚子用刀子切开，用夹子往下夹里面的烂肉，疼得我鬼哭狼嚎，家人在手术室外听见了也跟着哭！烂肉长在刀口的最深处，大夫们用铁夹子夹住往外拽。一会我不叫唤了，彻底疼晕了。第二天稍微退了点烧，第三天又要做手术了，我赶紧要求大夫给我多用点儿麻药！大夫说："没有问题，但还是疼点。"上了手术台，我看大夫给我刀口处上了不少药，但是动起刀子来还是疼得尖叫。这次术后，我的体温降到了三十八点五摄氏度，大夫们脸上也有了笑容。过了两天，一群大夫又用手术床来推我，我央求大夫我不做手术了，自己养着。他们不由分说架上我就走！这次好一些，就用药水冲洗，顺便夹出来了少许烂肉。后来的几天就只有一个主治医师每天来查看我的病情了，我问他："我这次是不是差一点就从你们医院的'后门'出院了？"大夫也不隐瞒："亏你身体好！一般来说高烧三十九点五摄氏度，一个多星期大脑就会受影响。"两个月的住院治疗，剧组早已拍完了《计收猪八戒》，回到了北京。

我出院时瘦骨嶙峋，体重连一百二十斤都不到，在家养了一段时间。但我心里十分惦记剧组，上班第一天科里找我谈话。宋培福说："台里要成立'中国电视剧中心'，《西游记》的全体工作人员都要分出去。咱们科的录音师也要调整去剧中心。"

我问科长："那我怎么办？"

"科里征求你的意见,你是《西游记》主要录音师。怎么办?你自己看着办。"

"我要是不走呢?"

老宋站起来说:"不走最好!你不能'在这坡吃草,在那个坡上拉磨'。咱们科的人手不够。"

"噢!科里是让我留下来呀!请科里给我两天时间,我想好了再答复科里!"

"可以。"老宋痛快地答应了。

我用了个缓兵之计,出了科办公室一溜烟儿跑去找阮若琳!阮老太太还不在她的办公室,我留了个纸条儿,求阮老太太明天"接见"我。转过天九点半我又去了,在她办公室等了一个多小时,老太太回来了!她笑着说:"我准知道你这个'捣蛋鬼'来干什么!"

我赶紧说:"既然您猜到了,我直说了吧!一我不离开《西游记》剧组。二我不去电视剧中心。"

阮老太太一听我不去中心,让我坐下,问我为什么。"录音棚是我搭建的,录音条件非常好。我要是去中心,录音科一定会赶我走,那样就失去了我的'一亩三分地'。中心哪有棚子让我专用?"阮若琳让我不要再去录音科谈及此事,"好好干吧!"哇哇,我十二分不愿离开《西游记》剧组!《西游记》录音棚是我的命根子,我更惦记《西游记》完成后再回中央电视台录音科大显身手。有了阮老太太这句话,我心里就有底了……

四、配音群英会

配音导演怎样选择配音演员

配音导演选择配音演员是进录音棚前要做的主要案头工作。我的工作程序是:马丽珠把剪辑好的完成版交到我手里后,我负责把每集的画面内容反复看,直到把各种人物吃准,再按需选择配音演员。各集人物都不同,且各有各的特色。剧情走向、角色内心的发展、台词的张力、语气的发挥、各个角色的台词音色怎样搭配,不一而足。《西游记》这种神话剧人物众多,妖魔鬼怪各有其声,不能雷同、不能整齐,只有统一协调才能达到艺术处理的效果。

吴桂苓既是镇元大仙的扮演者，又是玉帝等角色的配音演员

比如《误入小雷音》一集中妖魔现出原形后的笑，张涵予通过使用高嗓音近似失真的音色，把黄眉老怪配出来一种奸诈阴森的感觉，群魔却发出尖叫声、大笑、狂笑、低沉而又粗犷的阴笑。画面中同时出现上百个"鬼灵精"，如用一种笑声那就是"杂音"，丝毫没有感染力，也表现不了这里的阴森恐怖氛围。然而我这个小录音棚最多只能同时容纳五个人，空间太小！在指定演员们各自发出不同的声色后，又反复用不同的要求每次调整，录了几个方案。合成时多次并轨、叠加，再加上混响，出来的效果就大不一样了！

在给《西游记》配音时，我挑选的配音演员都是大腕。吴俊全、徐涛、张涵予、张筠英、吕中、吴桂苓、韩善续、冯宪珍、陈阿喜、邹赫威、李文玲、张潮、周庆瑜、林如、王雪纯、李蕴杰、申静、晏积瑄等，还有导演推荐的里坡、张云明、李扬，以及由剧组里李龙斌推荐的李世宏。这就是《西游记》的配音班底，这个超豪华、强大的班子用起来得心应手。我熟悉他们的配音技巧，掌握他们发声、化妆的本领，只要分配好角色，就不用担心完成不了。这些个配音演员都是幕后功臣，又有几个能知道他们的背景呢？

配音时演员们还常常笑场，仗着音色多样，录着录着就录出来了非台词对白。剧中饰演高太公的孔芮，喜欢拿腔拿调地学着列宁的口气："大家安静，安静！资产阶级的灭亡……"加上里坡在一旁帮腔捣乱，棚里瞬间失控，我索性停了机，让他们把"洋相"出完了再接着配。

我是怎样用一台只有两个"声轨"的录像机完成播出版的

《西游记》是人物众多、层次多、拟音分类多、背景多且动效复杂的一部电视剧。鉴于我的录像设备有限,便只能在这两个声轨上大做文章:一是声轨录台词;二是声轨合成播出版。那么再没有多余的声轨录动效、拟音、剪辑音乐、武打对位了。怎么办呢?只有通过无数次的"合成并轨",把多层次的音响分类单独加工。在一场戏里,反复用两个声轨做戏。比如这场戏有动效,有拟音,也有对位武打的刀、枪、剑和拳脚的击点动效声,则在一声轨按"击点"先做一条带子,而后再在二声轨做背景声,然后两个声轨通过调音台合成在"艾格拉"窄磁上,这就是"合成并轨"。而后把一、二声轨腾空,再用一声轨做脚步声,二声轨做马蹄声,再把这两种动效合成在另一条"艾格拉"窄磁上,这样就把四种不同声音资料合成在两条带子上。最后再把这两条窄磁带子分别输入在两个声轨上,再合成后就把四种资料合成为一条完整的"动效版"!这就是我所说的"分轨、并轨、再分轨的多次合成"。如果我们有台几十个轨道的"多轨录音台",能把所有的东西都分声轨录好,就会省去我们百分之九十的工作量。然而我和王文华没有那种福分,只能一切都用手工操作的笨办法。多轨录音台一天能完成的工作量,我和王文华昼夜不停也得一个星期才能完成。

比如大闹天宫那场戏,猴子和如来佛祖的对话,猴子配的台词:"如来!俺老孙飞到天边又飞回来了,你快叫玉帝老儿把天宫让给我吧……"如来打断猴子的话:"你这个爱撒尿的猴子!"猴子的台词是个"下界妖仙"的角色,不用加大殿的环境混响造势。而佛祖是个至高无上的角色,不但要加混响,还要加延时效果,这样二人的对白就形成了明显的反差!

剧中的如来佛祖由朱龙广扮演

把声轨腾空后，我们开始在一声轨上录台词，把要加混响的台词照样转录到"艾格拉"窄磁带上去，然后李小沛在大棚加混响，这样二人的身份、地位听起来就"一耳了然"了！我这里的设备虽然简陋，但我好踏实！

这些"老棚虫"为《西游记》立下了汗马功劳

八十年代初，北京最大的配音棚有三个：北影劳力配音导演的"北影棚"，吴珊配音导演的"儿艺地下室棚"，再一个就是中央电视台《西游记》的"破烂配音棚"。这些个棚虫都是一团、一伙的班子，万旗红、刘雪婷、廖青、李星珠……都是各自为政，一般打不破他们的内部结构。唯独我这里不分帮派，我也不打听他们是哪班哪伙，只要我想用谁，我都和他们单线联系。为了我选的配音角色能够更加齐全，往往要等上几天。别的配音班子一有活儿就拼命赶时间，因为他们是租赁的机制。而我这里不同，我有足够的时间选择演员，有更多的时间和配音演员探讨角色形象。

张筠英是一个配音导师，又是一个组织者，她手下的精兵强将数不胜数。张筠英第一天来我这里配音时，我就选择了她专为观世音菩萨配音。她语气厚重有韵味，特别有仙家震撼力；她掌握的语法、语速很规范，人物色彩入木三分！开始我给她选配的是《祸起观音院》一集中落迦山观音菩萨和猴儿的对白："你这猴子，好不讲理。分明是你卖弄袈裟惹出事来……"这两句台词配完我立刻停了机，我想了好一会儿才从棚里把筠英叫出来说："筠英老师，我终于找到能为观音菩萨配音的人了！我考量了多少个人，都吃不准是否能达到要求。今天听了你的音色，我才解开了心结！观世音虽然在全剧戏份有限，但甭想在我这里串角色。"她不解地问我为什么？我说："怕穿帮。为了这个角色，老冯我尽全力保住你这个人物的尊严！哪怕一集只有一句观世音菩萨的台词，我都按照一集的最高稿酬发给你。张老师你看……怎么样？"她愣了片刻说："好吧，我听你的！"我高兴地说："今天没有你的戏，回家吧！给弦和老师代个好。"

筠英走了，李文玲问我："今天为什么不用筠英？"

"不是不用，而是大用。"

这就是抓住演员的长处，取材大用。《西游记》这么多场观世音的戏，哪场不是给观众留下深刻的印象！就说刚才那场戏："你这猴子，好不讲理。分明是你卖弄袈裟惹出事来……"

上篇 | 漫漫西游"录" 035

剧中的孙悟空与观世音菩萨

演员李文玲(上图)给剧中的蝎子精(左下图)和高老太(右下图)配音

这几句台词说得神圣不可侵犯。紧接着她又把话音一转，带着喜欢、怜悯的口气说："却到这里来耍刁！"这句台词经筠英一说，我感觉不是说悟空，而是说自己儿子。

沙僧的配音非闫怀礼莫属

最初在扬州搞实景配音时，沙僧就是闫怀礼自己配的，后归到棚里做后期配音时，我就想把闫怀礼换掉。为什么呢？他总在外景拍戏，我总在棚里，他肯定会影响到我的进度。如果师徒四人的配音都能和拍摄现场的演员脱开，我随叫随到该多么顺手。既然想要换他，我就开始在配音圈里专心找替身。我想到了张涵予，他声音太好听，但又恐怕他不接这工作。赵晓明给沙僧配音一定行！我就拿出他为别人配音的录音带听，然而发现晓明的音色太大气，沙僧那种处世软弱、事事谨慎、唯命是从的心理不能用这种音色。用邹赫威吧，他能行！把声音化化装肯定可以。我就叫邹赫威来试一场戏，并提醒他别和以前配的那些角色穿帮了。可他一连试配了几种方案，配出来的音我听着怎么都带有"俄罗斯"味？看来谁也配不出闫怀礼的感觉。沙僧这一角色虽然语言不多，但都老老实实。这下我断定了，谁配也不如他自己配，我决定不换了。趁着他在北京，赶紧抓住时间先配他的部分，他不在时就给他空出来。我不就是多并几次轨、多过几道手吗！为了对得起我的艺术良心，我认了……

话说回来，真要是把闫怀礼换了，就必须把前面他自己配的那些台词都挑出来。如果不挑，就存在严重的问题。猪八戒三个人配：赵广杉、马德华、里坡。唐僧三个人配：董行佶、张云明、汪粤。那个时候还没出现里坡"跳槽"、李扬玩"失踪"又换李世宏等事情。这样一来，我这个配音导演就成了配音"现眼"了，怎么和观众交代？实际上闫怀礼的台词功底很好，就是语言递进不积极，不严实。也可能和沙僧这个人物有关系，他是故意这么处理的。配音时我老是提醒他注意和对手的台词衔接好，不然对方接不上茬儿，显得生硬。多加些"水词"更好些。

闫怀礼和里坡一样，闲暇时间愿意到我的录音棚蹭肥肠儿吃。他配得最好的一段台词不是为沙僧配的，而是给他自己在水帘洞里演的那个老猴子配的台词："嗯，我看大王心性灵清，形容俊美，这个……这个……就叫美猴王。"实际是他这台词没有说利索，"这个……这个……"是忘词了，他一结巴才出来了这种效果。"冯老师，再来一遍吧！""不重来，这句还真合适！"一会儿他又要求重配这句："重来一遍吧！""为什么重来？你这几句台词非常好！正合剧情。"

沙和尚的扮演者闫怀礼给自己配音

我的配音班子

我的配音班子非常强大,因为我选择配音演员时不分他们是哪一团哪一伙,或是哪个铁筒般的小山头,我总是爱取各山头的精华为《西游记》所用。邀请谁为《西游记》的哪个角色配音我心中有数,也深知各位大腕儿顶尖的本事。他们同样看重中央电视台这块招牌,也信任我这个农民出身的大兵录音师。角色可以商量,人物塑造拿不准可以讨论,我说错了他们可以不假思索地嘲笑我,我对他们也可以大发"淫威"。每次大笑后气氛总是很热烈,我们录音棚里的工作口令不是"开始""停"那么正规,而是一个"卷"字!在大棚黑板上,邹赫威用大粗粉笔写了三个字"卷!卷!卷!"。在配音界,这个"卷"字既"卷"到了北京各录音棚,还"卷"到了上海、新疆。我常常问他们"卷"不"卷",如果都准备好了就说:"'卷'得厉害!"这种和谐的氛围对配音大有好处。这些个精英在别的棚子里都会有些"架子",但到我的棚子里就不敢显摆了。他们都有很深的功底,也都在戏里配过主角儿:李扬配音的唐老鸭、《红楼梦》中的贾瑞一角都很成功。唐僧的配音张云明也是八一电影制片厂的演员,在译制片《办公室的故事》中给主角诺瓦谢利采夫配音,影响了一代人,他也因此获得了最佳配音奖。云明多才多艺,我叫他"大能干儿",他又给我配音又做动效,在一开始的试集《除

刘冰扮演的百花羞公主由陈阿喜配音

这些角色的配音都是陈阿喜

妖乌鸡国》里董行佶、汪粤都配过唐僧。为了音色能够统一,再后来的重拍、补拍我都挑了("挑"是配音的一句行话,就是重新配的意思)。《偷吃人参果》一集中保留了大部分汪粤的台词,只让张云明挑了一部分。汪粤是电影演员,他的语言、语速、电影节奏比较强,而唐僧的节奏应该缓慢一些,节奏一快就没有佛家的味道了,云明利用他多年的配音技巧在这方面弥补了不少。他本来字正腔圆,结果有一场串戏时,为了给骷髅精一角配音,他发出了一种非常怪异的声音,顿时笑翻了全场人!"夫人!夫人!大喜事呀!那西天取经的唐僧上山来啦!啊哈哈……"这句台词听得我直起鸡皮疙瘩,他怎么能发出这种声调呢?真是个"大能干儿"!

  吴俊全是八一厂铁腕级的配音及旁白大师,他究竟配过多少戏谁也说不清楚。我们后来有过多次合作。记得有一次在《走西口》的录音棚里,一场戏里有两个男性角色的对白,他便一人配两个角色。他把参考声听了两遍,并在剧本上画出标注,开始录音时他说:"老冯,你把机器开了,其他的就不用你管了。中间也不用停机,这场三分钟的戏我背过身去一气呵成!"为了验证,我开机以后看着他,等着他"出洋相"后戏弄他。没想到他竟真的一鼓作气配完了!甚至连"水词"都加上了。回放时他让我把他的前妻和现任妻子(他们都是配音演员)都叫来看回放!口型真的一点都不差,而且两个角色各有各的声调。大家止不住地鼓掌喝彩!他诙谐地说:"老冯,你给哥记住!以后少在我面前指手画脚。"(他实际比我小。)

  陈阿喜在《西游记》的配音过程中是给我串戏最多的演员,如果有确定不了的人物角色,她总是"化装"几种音色给我听,并确认哪种感觉更好。《西游记》里的女性角色大多都是由她配的,各有不同的要求、不同的年龄、不同的身份,阿喜都能恰如其分地掌握住人物的心态。她进棚时一般不拿剧本,也不在剧本上画标注,而是把台词都背下来!只是问我下边配哪集哪场。我和陈阿喜也是在她"走穴"的棚子里相遇的,她的工作态度感动了我。我让李文玲一定要找到她,李文玲说:"她是你们单位的!"真是近在咫尺不相识。我俩联系上以后,她就成了《西游记》的主要配音演员之一。

  在《西游记》中饰演高老太太的高玉倩是著名的戏曲家,从现场的参考声音听,她带着浓厚的戏曲舞台腔。为了在配音时避免戏曲腔,我先找来冯宪珍试试音,可冯宪珍声音太亮、太好听,不是老太太的风格。周庆瑜也配了两场,感觉还是不理想。听周庆瑜的音色,若要让她配女儿国国王可能合适。最后决定让李文玲给高老太太配音,李文玲就是扮演《四世同堂》里面的那个"胖菊子",后来还在电视剧《好先生》出演过彭奶奶。她本来就是话剧演员,也是当时配音界有名的"棚虫",声音化装能力特别强。最初试了几种都不太满意,她琢磨了一会儿:"老冯,听这种音色!"她清了清嗓子,压了压底气,对高太公说:"你看他(猪

含情脉脉的女儿国国王由周庆瑜配音

八戒）吃得多，他干得还多呀！"一句话就敲定了这个角色。

《趣经女儿国》一集中女儿国国王是让周庆瑜配的，也没试音，直接就配。真是如我所愿！朱琳饰演的女儿国国王在花园里对唐僧含情脉脉，没有一点国王的尊严。配这场戏时，我对庆瑜有个要求，把这场戏配得"浪声浪气"："御弟哥哥，这里就有你'普度'的芸芸众生！"这在当时的那个年代可并不容易，庆瑜听完只微微点了点头，大家现在听到的女儿国国王的音色就是周庆瑜塑造的。

为猴儿配音的两个演员

剧中给猴子配音的主要有两个演员，一个是李扬，他是杨洁导演亲自选择为孙悟空配音的演员，他很讲究配音的技巧和方法。从一个刀具厂干部自学成才，跻身于配音界，他的很多作品也广为人知；另一个是李世宏，他是剧组班底演员李龙斌推荐的京剧演员，据他说他给多部影视剧、广播剧配过音。

为什么会出现两个猴子的配音呢？

一九八四年是《西游记》外景拍摄最紧张的一年，也是《西游记》后期录音最清闲的一年。这段时间里我接了外地一些电视剧，如《雪城》《乾隆下江南》《宁夏三烈士》《弟儿》，等等，负责配音、录音合成、录音等工作。忙碌的一年"走穴"工作中，我认识了众多配音大腕演员，和他们合作得很愉快，关系也很密切，后来也有很多大腕在《西游记》的配音中立下了汗马功劳。

下半年剧组在北京拍摄内景，一天，马丽珠抱来《西游记》第一集的剪辑完成版。在机房里她说："过段时间再送来几集。"第一集送到录音机房后，我看了几遍便选定了对应的配音演员，并把名单交剧务蔡志平着手联系，准备好后进机房配音。如果闫怀礼在剧组没有镜头，也要来机房配音。同时通知八一厂的里坡准备好配天蓬元帅，孔芮自己配蟠桃园的土地。三天后蔡志平告诉我，别人都联系好了，可给猴子配音的李扬，电话就是打不通。李扬就这么神奇地"失踪"了？我说别着急，过几天再联系。又一个星期过去了，还是联系不上李扬。我让剧务蔡志平多次打电话联系都不奏效，甚至连续几天晚上十二点给他家里打电话，李扬好像故意不接。反正当时《西游记》还没有要配音的更多素材带，我也不着急。

又一天，孔芮来电话直催："如果近期录不了，我保证不了时间。"原来定好的配音演员也有的打了退堂鼓，后来听马丽珠说，马上要从第一集《猴王初问世》连续交后期配音。我这才慌了神，眼睛急得都和小白兔一样了。我让志平连续不间断地打电话联系，一连半个月每天给他家里打电话，无果！奇怪了，到底出了什么事？按道理李扬有什么事也应和我打个招呼吧！有事咱们好协商。蔡志平说："应该通知导演，说明情况，我不相信李扬不回来！"能解决的困难我们一般不让导演知道，也不知这次是什么情况。我虽说着急，火上房了，还是嘱咐蔡志平千万先不要告诉导演李扬失踪之事，配音时他会来的。

快元旦了，我终于沉不住气了，正想找适当时候告知杨洁导演。

没几天，剧组的班底演员李龙斌突然来到我机房，给我推荐了一个给孙猴子配音的演员，说他们京剧团有一个李世宏，模仿邱岳峰给猴子配音没问题。我一听，吃了一惊！他为什么会给我推荐配猴子的配音演员？

我问他："你怎么知道我这里的事情？"

他说："大家都知道李扬没联系上。"

我问："导演知道吗？"

龙斌也不正面答复："你自己去问导演，但李世宏给猴子配音肯定让你满意！"

孙悟空的主要配音演员有两位

我继续问:"你先告诉我,谁叫你来找我的?"

李龙斌笑而不答。我说:"没人支持,你进不了大门,有军岗。"

他继续说道:"你不用会后悔的。"

既然事情到了这一步,我也没有必要再问导演了。我说:"过两天等消息再让李世宏来北京吧!如果能完成任务,我就把他留下,不行的话我给他报销来回车费。"

我还是满心疑惑,问蔡志平:"谁把这事捅到导演那去了?"

接下来几天,我的心乱了,也不上班了,在家里发愁。心想:马上就要配音了,李扬找不到,究竟是怎么回事?看来李扬是回不来了,我必须做出选择。

后来,我让剧务志平通知李龙斌可以让李世宏来北京试音,但目前剪辑完成版还没出来,等我确定了素材带什么时候出来会提前让李世宏来京。

转过年,李世宏来京了,剧务把他先安排在招待所。这时的我真可谓饥不择食,告诉他:"今天休息一下,明天来试音。"

李世宏来京的事倒不用我再跟导演说了,导演那里自有"探马"报道。第二天我把世宏叫到机房,我问他:"配过音吗?"他说配过。

"是学邱岳峰的？在哪里配过？配的什么戏？播出了没有？"李世宏很从容地回答了我这一连串的问题。我想这肯定是李龙斌教的，让他遇事不慌。

我问："你研究过《西游记》吗？"

他说："没有！看过《西游记》小人书。"

我心里有点凉！我问他在戏班，工哪个行当，他说谭派须生。我当即面露难色，一个老生行当配猴子行吗？发音、嗓子位置都有所不同，用小生嗓音配的话，肯定用不上胸腔，只用两个腮帮子发音，那就没什么可取之处了！想到这里，我和李世宏说："给猴子配音用不上你的'老生腔'，如果说发音只能是'小生腔'。我说的只是发音方法，但不能有戏曲的味道，尤其京剧舞台上的京白、韵白都不能有。猴子学人好配，人学猴子就会和赵广杉一样，为了配猪八戒，特意到猪圈里去学猪哼哼！配猪八戒的台词猪味太浓，吐字不清，因此才没敢用他。"

李世宏这个"鬼灵精"，紧接着我的话茬儿说："我来时就有'猴儿学人'的理念，放心吧冯导，你让我试试吧！"

我心想：这个"戏秃子"还挺机灵。还没试音我对他就有了三分喜欢。

我问他："你用什么方法配音，有想法吗？"

他说："我用小生的声音和腮帮子并用，再用鼻腔、脑后和胸腔配合。我知道'千斤话白四两唱'的道理，台词很重要。"

我赶忙拦住他的话茬儿说："你那'千斤话白'一两我也不要，台词有了舞台味道就失败了，凡是戏曲演员我都是换了话剧演员配音。"

世宏一听我话里有话，急忙解释："我说的是，我可以用多种声道发音。"

"世宏，今天上午不试音了，中午在棚里吃饭，你对着画面在机房里对对口型，找找感觉！下午试配。"

下午，我让他进机房无画面地说一段台词，让他说他最拿手的。他熟练地说了几段带邱岳峰味道的台词，又说了段正面人物的台词。从用嗓的发音位置和用腔方法，不难听出他还是有一定的专业基础。我无意中发现了他有谭派老生发音的声理习惯，把一些戏曲拖腔转嫁到了影视配音上，就连邱岳峰低音区肥沃的气泡音也用上了。我觉得有希望！音乐编辑王文华也表示赞同。

我对世宏说："原来咱们反复强调过，你们戏曲行当的'戏份一千，唱腔四两'的公式，我一点都不要！刚才王文华老师也说你带了点戏曲范儿，我给你放段猴子的画面配段台词。"

他进配音间一见画面张口就配，因猴子的语速太快，他跟不上口型，引得我们哈哈大笑。我让他先不管口型，说猴子的台词，又配了几段，我听他的声音造型及节奏韵律的起落开始有些意思了。

我把他叫进机房说："你还要有猴子的感觉！我提醒你，从这一集往后配时从音色上要慢慢过渡到成年猴子的发音！前面要稚嫩，是个小猴子！可不露馅地用点小生腔，你觉得什么时候，哪集发成年猴子的音色了，可用点老生腔，但不能'穿帮'！发音位置你自己拿捏好！我们的配音方法是猴子学人，而不是人学猴子！你细心理解我的要求。不错！基本上没有什么大问题了，这几天你不用来了！好好背台词！过几天从第一集开始配。不要出去逛，要随叫随到。"

一个星期过去了，我心里还是直打鼓。他能不能承担起这项配音工作还是个问号。

当画面放到猴子从石缝里蹦出来，又落到沙滩上就地来了个驴打滚儿，脊背着水，乌龙搅水，鹞子翻身的动作时，李世宏张大了嘴巴发出来了一种"咦……咦……嘿嘿……嚯嚯嚯……啊！哈哈哈……啊嗷……啊啊啊"的怪声音！这种声调非猴非人，有强烈的撕裂声响撞击我的 VU 指针，瞬间撞向禁区。失真了！

等我回放时，这个人猴结合的声音使我震惊。我把他叫到机房来指着鼻子说："这是什么鬼哭狼嚎？"他红着脸："冯老师！不行吗？"随即王文华大笑说："通过啦！可去了老冯一块心病。"

配音慢慢地顺利起来，一天，当配到李永贵进饭馆吃面条儿时，永贵用一种老者慢节奏的语速说："一壶酒，一碗面。"这时，李世宏用最快的语速，猴子学人说："一壶酒，一碗面。"

这时永贵生气了，高声说："一大碗面。"猴子也大声嚷嚷着："一大碗面。"

这样猴子学人说话很成功。但是李世宏老想变着法在猴子的动作上加"水词"。我常常停了机到配音棚"骂"他："李世宏，你给我编剧本呐！"几次他都不改，很是顽固，一不小心他就塞句台词。在配《龙宫借宝》那场戏时，他把猴子和龙王的对话擅自加了"有坐！有坐！"，他老想把画面的形体动作都加上"水词"。我说："世宏，你要加也别加戏曲舞台的'道白'，龙王说'大圣请坐！'，你可以加'坐！坐！'，不能加'有坐！有坐！'。"后来因为某些原因还是用了"有坐！有坐！"，但听起来也没有什么戏曲味，我把关就是这个样子。

孙悟空说:"有坐!有坐!"

李世宏的去或留

一九八五年国庆节前后,我们断断续续地把前五集的配音合成完毕。今后导演还会不断地送来剪辑完成版,我的录音任务会更加紧迫。这时候我不得不考虑一个大问题:李扬还能不能回组?李世宏又是否能拿下全部配音?我还真没有把握。我得做最坏的打算!为此我准备了两个方案去和导演谈:第一个方案是让李世宏一竿子捅到底,让他用"老生"的嗓子慢慢靠近李扬,并把前面配的那几集都挑出去,全部换成李世宏的!大部分还是能挑出来的,不太好挑的让李世宏通过"声音化装"完成。我听着他的声音,化装没有什么太大问题!李扬实景配音和在棚配音的有六七集,如果连修改带合成,起码需要两个月的时间。那就是说一九八六年初能完成从第一集到第十二集的播出版;第二个方案是邀请张涵予配猴子。小部分挑出李扬的,因为张涵予仿谁像谁,仿李扬配过的猴子绰绰有余、不费吹灰之力。我和王文华也不用大动干戈就能完成,观众更会"大饱耳福"。我先用第二个方案跟导演谈,想要听听导演的意见。那时剧组还在北京广播剧场拍戏,我给导演打了个电话,说明了目前李扬离组已经好长时间了,我想邀请张涵予配孙悟空!并把李扬配的部分全部更换。免得猴子的声音"七进八出"！导演听完马上答复我："可以！工作量这样大行吗？"我说："工作量再大也都是我和王文华的时间，比那种'今天打鱼明天晒网'踏实多了！"导演让我想好了就这样安排吧！我随即找到了张涵予："你给我配孙悟空吧！"他几乎没有考虑就回绝了："我没有时间！"后来我才知道，他开人家的私家车撞了墙，当时正在拼了命地日夜打拼，而《西游记》的时间拉得太长，会影响他的收入。

没有希望了，只能走李世宏这一条路了！趁着他还没回安徽，我叫他来机房一趟，告诉他先不要急着回家。李世宏说："我不急，听你安排！"我把李扬配的那几集带子让他抱上，来到一个机房说："我好不容易借了一机房！你把这几集猴子的台词都抄下来，背好了！"李世宏不解地问我缘由，我告诉他为了统一猴子的声音，准备春节过后把过去配的音全部挑出来。

我总结了一下李世宏的配音，毕竟是塑造了一只雄性猴，初到凡界，生性狂野顽皮，不惧于世，不食人间烟火，不谙世事，他用嗓稚嫩，倒也还有几分仙气的意思。他借用了京剧小生的"腮音"发音，配出来了一种半生不熟的吼音。从动物的原始生态"嗯……啊……咦……哦……"的声母、韵母来表现猴子的状态，表现猴子喜怒无常、顽劣戏耍的天性。我有意要求他从第一集到第五集逐渐为过渡到人物线打下基础。

五百年前后的"吭……吭……"的声音要有变化，就像是一个奶声奶气的猴子慢慢在人间接地气。配音时需要他把猴气植入胎骨，左右转换嫁接，及时发力。必要时让他的发音方法在吐字归音时挂了些邱岳峰的尾音，所有这些我觉得费点功夫也能完成任务。等有机会找杨洁导演商榷。

十月底我们合成完了《猴王初问世》《官封弼马温》《大圣闹天宫》《困囚五行山》《猴王保唐僧》《祸起观音院》和《计收猪八戒》的完整播出版。我准备去苏州一趟，把合成好的《猴王初问世》转成小带子带到剧组让导演看看，顺便给李世宏"讨个封"，回北京准备"大动干戈"！准备到元旦时，再把李扬配的那几集全部挑出去，并合成播出版（《祸起观音院》一集李世宏只配了"借避火罩"那场戏。《计收猪八戒》也合成好了播出版，都是李扬配的）。在去苏州以前，我特意嘱咐李世宏："你回安徽等我通知！"我比剧组晚两天到苏州，到苏州后拿出小带子，"请大家看第一集！"人们早都拿个小凳子老老实实坐在那儿看回放！我心想看完后大家一定鼓掌，导演再提点要求，而后我就在苏州玩两天，然后回北京再做修改台词的准备。

没想到大家看完后没有人鼓掌，都一言不发地拿起小凳子走了……导演也没有留下只言片语。这是为什么呀？难道就这么不行？我原来合成的那几集是李扬配的，大家看完后都有掌声，为什么这集……

好不容易熬到第二天晚上，导演拍戏回来，李诚儒来到我宿舍说："老冯，导演叫你去一趟！"我没有一点思想准备地到了她房间，她正在看本子，王崇秋当时也不在屋里。导演头也没抬地说："小冯子，李世宏的配音，你要好好考虑一下！"（导演跟我说话向来不多，就几句，都是让我自己考虑。）"导演，你能说得具体一些吗？"导演阴沉着脸："零碎太多了！"我一听不是说人物不行，就放下心来了。"导演还有事吗？""没啦，你走吧！"听到此言，我麻溜地跑了，心想这"弼马温"好哄。

回到宿舍，我先去找曾心影老太太（会计）："曾老太，你快去给我买火车票！最好明天晚上就走！"

"你有病吧，小冯？前天来的明天走！"

"你不知道，我要快回去修片子！"

回到北京后我一头扎到机房里开始修前五集的台词，把李世宏配的小零碎多的台词都剔除出来，在"窄磁"上动剪刀。世宏不在，补一句半句的也不值得把他再找来，就请张涵予替代吧！

我和王文华用十多天的时间剔除零碎，终于恢复了播出版。我给李世宏写了一封信，打算让他回京。这时候，阮若琳来电话，让我去她办公室。她说："你现在完成播出版的有几集？"我说有九集，不过十和十一集都合成过一次，还要小改动一下！阮老太太让我明天把一到十一集都拿过来，再搬个录像机，在她办公室看一遍。第二天，我把机房的2860录像机和小监视器搬到阮办。我告诉蔡志平给老太太准备午餐，还买了两个保温饭盒，炒了几个鸡蛋，买了刚刚出锅还带着热气的馒头。回来还热着呢！我俩还是盒饭，每天改个花样，也是趁机报答有什么事老太太都能给我撑腰之恩。

一连三天都看完了，阮老太太给我透露出可能先播几集的想法。我一听不好！麻烦来了！赶紧把最近我打算要挑台词的原因详细地汇报了一遍。

她问我："如果不挑台词这几集能播出吗？"我说没有问题，但有的还要做点加工。阮若琳指示："我看的这几集先不要改动，回去把它们该修的修好！你把猴子音色统一的工作推到明年初再改动。"我赶紧问她："要先播出一部分吗？"阮老太说："还没最后定，你要先保密！"回机房把设备恢复好后，我倒感觉轻松了很多，说："志平，咱们先休息几天，过几天通知王文华过来修整片子。李世宏要是来电话就让他等通知！"

"大计方案"已定，只能按照阮若琳的指示往下进行。先把前面阮若琳审定的十一集从头到尾检查一遍，等到明年开春再开始动工。我把第一集《猴王初问世》后来添补的画面部分又调整了一下，把《祸起观音院》里李世宏配的"借避火罩"那场戏剔出来又换成原来李扬配好的播出版。

　　也没有弄清是什么时候，"失踪"很久的李扬忽然来到机房！他灰溜溜地说："冯老师。"我见了李扬恨不得踹他一脚！半年多没有音信，今天忽然出现在我面前，一时间我竟不知道说什么好。我强压着怒火，轻轻地说："你先回去吧，等我通知。"李扬悻悻地走了。我万万没料到他回来了！他这是随便看看呢，还是要回来？

　　"蔡志平，今天中午去复兴门饭馆喝酒去，都让剧组报销！"志平看我脸色不好，忙劝我今天甭喝了。我"猴急"了，凭什么呀！平时半斤的酒量，今天在饭馆二两下肚就脸红脖子粗，晕菜了。也说不上是高兴还是发愁，蔡志平和司机王宏德看我这个熊样子，只埋怨我不能喝还非充"大个子"，这就是"硬尾巴驴"的下场！"你们俩才是'硬尾巴驴'呢！"我至此还不忘反驳他俩。

　　回家醒酒以后想起了这桩愁事，明年开春后是把李扬的全挑了换上李世宏呢，还是把前五集挑了换上李扬呢？我虽然喜欢李世宏前五集的配音，但导演让我再考虑考虑李世宏，导演这个"橡皮钉子"的滋味怎么化解？这时候我才真正体会到了什么叫孤掌难鸣，那个"有文化的同伙"心劲也不会往一块儿用。

　　朦胧中我想起了配《计收猪八戒》时用邹赫威换里坡的配音方法：我选择给猪八戒幻化而成的壮汉配音时，如果同样用里坡配音，恐怕会配出猪八戒的音色。那么壮汉、猪八戒的音色相似，对人物形象的表现层次就降低了。因此我选择用邹赫威给壮汉配音，当画面恰到好处时，一个筋斗就摔出了猪八戒！此时里坡连吃带喝的声音紧接着出现了："娘子！唉，你跑什么啊？"当猪八戒的"变幻时空"还原成"现实时空"时，他发现自己摔出了真面目，赶紧用手掩盖猪的嘴脸，但为时已晚，索性便自暴自弃，因此后续顺理成章地都用里坡的音色发音。

　　这方法倒是提醒了我，如果换李扬配后面的二十集，就要找一个台词合理的切入点，不能整整齐齐地从五集以后让李扬介入，那样的手法太"人为"了！必须在时间、空间上找切入点：五百年前和五百年后。好！就从五行山的山体崩塌之时切入！

　　可巧，第二天我接到杨导电话："小冯，两个猴子的配音你一定选择好再下决定！"我刚要给导演解释，不想对方没容我说话，"咔嚓"挂断了。不用说了，答案很明确，看来李世宏是回不来了。后来听人说李扬去完成一件秘密任务。

　　说归说，李世宏配音虽然剪起来很麻烦，但我还是想保住他，因为导演只说零碎太多，并没有提出台词不行。我还是很欣赏他前五集的台词，他的声音比较嫩，前几集又是刚刚出世的猴子。他的音色既像一个娃娃腔的猴子，又像一个不谙世事的猴子，再加上他是京剧演员，对于发声和用嗓子都是非常讲究的，他的发音位置相互转换也很恰当。他用小生腔配猴子用得很好，变化也大。从第一集的音色慢慢过渡到成熟状态，跨度很大。用胸部、喉部、脑后鼻腔互相融合得很到位！一组台词，他可以用几种发音方法来完成这场戏。配御马监和武曲星君的对话时，他用小生"化装"后的腔调说："武曲星君，你找我弼马温大人有何公干？"这是正常发音。当他知道被骗时，用上嗓音往上撞，发出近似"失真"的喊叫声。用胸腔声使全力把气力顶上脑门，"啊……"然后把册子一摔，飞身而去！他发出的是一种失常态而又狂妄的声色，调教成这个样子，我舍不得换。李世宏配出来的韵味是人学猴子呢，还是猴子学人呢？大家会"一听了然"的！所以从人物刻画上讲，还是立得住的，我应该尽全力把李世宏"抢救"回来，最后采用"并轨动剪刀"的方法完成。

　　如果用李扬配音的前十一集就直接锁定了播出版，如果要用李世宏的配音，过年后就得从《猴王保唐僧》那半集开始动刀子，为此我做了充分的思想准备。为了一九八六年春节能顺利播出，就先这样"按部就班"吧。

　　为了实现我计划好的切入点，播出前一定要搞定！在第五集《猴王保唐僧》的中间部分，猴子借山体崩塌跳出来，发出五百年来的第一句呼唤："师父！师父！"我顺利把一个五百年后成熟猴子的声音送到了观众耳朵里。观众也肯定不会因猴子突然变了音色而感到不适，毕竟隔着几百年的时空。修完了这五集版，才算真正做到完美的声画统一了。

　　七月份，剧组在七王坟拍摄外景，我拿上春节播出过的《猴王保唐僧》一集来到七王坟，晚上让导演看小带子。我就让她看了十分钟猴子从山里蹦跳出来的那场戏。我说："从这里开始换成了李扬，切入点行吗？"导演说："切入点很好！我都看过了，还没打电话表扬你！""导演，不用表扬！我今天是来告诉你，以后二十集都用李扬配，只把前面保留李世宏的。""好！好！"她连着说了两个好，脸色缓和了。我急忙退出带子往外走，回家的路上蔡志平问我："这几天进棚吗？""进！马上配后面的！"今天把"弼马温"哄乐了，大事已定！如果李扬能回来坚持往下配猴子我就省事了，再配音就从十二集继续。事实上剧里这段切入点，用了三个人来配猴子，为了这段跨时空的过渡更自然一些，我找张涵予补了一句，张涵予是既能模仿得了李世宏，又能做到无缝衔接过渡到李扬。不知道大家有没有听出来呢？一九八六年春节，中央电视台完整地播出了前十一集，播出后台里决定把原定张暴默演唱的主题曲改成由蒋大为演唱。十一集播出后观众反响强烈，纷纷打电话询问录音科下次播出的时间。有的甚至问到现在完成了几集？一九八七年春节还能播出几集？我们科里每次都会耐心地给观众解释："争取尽快和观众见面！"

是时候该考虑我的计划了！虽说换成李扬，但我还是吃不准，要把李扬换掉，工作量太大。剧组再有完成版送过来我会应接不暇！李世宏家在安徽，如果零敲碎打地配音，剧组不在北京，他要在哪里吃住？若让他来回奔波，我肯定用着也不顺手，再说他们两个人的配音观众都是认可的。以后的配音任务越来越重，剧组会完成到哪儿就先配到哪儿，马丽珠有时还把不成集的拿来配音，也有时候一天之内这集配十场八场，那集再配几场。演员们也记不清哪里是哪里，只有我和杨洁明白。有时候演员到齐后，还有哪集里的哪场能配，我立刻换带子就配，但录音师脑子必须清楚，否则很容易漏掉！比如在"两界山"唐僧为猴子缝衣服的那场戏就被我丢掉了半场，合成时发现没有台词。我忽然想起那天是因为抢另外一场戏时配音演员落下了，第二天补齐了再接着往下合。

这几天，蔡志平看我总是魂不守舍，他便劝我赶快拍板。我告诉他板早就拍了，只是还没下定决心。用李扬配猴子，我们省两个月的时间，也不用挑了，而且后面还有李扬配的。就怕李扬再玩失踪，又没有合同约束。如果是李世宏，我可以和他签订两年的合同。过了两天，李扬和张云明来补台词，我和他把丑话说在了前头，他坚决表示绝不再溜！

刘江配阎王

配阎王殿那场戏时，阎王是由八一厂的"胡汉三"刘江配音的，我想让他自演自配。里坡帮我把这个老头儿找来，试音的时候挺好，一正式录音可就"崴了泥"。几遍都对不上口型，大家好面子都陪着录，结果越录越不行，老头儿急得满头大汗！吃过午饭，总算凑合着配完了那场戏，我让司机送老爷子先回家。里坡这下算是抓住我的"尾巴"了！"我说不行，你非要试，刘江在八一厂是有名的不会对口型的。"我嬉皮笑脸地说："你怎么不早说呀你！"里坡知道我这是在对他耍赖，说话也结巴了："这……这能用吗？"他一急，"傻大个儿"的音儿又出来了。我说："大家今天辛苦大大的！下午把上午配的'通通'重配！晚饭大肥肠加火烧的咪西！蔡志平快去办！"蔡志平和司机王宏德一溜烟儿地跑了。现在重配，王玉立配阎王爷,别人的角色不动。"陪练"了一上午,大家对台词也都熟悉了,两个小时就录完了。里坡吃着饭还不停地埋怨今天下午的球赛看不成了。"里坡老师,现在我就让王宏德用车送你回家好吗?""你……你……连饭都……都不让吃啦!"大家哄堂大笑。

大闹总编室

配音最紧张的时候,偏偏机房老出故障,耳机里总是传来"咝……咝……"的高周波的声音。这样一来,李世宏的"小生"音色受影响就变成"中年汉子"的音色了,我们几次停机检查都找不出原因来。我找来缪署金也没有查出原因。我把演员们调换

刘江饰演的阎王

个位置,才知道是右路话筒 M760 泛潮了。我配音间的话筒比不上大录音棚,各种话筒几十个,都被梁柏强把持着。我这里只有当年搞实景配音时的两个 M760,穷得很。但想动录音科的设备几乎不可能,想来想去还得用老办法:从上边领导往下压。

再找阮老太太我心里也过意不去,这种小事自己也解决不了。怎么办?王文华提醒说:"去找总编室。"噢,对呀!闯闯这个"衙门口"。我拉着王文华来到总编室主任王传玉的办公室,说明来历后,主任不解其意地说:"这设备的事不去找宋培福科长,找我也解决不了问题。"我急了:"你老实巴交的,这个层次关系都不懂?"王传玉被我骂得狗血喷头,只好答应我的要求,去和录音科科长宋培福打个招呼。王文华在主任面前表现出"徐庶进曹

营——一言不发"的态度，出来我就跟他急了："我和主任打架你怎么不帮腔？"他却说："你说主任老实巴交真说对了！我看解决不了问题。"没有办法，只好停机了。我倒是利用这几天的时间把《猴王初问世》《官封弼马温》都合成出来了播出带。这个时候剧组已去云南拍外景了，我先松口气，等等设备。然而半个月过去了，也没有动静。我带着一点儿情绪，第二次一个人来到总编室。扒门听听办公室没别人，我一脚踹开门。王主任吓了一跳："你干什么呀！这么大火？"我急了："怎么说话不算数？"主任只得解释："我早跟你们科说过了！你不去问问他们，来这'撒野'！"一句话把我说乐了，赶紧逃走，免得再听到什么官话。回到机房后我合计着与其找科里正式要，还不如玩个"三只手"，到大录音棚顺两支 M760 话筒！有一天，我终于等到机会了！梁柏强没在，大录音棚门也没锁。我没敢开灯，摸着黑从"话筒干燥罐子"里拿了两个 M760 话筒。常言道，不怕贼偷，就怕贼惦记。多拿一支，有备无患！唉，为什么不早下手，弄得还打了一架，不但没有达到目的，反而还做了贼！

五、音画的"视"界

为《西游记》拟音

　　《西游记》所有的拟音都是从别的影片、电视剧资料里借来的，配音时再随手做一些简单的动效。我们每年都有大量的翻译片在录音科录制，大部分译制片都是由录音科的王书斋录音师承担。王明玉是央视翻译片的导演，她那里有很多译制片的"国际声带"，也有丰富的各种动效、电子合声器制作出来的声音。多少天来，我正在为《西游记》这个神奇多变、光怪陆离、需要用各种差异化音色来表现各种妖怪的声型发愁，试了好多种方法都觉得不理想。比如说"妖风"怎么做也没有"妖气"，资料里的大风、飓风、高空风、钻山风等怎么都不是想象的那种感觉。美工组做的那个"帆布两轮"手摇风车只能做些个环境风声，要想用它做出妖魔鬼怪的腾云驾雾，缺少的是"鬼气"。我们利用风声资料中的"扫地风"，变慢"带速"，把每秒三十八点一毫米降低为每秒十九点五毫米。听起来倒是有了些妖气！可惜和各路妖魔鬼怪腾云驾雾的速度节奏不太吻合。比如说《三打白骨精》里，杨春霞变身后拉长的体型，那种风速也贴不上。用孙悟空腾云的"嘟嘟嘟"的声音更不行，她没有猴子那种"身段"，这种声音一贴上，王文华直咧嘴摇头。后来只好用猴子起跳时用过的"唰唰"声和音乐合成出来的那种声音，最后才改成了大家听到的那种不伦不类的响声。孙悟空的"嗖嗖……唰唰"声响也是试了几种音色后都不满意，王文华建议：既然没有太适合孙悟空腾云驾雾的音型，那不如先放一放，说不定哪天有了灵感，能做出一个好的声音来呢！

《猴王初问世》第一段片头音乐结束时有一幕海浪拍打岩石的画面，普通的海浪资料拍打岩石的力度都不够，没有足够的冲击力。我在东海"天童寺"拍摄时曾去过东海舰队的驻防地，再换上"化生寺"门匾的"天童寺"里用的众多和尚，都是由东海舰队的战士扮演的。剧组去海边领人时，我顺便去采录的海浪声也没有合适的。这次，我索性拉上王文华和司机王宏德、剧务蔡志平一行四人去北戴河海滨专门去录海浪！我们找了几个点都没有大海浪，据当地人说，没有大风就没有大浪，如果有风也是晚上十二点左右才行。他们还说，有风时鸽子窝海边听声音好像有大浪！白天我们过去采景，那边的游客太多，我们最后找到了一块比较有希望的地方。听广播说晚上有四五级偏北风，我们十二点出发来到现场。风很大，好像不止四五级！收拾好机器，给话筒戴上"防风罩"就开始工作。谁知道因风浪太大，一般话筒的"防风罩"根本防不住大风对MK816超指向话筒的冲击。只有"呼呼"的声音，浪花飞溅的水花声记录不上，怎么办？我忽然想起棉被可防风！便让司机王宏德赶紧开车去宾

作者和王文华

孙悟空的腾云音型借用了《铁臂阿童木》的国际声片段

馆拉两床被子来，想办法别让宾馆里的人看见！他偷偷地把我和王文华的两床被子拉来了，我们顺着风向搭建了一个人工窝棚！我钻进去录了足足有二十分钟的资料。雪白的棉被被海水浸泡成了一片片黄色，成了个"水葫芦"。一床棉被沉得一个人抱不动。回到宾馆，我和王文华也睡不了觉，索性听听录的海浪效果吧！半夜我俩也不敢放大音量听，小声听着都觉得很是满意，在大喇叭听效果更好。弄湿了的被子也藏不住了，第二天吃过早饭，趁着服务员还没来打扫房间，我就去中央广播事业局八号楼的经理办公室找到了主任。我拿出记者证和工作证，说明我们是《西游记》剧组来采录海浪声音的，经理怎样要赔偿都行。这个主任一听我们是央视《西游记》剧组的，蛮有兴趣地问了很多拍摄的情况。我给她吹得"山响"，侃了许多鲜为人知的情景。她高兴地说："咱们是一个单位的，不用赔偿了！我们到时候洗洗涮涮就行了！"我出门时千恩万谢，表达歉意。回到房间时服务员还在那里不知所措地站着，一会经理来电话问我："服务员来了吗？"我把电话交给服务员，她们把褥子被子都换了。任务完成了，我们去市场花八块钱买了十斤大螃蟹，晚上喝了一顿酒。

回到北京后没几天，王文华又从王书斋的译制片机房弄来了动画片《铁臂阿童木》和《汤姆叔叔的小屋》国际声带，我们俩还是有一搭无一搭地听《铁臂阿童木》的效果带子。王文华听到里面"唰唰"的声音后显得很兴奋，说："明天把许镜清找来，咱们让梁柏强在大录音棚合成几种方案，给猴子做一种专用的腾云驾雾固定音型！"许镜清来了，在梁柏强的大音乐棚一起听了听选定的阿童木国际声片段！"唰……唰"的国际声版"声场"很干净，和哪种音乐混合用都没问题！我们混合了两遍总觉得还差点什么，还想再加点色彩，于是就把"唰……唰"的声音加上混响，再合成时就感觉太有意思了！许镜清说："过几天我给你们拿出个制作小样来。""小样"拿到机房后，在《猴王初问世》里，猴子从崩裂的岩石间一跳出，我们把在北戴河鸽子窝录的冲击性很强的浪花同时强力推出，造"声势"，之后叠加在"唰……唰……嘟……嘟嘟"的音响里！这段综合性的动效、拟音和音乐合理的搭配，帮助我们完成了创作。大家听到的这个声音后来也多次用在猴子腾飞的画面中，只是因各种原因在不同地方使用时做了少许改动。

《西游记》里的动效

最初成立《西游记》剧组时，大多数人对电视剧还都是陌生的，怎么制作？怎么拍摄？都不了解。我是最典型的门外汉，连什么叫动效都不知道。在扬州实景配音时，制作夏柏华在假山下走动时发出的脚步声，才知道这也叫动效。在青城山配音时，猪八戒和师徒四人吃饭那场戏，有几个人拿着碗、筷子边录边发出碗筷的声音。我慢慢地知道了电视剧和电影一样，生活中的各种动作，凡是应该发出的声音，都是同时做在录音带子上的！这种声音非常重要，没有它就成了卓别林时代的无声电影，除音乐以外，台词、动效什么都没有。卓别林说："台词、动效影响了电影节奏！"他的《大独裁者》是卓别林生前唯一一部，也是最后一部有声电影。

电视剧里的动效是不可或缺的，如何单纯做动效？用什么道具来做？我是外行加不懂行。在青城山，经饰演唐僧的演员汪粤介绍，我去四川峨眉山电影制片厂的录音车间找到了《被爱情遗忘的角落》录音师申顾礼，他领我去他们的大效间一看，我大开眼界！刮风的效果是用帆布围绕两个木头轮子，用手摇把儿的摇滚，试试真新鲜！马蹄子的效果用的是撅厕所的马桶撅子，再由人工对着画面敲击出来的。这些个道具一定要置办！我回到北京时打报告让美工组仿着样子做好了一个"风车"，又买了几个撅子，置办了一些锅碗瓢盆。有时候配音，我让张云明给我随时做些动效。他经常嘴里配着台词，手里还做着动效。为了做出草地、树林里的效果，录音棚外常常堆着好多稻草和干树枝子。我记得当年周寰、张建民火烧摄影棚时，阮若琳知道我的机房有险情，命令我："如果用稻草，你必须晚上睡机房！"这样每次用稻草时我都不敢回家。配音演员大多数给我做过动效，"大能干儿"张云明做的最多。

　　这是人工做得了的动效，那么武打场景的击打声，刀、枪、剑、戟各种动作怎样做呢？我们没有电影制片厂的和声器，中央台或电视剧中心又不可能有哪家给出钱购买这种设备。王文华就搜集电影里的武打声音做资料，把电影《少林寺》从小西天电影局租来了。让放映员毛玉山放一场《少林寺》，我把它录下来。我又趁着录音科资料员去广东"珠影"买资料时，去那里翻录了一些资料。我一方面给资料员房雷录资料，另一方面也可以把我需要的资料录齐，以供王文华选用！大家如果仔细听，便可以从二郎神与孙悟空在天上地下打斗时，二郎神的三尖两刃戟和孙悟空的铁棒撞击声音听出来。几十下都是用一个声音资料配上去的，每个撞击点都有同样的一声"啊！"这种没有变化的音响也是不得已而为之。只是二人在天上打斗时我加了空间混响，打到地上就不加了。就是这么一点小变化，我还要先转下来，去梁柏强那儿用他的混响器加好了以后再"并轨"。有时候一种声音要有几种处理，如果有三种处理就得三次并轨。如果我的机房有个混响器也就是举手之劳！这就是为什么大机房两个小时的工作量，我和王文华需要用七八天时间，原因就是在此。常常王文华干着干着，气得不干了，等他气消了还得接着干。

电影语言、电视剧语言是同工同曲的产物

　　《西游记》的音响作为一种艺术表现手段，离观众的要求还有一定的距离。因当时录音条件的限制，神话剧音响的制作程式脱不开后期配音。如何把音响做得逼真自然、可信度高、更接近生活，确实是一个值得研究的话题。提高可信度也是艺术家们用大力气追求的目标！电视剧的台词如果离开了它所依靠的视觉形象，就不能称其为"电视剧语言"了。只有视觉动作和语言表里统一、对位，才有艺术中直观的真实。比如《龙宫借宝》那场戏，同样也是雄伟壮观的"龙宫"。为什么那场戏中猴子和龙王言来语去的对话不加天宫里的混响呢？试想我要把水晶宫也加混响，天宫又要怎样处理？如果天上水下没有区别，就失去了艺术的可信度。猴子和龙王对话也不做处理，在仙家的档次上他们俩应该是平起平坐，谁也不能比谁

突出！观众肯定说："两个妖仙半斤八两。"在《大圣闹天宫》里，我都是加宫殿混响声，只是为了突出环境，玉帝与群臣不加以区分。悟空棒打金殿时的动效是战争片子里的"碎炸"，加上一倍的"带速"，使音响效果变形，和音乐叠加合成后再加混响延时造成的一个特大"空间"，有更大冲击力的音响。这种大力度的夸张，观众不会说不真实，反而认为它有更高的可信度！《龙宫借宝》中"定海神针"倒下的那一刹那，加上了很多"大气泡儿"的声音，一是表现铁棒的重量，水的压力迅速加大，也说明这个神奇的空间非人力所为。这里的音乐表现力极强！我没有在这里特意渲染拟音、台词的比重，只是让观众顺着我的听觉享受自然的艺术美感。如果观众感觉到了哪点不舒服，我就失败了。这就是说语言的真实感和环境的真实感是一致的。为了达到真实感，录音师总把每场对白的距离感放在首要位置，大中全透视镜头都应做相应的处理。

电视语言的互动交流和时空转换是相辅相成的，如果只是为了转换而"转换"，就失去了艺术的魅力。画面用"无技巧剪辑"的"多复合时空"音效贯穿，再用音乐托底的方法处理是较为常见的。电视剧台词转换空间是常用的自然流露情节。《计收猪八戒》一集的配音就是一个自然流露情节的例子：那个壮汉是邹赫威配的，他怎么也发不出猪八戒的配音里坡的"猪味"来，里坡也不会发出邹赫威的声色。从一个跟斗摔出个猪的嘴脸来，邹赫威的声音和里坡的声音进行变换，观众肯定不会觉得跳跃得生硬，反而觉得真实。这里是我故意而为之的，那么李世宏和李扬却是歪打正着，被逼出来的转换时空。但是这两个"时空"间隔五百年，似乎理由比猪八戒的音色转换更合理，就是那些好心的观众被我"骗"了好多年。

"梦幻时空"的虚与实

电影、电视剧对于"幻觉时空"和"梦幻时空"有着多种形式、多种手法的处理方式。有的虚实相承，有的全用音响对位呼应，更多的是借助音乐的抽象美感获取最佳的效果。因为《西游记》本身就是神话剧，我有时会按照剧情和一些民间传说，让聪明的观众用自己的想象力去发挥"臆想"。猴子在山石上睡觉，他的灵魂出窍后大闹阴森恐怖的阎王殿时，我就用一段音乐跟着他进入大殿，大殿里所有的动效、台词都用大混响，以此表现出阎王殿的恐怖环境！你说它是突出环境也好，表现妖魔鬼怪的光怪陆离也行，观众自有判断。但是唯有黑白无常的铁鞭抡起后用电声模拟了一种似真似假的"扫地风声"，那是加大混响和延时的效果才能做出的那种"喔喔……喔喔……"声，你说它真实吗？不真。你说它假吗？可观众承认有可信度。那么为什么凡是大鬼小鬼，脚步声基本没有呢？我小时候听大人讲鬼故事时说鬼是脚不沾地，沾地也无声。这个沾地也无声的说法是人们对鬼的形容，既恐怖又有道理，因为鬼无肉身。我这样虚实相结合的方法肯定能被观众理解，也就是说取"似"与"不似"之间的中心点，尤其是神话剧的动效处理太实为媚俗，太虚则欺世。我把这个空间留给观众。又如在画面中表现某一个空间时，不可能把所有的发声体都扩容在一个空间里，音响就自然而然地突破了每秒二十五格画面这个空间，形成了"声画分立"的原则。如《西游记》中的一组唐僧的"梦幻时空"的处理：夜很静，唐僧伏案而睡，大门慢慢开启，唐僧灵魂出窍，进入"梦幻时空"。当唐僧开启的门交替闪现时，一丝丝的声音都没有。忽然远处传来一声"哗"地泼水声（混响器效果），紧接着一种"吱吱"的风声轻轻吹进卧室，唐僧起身飘出门外。继而又传来被微风送来的经过虚幻处理的喊叫声："师父……师父。"唐僧循声而去，喊叫声还是不远不近。正在唐僧左顾右寻时，忽然一声巨响，从井中冒出个水淋淋的国王来！

"孙悟空龙宫借宝"一幕

当镜头急切唐僧惊恐的面部表情时,恐怖的音响随之铺天盖地而来,随着"梦幻时空"逐渐转换为"现实时空"时,音效才由强到弱慢慢消失。诚然,当声画等诸元素单独存在时没有什么感染力,但当它们有机交响时就有了力量。

"梦幻时空"出现时,声音把画面衬托出了静静的、很神秘的地步,更能突出唐僧灵魂出窍的诡异。随着一声巨响,又在观众紧张的心弦上猛击一掌,使观众吓一大跳!也为"梦幻时空"转换为"现实时空"提供了依据。

又如猴子推倒了镇元大仙的人参果树,为救师父去找菩提祖师讨医树仙方那一场戏。他回到故地,看到了满目凄凉的讲道场所破败不堪。他怀念过往,又急着救师父。他百感交集,蹲在大树下喃喃地说:"师父果然不见我了。"李扬声调悲戚,欲哭无泪。忽然画外空间有师父的呼唤声:"悟空!悟空!"猴子精神一振,大声央求师父:"师父!师父!教我个医树仙方吧!"师父哀叹地说:"唉,茫茫南海必有医树仙方。"猴子喜出望外,急忙给师父行礼:"多谢师父!"这场感情至深的戏始终没有表现师父的身影,没有"分切镜头",而且画面死死盯住猴子的脸部变化。他在此地跟着师父学艺多年,对师父感情颇深,所以画面没有去特意反映师父的镜头,悟空的情感起伏表现得淋漓尽致。混录时配的悲惨道场音乐直到猴子蹲在树下时才慢慢拉掉,为了突出悟空的心境,静静地让猴子把戏做足,把话说完。我把一切环境声、鸟鸣、风声全部拉掉,把"师父果然不再见我了"的台词加上空间感的混响。师父的声音则虚虚飘在空中:"唉,茫茫南海必有医树仙方。"这种悲剧美感的语言韵律和观众的心理节奏相吻合,更容易激发人们的同情感。这就是录音师通过技术手段传达给观众的情感,使之和我同呼吸共悲凉。实际剧本上没有这个提示,只有一个简单的猴子画外音,表现一个过场,画面也再没有足够的空间去把菩提祖师赶猴子出山的话作为"回忆空间"的长度。混到此处混录不下去了,音乐编辑王文华也感觉这场戏的戏份不足。我把祖师的台词调出来一量,画面长度远远不够。菩提祖师的台词是:"悟空!你走吧!我不再是你的师父!你也不再是我的徒弟!以后你在外边惹出祸来不把师父牵扯出来就行了!不然我不饶你!"这段台词如果作为那场戏的"画外音"就更完美了,可惜我想剪辑出师父的一句话来终不成句子。王文华想让马丽珠再增加点空旷的天空画面长度,但是又一想每集的长度一秒都不能改动,没有办法,王文华想把菩提祖师的话改成师父就在猴子身边,故意不见他,只是提醒他找仙方的去处。没有配音演员,王文华自己配音。"唉,茫茫南海……"这样处理就无限地扩充了画面空间,使这场戏变了一个味儿!本子上提示是此道观确实已荒废,我把它变成菩提祖师故意为之。这就是艺术上的多变性和统一性是相互依存的。

声画分立的应用

　　声画分立的手法在电影电视剧的创作中是常用的一种录音方法。声画节奏在电视剧这个文艺形式里都是按照各自的发展规律相互依靠，相互补充。因为只有在视觉、听觉方面完成各自的表现手法以后才能自然真实地以直观的形式呈现出生活的本身。电视剧艺术利用了各种可用的方法，摄影、美工、录音、灯光、音乐等技巧手段，凡是人们视、听觉所及的，都能利用这一艺术形式，把时空高度浓缩，从各种生活节奏提炼出精华，再将其真实地复现，去迎合观众的审美心理。声画节奏按照各自的规律去发展，这句话的本身就是"声画分立的规律"。如在道观里菩提祖师收留了猴子并赐名"孙悟空"后，他高兴得喜不自胜，狂野不能自持，双手抱住房上大梁呼喊着："师父收留我啦！我有名字啦！我叫孙悟空啦！哈哈哈！"摄影师用了一个旋转镜头来表现猴子的"晕头转向"，这个主观镜头我必须用猴子的"我叫孙悟空啦！哈哈哈！"的叫声冲破画面的"空间"，加大混响力度！我让李世宏把嗓音猛力往上顶，不怕音色失真。音响的亮度直冲云霄，比画面的表现力既强又高，这就是"声画分立"手法的应用。

　　旋转的镜头里并没有猴子的画面，但他的叫声依然存在于画面里。早期有声电影出现以后，加入了大量的台词、动效，使活动场面增多，镜头拉长，影响了"蒙太奇"节奏。他们以为声音破坏了电影艺术，卓别林大师也反对有声电影，结果他死前也悟出了无声电影的悲哀，拍了《大独裁者》的有声电影。问题从不在于声音本身，而是要找到一个恰当的声画结合方法。经过苏联早期电影导演普多夫金·爱森斯坦的实验研究，人们才发现了以"声画分立"为原则的处理声音和画面的有效方法。本来发声体和声音是一致的，人物张嘴才有台词，只要有声源就会有声音发出。但是人们却不一定同时看到发音的物体。比如猴子在铁扇公主的肚子里喊叫："嫂子，只要你把宝扇借给我，我就出去！"我把猴子的台词做了"掩蔽"效应，也就是说有一种让你捂住耳朵听台词的感觉。你一听就是猴子在肚子里发出的声音，但画面中没有他，只有铁扇公主痛苦的脸。声画各自表现出来的东西即为"分立"。

孙悟空在铁扇公主的肚子里喊："嫂子，只要你把宝扇借给我，我就出去！"

电视剧里的声和物

在电视剧里人们往往先闻其声，后见其物，或者根本不见其发声物。在实际生活中，某个人在屋外说话，如果是熟人一定从声音上就能辨别其人是谁。假如不是熟人也能从发声上知道是男是女，或是多大年龄。如果是"画外空间"，你也知道那个角色是谁。比如《计收猪八戒》里，孙悟空奉师父之命，变化成高小姐去降妖。高太公陪着唐僧在屋子里说话。忽然一阵妖风，飞沙走石，惊天动地，吓得高太公面如土色："他……他又来了！"这个高太公并没有见到妖怪，听声音就知道是妖怪来了。也就是先闻其声，便知是谁。一种物体和另一种物体相撞，从人的主观感觉上也能分辨出是什么物体发出的此类声音，以及物体的重量大概是多少。猴子追猪八戒到"云栈洞"，在洞里，猪八戒把五千斤重的"上宝沁金耙"往地上一扔，发出的声响是一块"重铁"发出来，并加了混响和冲击力的"咣当"一声巨响！从声音上你一定知道这个耙有多重，不管你的听觉感受到与否，它都实实在在地存在。不过声音作为艺术再现，在"客观时空"时都经过了录音师们的精心设计加工。几种声音的组合，台词、音乐、动效在同一时空出现时，带给人们的是一种艺术美感。

在画面表现某一个空间时,不可能把所有发声体都囊括在一个空间里,这样音响就自然而然地突破了每秒二十五格画面空间,言不尽之意都留在"画外空间"。如在《良家妇女》这部电影里杏仙逃婚那场戏:夜很静,杏仙怀抱衣物跪在门外。镜头透视门缝,陈五娘在收拾家具。杏仙声泪俱下地给婆婆哭诉她的苦衷,并嘱咐谁家借了她家的米,弟儿洗好的衣服放在哪里,等等。这段画面也没有表现杏仙,但她确实是跪在门外哭诉着。这场戏导演没有利用"分切"法去表现人物的感情,而是将画面死死盯着陈五娘的感情变化。可以说与杏仙的感情是一致的,她在这个家以童养媳的身份生活了很长时间,和弟儿颇有感情,所以画面不需要再去反映。而陈五娘的感情变化是很大的,她由嫉恨变得怜悯同情起来。综合处理时,我把杏仙的独白干干净净地突出出来,把陈五娘收拾碗筷的动效和院子里应该有的秋虫声全部拉掉,使这种悲剧美感的语言韵律和观众的心理节奏相吻合,激发观众的相应情绪。观众绝不会说:"为什么没有前景的碗筷声音?"申静把杏仙的台词配得气喘吁吁、满脸泪水,录完了大家还没有从情感中跳出来,还是抽抽搭搭地哭。我说:"申静,你自己哭也就罢了,惹得大家都陪你落泪!"也就是受了这点启发,所以我不让任何动效去打扰观众享受这悲剧的美感。

　　有一场大家都比较熟悉的戏,就是孙悟空在老汉家里打死强盗的那场。在屋顶上打、地面上打,有拳脚声、铁棒的击打声、刀锋声和从房顶上跌落地上的声音,这场戏王文华用了将近两天的时间。没辙的王文华不得不用上五十年代的电影棚都不用的手法,做拟声和画面武打场面的"对位"。他先把画面从头到尾做一遍详细的记录,这场戏一共有五十个不同的"打斗点"。第一个点:飞起左腿声音,是在这场戏的几分几秒几帧时踢出来的,在几分几秒几帧时要落在被打的点上。这就是两个点:第一点"嗯"抬腿;第二点"嘭"被踢中。以此类推,他在本子上记到五十个点,仅这流程他就用了三个多小时。第二流程,先在这场戏的前面找到一个作为"定位"的画面(一般的长度为三十秒),再在 720 大座机的录音机"磁带"上打上"嘀"的一声"千周"的讯号。画面上的定位镜头和"磁带"上嘀的一声对齐,做同时开机点。这时候他拿着一大把撕好的纸条儿,在同时开机后看着画面,见到一个动作就在"磁带"上加一个纸条儿,一直加到这场戏的尾巴上,共五十个纸条。停机后在加满"磁带"的纸条儿上从结尾的第五十个开始,倒着慢慢用白色小笔对着纸条写上数字:50,49,48……一直到 1 为止。这样动效对位数字就准确了,他再把对应的各种动效看着记录本上要求出什么声音录在数字上。这个流程王文华也得用两天时间才能完成。这场戏合成时,只要把"定位画面"和"磁带千周"对位好,同时开机。再混进台词背景,这场戏才算完成了!所以用只有两个声轨的录像机改片子十分困难，只好通过多次"并轨"来完成。我和王文华有个口头约定，我们这种低级的制作手段不让任何人知道，主要是剧组导演，央视和电视剧中心有两个录音科！

后期工艺流程

先期工艺流程和后期录制方法在操作上有着不同的剪辑方法。先期工艺流程是先把音乐、唱腔录好了再剪辑成完整的片段，拍摄时现场还音，演员跟着剪辑好的音乐、唱腔节奏，唱腔对位拍摄画面。后期录制方法则是先把画面剪辑成完整的画面片段，演员跟着剪辑好的画面节奏进行演奏、配唱。这种工艺流程多用于舞蹈、杂技，不太适用于唱腔。唱歌的制作方法是唱腔、唱歌演员跟着录制好的录音对口型，节奏对位。如果演员跟着画面、按照剪辑好的画面录唱腔、唱歌就困难多了，他们很难发挥到最佳演唱效果！如果后期工艺流程用在舞

剧中的女儿国国王由朱琳扮演

蹈、杂技表演的舞台上就没有困难，乐队跟着剪辑好的画面演奏也如舞台演奏跟着演员一样。尤其是杂技表演、乐队指挥盯着演员表演技巧进行演奏，比如说顶碗、车技、蹬伞，不可能给演员规定什么节奏出现高难动作，只能是指挥看到演员出彩"即兴"对位。

六、我的《西游记》战友

好人——倔木匠张瑞来

一九八六年底的一天，王文华到机房找资料，告诉我《西游记》剧组要上一九八七年春节晚会。我问什么时候通知的，王文华说已有一个星期了。我怎么不知道？我让蔡志平赶快去剧组要晚会本子，他去剧组一会儿就回来说："本子没有了，已经给录音科了。"我想那不对啊，《西游记》剧组上晚会不让我参加了？蔡志平说："我已经告诉剧组，老冯还没有本子呢！"过了两天，剧组一个剧务经文珍给我送本子来了。她说："给你们科的本子就一本，导演怕你一个人忙不过来，要求台里出面把任务下达到录音科。""你回去告诉导演，就说我前天才得到消息，没有问题。我按照本子上要求准备设备！以后剧组有事直接告诉我，也请你加重语气跟导演说，我这里是个'死角'。"我看过本子后，发现工作量确实很大，既要现场"还音"，还要现场录节目。不过既然录音科承担了这项任务，那么科里一是出设备，二是给我派助手。经过一番"讨价还价"，科里同意派录音师吴怀明负责总调音，我负责现场调音、还放和送音乐歌带，王文华负责放音响带子；另有一路专录场下的效果。共输出两路讯号线送吴怀明，经他"平衡"后送总控制台导演处。我从科里选定了两个话筒员：一个于祥泉，一个杨小平，专门负责来回给演员递话筒。科里这次空前大方，配备了十二路调音台和一台"艾格拉"放还机给王文华用。这样一大摊设备需要一个大桌子才能摆放得下，我还得用起来顺手才能应对各种情况。我的一堆录音设备，王文华的一堆设备，这两摊必须在同一个操作台上，可哪里能找来这么大的桌子呢？我突然想起了木匠"倔老头儿"张瑞来，张瑞来是剧组里和杨洁导演岁数相仿的一位老同志，是一九八二年《西游记》建组时的"元老"之一。他做事认真，心直口快，在剧组里喜欢给别人帮忙，更喜欢在剧组里"显摆"他的木工有多重要！我们俩在组里开玩笑最多，我常常"数落"他是导演的"跟屁虫儿""看家狗"。组里只要有人求他要点东西，他总是一句话："请示导演了吗？"在《西游记》录音棚我的工作间太小，监视器没高度，我看"口型"费劲，便让他给我解决个小桌子。我当时骗他说："请示导演了！"他知道我骗他，但也不解释，从他的库房里搬来一把椅子，放在我的台子上，高度正好。他帮我把监视器放好后说："你以后少给我出'幺蛾子'。"说完关门走人。这个椅子一直跟了我几年，剧组结束时才不知去向。对！找老张！我让蔡志平买了一盒"大生产牌"的香烟，到了他库房里看到了很多他为晚会准备的道具，此时的他正在往一对"仙鹤"身上喷色彩。"张木匠！"我笑嘻嘻地打声招呼。他放下喷壶，蔡志平赶忙把烟递上去。张木匠拿起烟掂了掂，随手放在桌子上说："你不要有事求我，我是导演的'跟屁虫儿''看家狗'。"他这是拿我嘲笑他的话来呛我，然后打开烟抽上说："你今天来肯定没好事！""我就想要个四米的大桌子，用来放我的调音台还有还音设备。""什么？四米！我没有，去别处想办法解决吧！走吧走吧！"说着就往外推我。"志平把烟拿着，咱们走！"倔老头儿一听，急忙把烟抢到手，装进他的蓝色大褂儿工作服口袋里。"你小子还想拿走？没门儿！"我俩

剧中的那对"仙鹤"身上的色彩是张木匠喷的

大笑着被他推出了门。过了十多天，第二次《西游记》春晚合练。一进大演播厅，就看到我的调音机位那里放着一个近五米长、两米宽用木头现做的大桌子，连木头茬儿都是新的！合练完了张木匠来了，指着我的鼻子："我还是导演的'跟屁虫儿''看家狗'吗？""木匠！我也想当，我不够格儿！"他不管旁边还有人，大声吆喝："冯景山，全组你最坏！"

在绍兴外景地拍摄时，我邀张木匠去咸亨店喝"加饭黄酒"，一碟儿臭蚕豆、带皮儿煮花生、豆腐干、鲜藕各一盘，另有三斤热好的铁筒儿酒。在那个乍暖还寒的季节喝点儿热酒很舒服。我想再加一筒儿（一筒儿一斤），他说："一会儿喝死怎么办？"我给他打趣："不要紧的，你要'哏屁朝西'了，导演会给你这个'看家狗'买个大棺材！"喝了酒后他舌头也有点短了："你……你懂什么呀？剧组这么多人，都……都求我，我不用导演压他们，我还干不干活儿了！""崔洁化妆用的那个小梳妆台不是你主动'拍马屁'打的？""那……那……是请示过导演的。"我们俩正在逗闷子时，照明师朱希德到了，那天我也喝得"五迷三道"的了。

在拍摄杏仙调戏唐僧的夜景戏时，也就是王苓华"还唱"《何必西天万里遥》的那场戏，我在现场还音时看中了美工李相铎用树根藤条做的一个花盆架子，高度大约一米五，暗红色。如果放在家里三角的地方再搁上盆吊兰，会很雅致的。我和张木匠一商量，他就急了，"这东西我得用很多次！哪一件我不是用多次？"我看没戏，太为难他也就放弃了。

没想到半年以后在北京，张木匠打电话叫我去一下他的小仓库，他指着那个花盆架子："你搬走吧，我用完了。"这个花盆架子后来在我家用来放吊兰，用了十多年。

剧组拍摄最紧张的时候张木匠病了，导演怕他在外景地出现意外，劝他不要跟组外出了。木匠急了，连忙给剧组写了"保证书"，保证在组里出现一切问题都不用《西游记》剧组负责任。导演看他这样坚决地要拍《西游记》，只好同意他继续跟组。他就是用这种拼命精神，老老实实、死心塌地地为《西游记》拍摄贡献了全部精力。没过几年，我在广播局南门遇到了他老伴用一个小双轮平板车拉着他，见到我，他很开心。我拉着他的手说了很久，他眼里闪着泪花，我也湿了眼睛。没多久，木匠便走了，走得好远好远……

剧中的唐僧和杏仙分别由迟重瑞和王苓华扮演

偷袭林志谦

林志谦是《西游记》饰演二郎神的演员,也是武打设计。他人不但长得帅气、威武雄壮,还很讲义气,听说是南方武术大家万籁声的弟子。在剧组我很喜欢和他交往,也常常开玩笑。当年我在《电视月刊》杂志上刊登了一篇文章《谈〈西游记〉里的武打动效声》时,我请教志谦有关武打的术语,他毫不犹豫地给我写了两页纸的"关于武术用语",并且写了"一招一式"的术语区分。在杭州《电视月刊》发表以后还真有人打电话到央视录音科找我,问我是否是学武术的,发表的术语很标准。当我告诉观众们是《西游记》武打设计二郎神教我的时,他们都说:"真佩服你们这些人的工作。"

不知道从什么时候开始,我看着他强壮的身体,总有"偷袭打他一拳"的想法,我也知道如果打他我绝对落不了好下场,也不知为什么这种想法总也丢不下。有一天,无意中有个机会,志谦在我前面走,我上去就一拳,他纹丝没动,身体连晃都没晃一下,转过身来说:"好!你偷袭我?真不够哥儿们!"

我说:"你才不够哥儿们呢!浑身长'铁肉'硌死我了!"

第二次是去饭堂的路上,我俩一擦肩,我就伸手打他,距离这么近,看他怎么防?结果他稍一侧身，就用手握住了我的手腕，随即把二郎腿一勾，挟持住我的腰！我动不了了："林志谦，真不是玩意！使这么大劲！"

他哈哈大笑："我要真使劲，你的腰早骨折了！"

我咬牙："好！姓林的，你等着！"

最好玩的是在九华山肉身殿九十多阶的台阶上。那天演弥勒佛的上海演员铁牛要去肉身殿堂看看，让我陪他一起往上爬。一个多小时才走了一半路，我俩坐下本想休息，只见林志谦从后边大步流星往上蹬，我心想这是个机会！他刚从我面前一过，我伸手抓住他的右腿脚脖子。只见他向前一扑，双手扒着石头台阶，左脚勾住我的脖子，也不使劲拽，只是把我的头卡住了。"林志谦！松开！你的袜子好臭！真讨厌！"一边的铁牛不知道我为什么骂志谦："你们俩练武呢？"

这几次偷袭都没占到便宜。要说练武，志谦给我说过："都说泰国脚厉害，等着有了机会我去泰国和他们较量一番。"《西游记》拍摄完后我们就分开了，前些年在杭州参加《王牌对王牌》时，听说林志谦可能来，等到最后也没见人影儿。

二郎神的扮演者林志谦兼剧组的武打设计

东崖宾馆外，作者和弥勒佛的扮演者铁牛

拍摄《误入小雷音》时，作者和弥勒佛的扮演者铁牛、黄眉妖的扮演者曹铎

救援马丽珠

马丽珠是《西游记》剧组的场记，在剧组六年，一直帮杨洁剪辑完成全片。一九八二年在央视"大演播厅"的前厅里我第一次遇到了马丽珠，一个纯朴的小姑娘，有两只忽闪忽闪的大眼睛，圆圆的脸上带着稚嫩之气，梳着两个小短辫子。

我第一眼就喜欢这孩子："小姑娘，叫什么名字？"

她答："我叫马丽珠！"

我说："噢！我姓冯，是录音！"

她笑："冯叔叔！曾文济叔叔提起过你！"

到剧组以后，凡有事我都找她帮忙，我写的稿子、做的表格都离不开她，抄抄写写，她也愿意帮我的忙。

在扬州拍摄试集时，导演让她饰演一个宫女，就一句台词："娘娘！陛下他来啦！"拍摄时我不在现场，看回放时发现了她，拍摄的参考声台词很清楚。我争取了曾文济的意见之后，决定让马丽珠自己配音。

那天晚上拍完了戏，我叫"坏太监"李建成来配音时把马丽珠也叫来。她来了先配那一句，因为晚上她还要回去整理剧本。

"丽丽，你没配过音，放松点别紧张！"她眨着两只大眼睛看着我。"张建民！放画面让她看看！"没想到刚出现画面，第一句她就把口型咬住了！"娘娘！陛下他来啦！"配合得天衣无缝，拍了三遍，她配了三遍，十分钟就搞定了。我觉得这个孩子有天赋，将来给她个角色让她配音。后来因为前后期分开没有实现。

剧组在泰国补拍公主投河自尽的一场戏，马丽珠当替身。在菩提树下有个清清的河，清亮得一眼能看到底，有两米深，我怕她胆小，告诉她："我和照明师朱希德在河里救援！你放心大胆地跳！不让你呛着水，我们俩就把你托起来！"

我们俩先下到河里，站在她落水的位置，一边一个。跳水的瞬间，她用眼睛看了看我们，我给她一摆手，只见她双手捂着眼睛，平身扑到河里，她刚一着水面我和朱希德就把她托出了水面。

朱希德急了，结结巴巴地说："老……老……老冯你，你急什么呀，肯定不能用，托起得太……太……太早啦！"

我俩也没换衣服就去问王崇秋是否能用，崇秋说："着什么急呀？不能用也拍不了了，

作者和马丽珠在剧组

马丽珠就那一套衣服湿透了。"而后崇秋说："能用！把镜头变慢不就能用了吗？"

老朱还是不罢休："我……我……我……"

"你'我我'个屁呀！崇秋说能用。"

"我的脚扎……扎……扎破啦！"我急忙喊化妆师崔洁拿酒精棉球给老朱消毒。

马丽珠一天天长成了一个大姑娘，有一天她和我说："以后我不叫你冯叔叔了！"

我说："为什么？"

她说："叫你老师显得不亲，叫你叔叔又怕把你叫老了，还是叫你冯景山吧！"

我说："这个鬼丫头！"

道具鸟风波

杨洁导演送给王文华一个能发出鸟叫声的小道具，他在做动效时多次用它。它发出的鸟叫声可以乱真。这个小道具，王文华成天揣着。那天它被丢在机房，我拿着它在机房外大厅里给我们科里的人们"显摆"，科里人都觉得好玩儿，如果片子里有鸟的近景完全可以像配音一样对"口型"。玩了一会儿我把它放在大厅干别的事去了，忘在桌子上。

第二天王文华向我要，我才想起来昨天丢在外厅里了，我去找他们几个挨个儿问，都说没见。我真是急了！我把昨天看道具的人都搜身后也没找到。

我忽然想起是谁拿走了！我把这人叫来浑身摸他的口袋，因此我们俩就动起手来卡背扭腰、大喊大叫的。引来科里人看热闹，都以为我俩真打起来了。我被摔倒以后爬起来往机房去，一不小心撞上了厅里的石灰柱子，眼睛碰得肿了一个大大的紫包。

次日经台长王枫批准，李扬要拍一部《西游记》剧组的专题节目。马丽珠临时被招来做场记，一行六人飞到广州，驻扎在广州白云国际宾馆四楼（宾馆四楼有央视承包的几套房）。凡是新闻记者去广州大多住在这里，我已多次在这里住宿，晚上李扬招待大家聚餐商量在广州拍摄几条专题片（小制作）。他也联系了一个赞助商，报销我们在广州的部分费用，算是两家合拍，七天拍摄了两个小专题片，而后去广东省肇庆市拍摄剧组活动。

那时候我的眼睛肿得很大，像一个大紫核桃，李扬想尽一切办法避开我的左眼。在车上拍了好多镜头，画面里一有我，李扬就发愁怕不能用。李扬是孙猴子的配音演员，当然愿意多拍些录音组的活动，但在《西游记》配音机房拍了好多镜头都不能用。这个专题组是央视出资，并不花《西游记》剧组的经费，所以我们到肇庆住在市里的中国旅行社。

剧组在肇庆七星岩拍外景，我们就每天去剧组都绕"青莲湖"一圈。李扬拍摄了不少外景镜头，但还是担心此专题片因为我的眼伤播出不了。

三天后剧组派专车送我们去广州回北京，我的情绪不高，李扬在车上变着法儿调节气氛，问我的紫色大包的经历。我告诉他们："王文华的小道具丢失后，在科里真真假假地打闹了一番，那天把录音科搅乱了，半天没有人做节目。"李扬说："那冯老师不就是个'搅屎棍子'？把录音科搅成一桶屎，乱糟糟不成样子。"大家笑起来了，他还绘声绘色地说："你们想呀一桶屎，冯老师就是那一根棍子，在屎里搅哇搅……"大家笑得前仰后合！他又说："以后我再见了师娘要改口叫'搅娘'！""哈哈哈……"笑声都快把车子炸开了。

《西游记》这个专题片，最终没有完整播出，只播出了两个专题"小制作"。

七、外景起波澜

外景录音遇险

一九八七年初，我已经差不多配完十九集的台词，还有一些没有拍摄全的外景。我计划到国庆节前基本完成二十五集的配音工作，剩下的场次剪辑成型再追加配音，然后合成后十四集。我一算时间有富裕，因为配音演员用得都很顺手，李扬也按照要求准时到场。我死死抓住里坡、张云明和李扬不放，准备今年做最后一搏。

四月，我跟剧组前往云南少数民族地区弄岛，准备录点儿"小环境声"。那里的民族风情很是特别：稻田里养鱼，女人们都用头顶着衣服在水沟里洗澡。我们的汽车路过时，这些女人还向我们招手表示欢迎。到达目的地后，全剧组都住在一家招待所里。我和技术负责人贾开宸住在小竹楼的二层，当晚本地管理员就告诉大家，外出时小心蛇。有的游客还在厕所被蛇咬过屁股，请大家小心！听了这话，把老贾吓得不轻，每次去厕所他都拉着我和他做伴，平时的那种绅士风度一扫而光。

我们在采录时还碰上广东旅游团来弄岛观光，带队的是董行佶的女儿董岱。晚上我们一

作者在云南拍摄《天竺收玉兔》现场

起在招待所的院子里聊天，远处静静的农村小路上各种鸟叫声层出不穷，特别好听！再加上小村庄里熙熙攘攘的人声，真是一派世外桃源的小景象！我决定明天晚上去一千米外的小村庄附近录音，这里非得是太阳落山时才能有此声音。我告诉贾开宸："明天你让李智伟在现场盯着，你早点回来陪我去录音。"第二天傍晚，我俩来到一千米外的村庄竹林边上，此刻在晚霞映照下的小竹林呈现一片金灿灿的景象，众鸟正是准备"安窝"之时，叽叽喳喳乱叫个不停！我为了合成片子时有很长的环境声做"趁底"，足足一盘带子没停机！录音时我俩都不敢出声，回到宿舍才觉得浑身痒痒，我们虽然穿着长裤，但还是被蚊子叮了很多包。

　　四月下旬，全组从瑞丽市坐一架"大屁股"飞机回昆明，飞行途中遇上了大气流。飞机穿越雾气蒙蒙的云层时，雨点打在飞机窗上，发出噼噼啪啪的响声。飞机随着气旋上下颠簸，有时瞬间上下几十米的落差，有时甚至上百米。太阳时隐时现，更有甚者眼看着飞机就撞上山头了，飞行员一拉操纵杆，飞机快速绕着山头擦肩而过。再看机舱内人们鬼哭狼嚎，不顾一切地大声尖叫。我手里紧紧揪着"铁吊环"，身子仍止不住地随着机身的抖动上下翻滚。再一看，人人都拼命拉扯着吊环，生怕被抛出去！技术员李智伟一手把摄像头紧紧抱在怀里，另一手抓着吊环！随它怎么样翻腾，李智伟只闭着眼睛，头上冒着冷汗，倒像只死猪。场记于虹也不抓吊环，用两只胳膊死死抱住我的一只胳膊，难为我一只手承载着两个人的重量，另一只手还得拼命抓住吊环！那"贾绅士"吐血了，脸色蜡黄。差不多四十五分钟的路程，人们好像到另一个世界逛了一圈又回来了！飞机落地后打开机舱门，没有一个敢动的，还都在那里抓着吊环不放！哇哇，都吓得快要晕过去了！好一阵子人们才苏醒过来，仍是没有一个人说话，都慢慢地行动，像丢了魂一样。忽然我觉得胳膊火烧火燎地疼，撸起袖子一看，被于虹抓出一道道血痕。

失踪在泰国大佛筒

　　剧组来泰国拍摄《西游记》取经地的外景——《天竺收玉兔》一集中的异域风情地貌。我一方面要完成录音任务，还要给美工李相铎搬道具，也有时候来回扛服装。第一天去"大佛筒"时没有拍摄任务，我拿上机器想顺便录些外国佛音：大雄宝殿咏经文声、殿堂钟声、木鱼声，等等。佛经的念法和国内大同小异，但各地都存在语气、语法的不同。我国节奏比较慢，高低有韵，声音浑厚跌宕起伏。他们的节奏较快，木鱼紧敲，撞钟儿紧碰，清新悦耳。

作者在泰国拍摄现场

作者和剧组工作人员在泰国

我在那里采录了各种形式的声音。我看到蒲墩上跪了一家子老少，所念的经文很可能是祈福经，这套经没有录完整，后来又等了一会儿，其他人来祈福我才录完。大佛筒金碧辉煌，金灿灿的光芒耀眼。殿角铃儿阵阵作响，亲临现场，倍感佛意拂面而来！这里游人如织，多种语言混杂在一起，好像是赞美着大佛筒的庄严！我录了两盘磁带，准备用作背景资料。回过神来时，剧组却早已不知去向。我满世界找剧组，怎么也找不到。一个小时过去了，我急得浑身是汗！来回走的话，恐怕谁也找不到谁，索性我不动了！过了一会儿，许德忠找到我说："我们已分三路找你，快走，导演急了！"果然，一上车全体员工都不理我。

泰国拍摄现场

晚饭时导演的气还没消，化妆师崔洁来叫我时叮嘱我："你小心点，导演叫你呢！"来到导演饭桌前，她说："再丢了就不找你了！罚你明天剃光头，和任凤坡演秃和尚。崔洁明天早上给他剃度了。"不知天高地厚的崔洁命令我早上六点来化妆室，我准时到了。"小崔洁，你以后对你冯叔叔少用命令的口气！"她也不示弱："你再说，再说我给你后脑勺儿留下一撮儿。"

一连几天都拍我，今天演和尚，明天演侍卫，后天又演保镖。那天拍摄公主骑象选亲一幕时，有人群也有骆驼铃儿声。我问导演："我录点儿音？"导演说："我知道你要录音，试拍的时候你录，开拍的时候你和朱希德还是演保镖。去吧，别烦我！"我给她做个"大茶壶"（大茶壶是《茶馆》里骂人的一个动作，一手叉腰，一手指骂，形似大茶壶）的造型，赶快跑了。二十来天看着就数我最忙！剧组给了我一点钱，我都拿出来，买了两副大水牛角，一副送给王文华作礼物。

八、风波又起

八戒换配音

十一月底剧组刚刚回国，里坡从报纸上看到了我们回国的消息。有天晚上里坡给我家里打电话说："冯老师，你的猪八戒我配不了了！"我让他再说一遍，他又加重语气重复了一遍。当下我的腿就软了！我说："后五集的剪辑完成版过几天就能拿到咱们机房里，你这时候撤退我怎么办？"他说八一厂要拍电影，非他出山不可！我急问他在哪里拍，他说外地。我说："把你的台词留下来单给你配行吗？你的来回车费我给你报销！"里坡坚定地说不行，并让我另请高明！这下像是抽了我的骨髓，断了我的脚筋。

一夜之间我嗓子哑了，说不出话来。时间没有了！怎么办？我想到了赵广杉，又想到了马德华，忽然觉得王玉立仿里坡的声音应该比他们条件都好些。因为玉立是话剧演员，口齿比赵广杉清楚，也不会有马德华的舞台腔。到离元旦还有一个月，我给导演打电话说明了情况。导演说："春节还有两个月，着急什么？""啊！你说得好轻巧，着什么急？我想春节前完成！"导演高兴了，在电话里语气空前得好："我尽量赶紧完成剪辑版，你那里还有几集没配音？""我还有五集没有配音。"导演问我如果领导要审片子，拿哪两集？我说："前十一集播出完了，二十集以后的还没合成。你就从十二集到二十集里挑选吧！如果你审看得晚点那就还有其他的选择余地。"她又问猪八戒配音怎么办？"我想让王玉立来配！"导演发出了爽朗的笑声，"咱俩想到一块去了！"我说我抓紧时间突击录音，如果再有不开心的事情，请你帮我一把！导演没有听出我话里有话，满口答应。我心想：有了问题也是剧组造成的。

我马上打电话给王玉立，问他最近忙不忙，他恰巧不忙。我把需要用他为猪八戒配音的事跟他说了一遍，他很高兴。不管怎样我也是通知过导演了，这是大事！她说没别的办法，只能如此了。

第二天我把玉立找来试音，让蔡志平通知我选好的那些配音演员，原定的配音计划往后。可玉立试了一天还是找不到里坡的感觉，发音位置来回更换还是不满意。怎么办？我对玉立说："明天再试试，不行就按照你的思路配吧！"第二天我让他反复听里坡的配音，中午吃饭时王玉立说："冯老师，是不是'连吃带喝'？"我一听他的声音，对呀！饭不吃了，我俩急忙跑回机房试音，真像里坡！我高兴地说："有七分像就行！"我和王玉立用了三天时间搞定了方法，小蔡立刻通知所有配音演员明天进棚，配了二十一集和二十二集。那段时间里剪辑完成版也陆续送到了机房。录音组又来了一个剧务，帮助蔡志平联系工作。这一个月里我们几乎没有回过家，困了就睡在机房的椅子上。演员们像走马灯一样来回轮换，录音棚里每天灯火通明。大家嘻嘻哈哈，工作得那叫一个顺利。

我先合成好了配音，再让导演在马丽珠的剪辑机房听，我也没事先告诉导演这两集已经更换配音演员的事。她看了一会儿停住机器，我问导演："配音有问题吗？"她说："很好，没有问题呀！"我说："猪八戒配音换王玉立了。""哈哈！我没有听出来，挺像大里坡！"我让马丽珠退出带子，离开了。临走前给导演做了个鬼脸，导演说："叫我来了就看这么一会儿呀！"我心想：夜长梦多，赶紧溜。至此完成了猪八戒配音的偷梁换柱。

一九八七年十二月二十日，《西游记》配音全部结束！那天下午大部分配音演员都到位了，闫怀礼、马德华、任凤坡、韩善续、吴桂苓也来到了机房。蔡志平给大家超标准备了两瓶白酒，十多瓶啤酒，还有饮料等。下酒菜有猪大肠儿、猪头肉，又特地为德华准备了凉菜羊蹄儿。邹赫威说，老冯的录音棚是天下第一好棚！我说，北京市别的录音棚早就更新几次了，我这个棚子五六年没有换过设备，我更想让杨洁导演来欣赏一下她从没来过的录音棚！

王玉立也是李天王的扮演者

大家鼓掌欢呼雀跃,一看表已是夜里十点了,导演早睡了!三个多小时了,有些人已经醉了。我赶紧让司机王洪德把吴桂苓、韩善续、王玉立、任凤坡和马德华这五人顺路送回去,再让闫怀礼打个十块钱的面包车回家。大家都走了,我一个人在棚子里站了一个多小时,过去喧嚣的气氛一去不复返了。最后我告诉李扬、张云明两人很可能要补台词,"没问题!放心吧!"我很欣慰。司机回来时已经十二点了,蔡志平还要继续喝酒!

　　十二月底《西游记》进入全面合成阶段,那时候也不分哪集了,马丽珠陆续给我送来剪辑完成版。哪集补完了镜头,哪集确定了不再改画面了,我就先合成哪集。最后我也记不清哪集的先后顺序。我这里哪集合成好了,就送马丽珠处转播出版,春节前终于全部搞定。终于!六年的风风雨雨,六年的坎坎坷坷,在这里画上了一个悲喜交集的句号。这六年是令我终生难忘、刻骨铭心的六年;这六年是我业务突飞猛进的六年;这六年是为我一生浪迹江湖几十年,拼搏到七十二岁才"杀青"打下坚实基础的六年;这六年是我脚踩两只船、夹缝里求生存的六年;这六年是我锻炼意志、永不放弃、永不低头的六年。六年来我承受着压力,承受着一切,来报答王崇秋的知遇之恩。不管《西游记》成功与否,我对得起良心,对得起观众,足矣。

《西游记》的国际声版

合成部分全部播出以后,我从马丽珠那里得到了"已上交了全部播出版"的确认。这个破破烂烂的录音棚已经完成了它的历史使命,我想神不知鬼不觉地把它拆除,恢复中央电视台大放映间的本来面目,不留下任何痕迹。但是一旦把它拆了,《西游记》如再有改动就来不及了,再搁些日子吧!我们还能多见几次面。

过了春节,我刚从老家回京,机房里来了两个新疆电视台的编辑说:"我们要买《西游记》的国际声带。"我告诉他们:"我们没有做国际声,因为没有多轨设备!"他们说:"是阮若琳台长让我们来找你的,做国际声,没有台词的。""明白,"我把两手一摊,"设备的没有!你们明白?"他们走了,我想着如果一声轨做动效,二声轨做音乐,加拟音再并轨输出,一样是国际声效果。再等几天导演找我时再做商量,我打电话告诉蔡志平让他再订几个月合同。

这几天我闲着没事,和《西游记》副导演任凤坡去前门"走穴",拍摄一部单本剧《坑人大饭店》。那天晚上我正在录同期,杨导演和王崇秋忽然闯进拍摄现场,我还没有搞明白是怎么回事,导演只看了一眼就气冲冲地走了!任凤坡问我缘由,我也说不出个所以然来。莫非是要做国际声没有找到我?是谁告的状?我想不管怎样,先回去再说!我立刻告诉本剧导演赵大恕我不参加了,这两天我算白帮忙!两天时间没在机房,机房里的效果资料、音乐资料已经被一扫而光,机房也被打扫得干干净净。我百思不得其解,戏已全部完成,导演找我肯定是国际声的事。按理说,导演都已经安排他们出国了,国际声应该做呀?管他呢,静观其变吧(那时候我不知导演没有出国)。没过几天,阮老太太让冯骥打电话叫我去她办公室一趟。阮老太太问我:"那两个新疆编辑找到你了吗?"我说:"找到了,他们要买国际声。""做国际声需要多少钱?"我只好把"实情"隐瞒:"我没有机房,做国际声必须用多轨录音机房,我那个机房绝对完成不了。"老太太面露难色,慢慢站起来说:"你先回去吧!"出了办公室我心里特别难受,这位老人这几年事事给我撑腰!我……我要弄得太僵了以后怎样回录音科?唉,一切都过去了,全身而退吧!过两天把棚子拆了,把机器交回录音科,把顺来的大录音棚的两支 M760 也送回去。回家!一个星期过去了。忽然有一天九点,楼下有人喊我的名字,我一看是任凤坡。他说:"台长王枫专门派司机来接你,去开《西游记》主创人员会议,大家都等着你呢!"我想一定是关于国际声的问题。这次我要提个条件:在多轨机房做。在出国问题上导演出面搞了平衡,会顺利的。在车上他们还告诉我:"导演捉了你的'黑叉'。"他们出国时打扑克牌,"捉黑叉"的代名词都说是"捉冯景山"。

到了台会议室，别的都还没说，先说了剧组"捉黑叉"的事。我一看除了我和王文华，其余都是电视剧中心的人。我想这是一个机会，赶紧"急流勇退"！我马上站起来，当场宣布："我的任务《西游记》已经完成，从今天起退出剧组！"说完和王枫握握手，小声说："对不起啊。"到楼下，任凤坡还等着我，我说："我已经向王枫台长宣布退出《西游记》剧组。蔡志平，你赶快把我没签字的发票给我，我给你签了，明天找许德忠报销，领了你的劳务费回单位吧，过几天我请你喝酒！你帮忙把机房收拾好了，所有设备我都先控制着。"

九、告别《西游记》剧组之后

我要回中心

自从离开《西游记》剧组，心里的失落感始终困扰着我。终于，我又回到阔别了六年的办公室（《西游记》录音期间我很少去办公室）。不久后，因为录音科外出队没有了多少采访任务，而是每天忙于剧场转播。我便也趁着外出的转播机会好好表现一下。每天外出现场调音，虽说转播调音对我来说是轻车熟路，但心里对《西游记》剧组始终放不下。外出时往往以命令口吻对我的几个助理说："《西游记》剧组的出发！"而后引起大家的哄笑。我也自知没趣，只好自言自语地嘲讽自己。几个助理倒是也不在意，往往一笑了之。这样一来，录音科外出队就和转播部好像是一个单位了。

没有多长时间台里宣布：录音科外出队和转播部录音组合并，成立转播部录音科！噢，制作部录音科要卸磨杀驴，我们只好走了。临走前，我去找科长宋培福表示："你把我们用够了就一脚踢开。"宋培福是个好官，我实际是舍不得离开。他心里也热乎乎的，只好说："台里领导为了完成转播任务，你必须去那里做主调音！"

我们的办公室也就搬到了转播部，正好和阮若琳的办公室面对面。我总能看到老太太，她有时候看到我也叫一声小冯，我也习惯地回答："老太太。"那种亲切感不言而喻。

有一天下午我要外出，阮老太太一人在办公室，我进去看看她。她放下手里工作说："你工作还顺心吗？"一句话就捅到了我的痛处！我说："都离开剧组半年了，我还感觉置身在

《西游记》剧组一样！"老太太笑了说："国际声你不做，捣蛋鬼一个！你就不会想个办法？"一句话提醒了我。

　　第二天我写了一个请调报告，要求去电视剧录音科重操旧业。这个报告在怀里揣了好多天都不敢往上交。这里困难重重，当初成立中国电视剧中心时，我为了个破烂《西游记》配音棚子不敢离开，到了今天这个地步，谁肯收留这个丧家之犬？我犹豫不决……终于有一天巧遇了阮老太太，我硬着头皮和她说："我写了个请调报告，申请调往中心，还愿意在您手下工作。"她面露笑容说："你的鬼主意我早想到了！你给我写一份请调报告，详细点！另外去找老文（文英光是我的老领导）。"我自是知道她什么意思，赶紧说："遵命！"我写了十多页请调中心的理由，放在阮老太太的办公室。

　　过了几天晚上，我骑自行车到西直门文英光家，也不客气地说明了来历。这个电视剧中心领导也直言不讳地说："没人要你这个'刺儿头'（我们俩关系非常好）！"我耍赖地说："反正我要去中心。"他说："当年我说带你走，你不走！"我说："你就知道当官，不知道当时我的难处？"老文发火："你先去找阮若琳，再去找张孝英（中心录音科科长），而后去找侯向强（人事科长），最后向我报告！"我嬉皮笑脸地对付老文头儿："我照办就是，发什么火呀！"

　　后来，我找到了科长张孝英，她很高兴地答应给我帮忙，并且提醒我先去电视剧技术处主任吕继中那里求推荐，这是最关键的一步。我去技术处找到老吕时，他告诉我："来中心必须自带名额，从台里要一个人员指标。"这下可难了！央视名额指标非常困难，不可能让我带名额指标出台。这样一耽误就是两个多月，毫无办法。我第二次进文英光家说了情况，老文说技术处和录音科那边如果没有老阮，不会这么顺利。

　　"我下一步该怎么办？"

　　"去台里找人事处！"我想着找人事处，还不如去找原来"时政组"的老记者于广华，他现在是电视台副台长。我们多年前在"时政组"一起采访，外事频繁时一个星期能有两次一起出差，经常亲密无间地开玩笑。我常常"趁火打劫"，从于广华手里顺点儿毛主席纪念章之类的东西，只要我在场总有点小收获。对，找于广华！我给于广华打电话说了我想调去中心的事。老于一听就骂我。我说："我已经努力半年了，各关节都打通了！就差名额，请你帮我解决！"他说给我一个星期的时间，考虑成熟了再给他打电话。一个星期后我再次给老于打电话，表明了我一定要去电视剧中心的决心。

　　眼看国庆节就要到了，因为要参加国庆的节目拍摄，全组人员集中住在国务院西直门的

作者在真实的唐三藏取经之处

《西游记外传之坑人大饭店》中，又遇饰演蝎子精的李云娟

招待所。有一天晚餐时，阮若琳老太太来了，我凑到她身边小声问我的事。她也不动声色，只低声说："你录完了这个节目去找中心人事科侯向强。"我一听喜出望外，把任务推给了录音师刘杏甫、杨小平。

第二天我就去了侯向强的办公室。侯向强好像是专门等我一样，二话没说就从抽屉里拿出来我的报告，领着我去中心领导张天民的办公室！张天民说："不可能！中心不缺人。"侯向强拿出了各级领导的特批，他才签了字。侯向强要我抓紧时间办理手续，我国庆节目也不参加了，回到国务院招待所同行们买了菜和酒，他们骂我是"叛徒"！我心里也不好受，都是近二十年的老哥们儿，难舍呀！平时半斤八两的酒量今天刚一两下肚就醉了！骑自行车到家迷迷糊糊睡了两天觉。常言说"酒入愁肠难自拔"，不可能两头儿都不舍。

《中国一绝》

来到电视剧中心录音科报到后，我心里也踏实了。第一次工作任务竟是采访，没想到离开了央视还有需要采访的片子。中心按计划要拍一部系列专题片《中国一绝》，我去采访的专题是安徽的胡开文墨、宣纸、湖笔厂、徽砚厂。这几个厂家规模宏大，员工众多，工艺流程管理都十分严格。

徽砚厂一进门就是一个大展厅，里面陈列着送给中央首长的礼砚，详细地镌刻着各位首长的名讳。有一方砚引起了我的注意：砚上镌刻"中央电视台赵忠祥"。

我问解说员："这是给赵忠祥的礼品？"

她说："是的，就等赵忠祥亲自来取。"

"他要是不来呢？"我问她，她停了一下慢慢说："那就没法送。"

"那我给他打电话让他来吧，我俩一个科的。"我当时也就随便这么一说，砚厂一个干部模样的人却认真地说："可以呀！"噢，他们是为了让赵忠祥能来厂里采访而有意为之！那方砚十分高贵大方，比普通的砚大得多，上面刻着精美的图案，做"残破状"手法镌刻，古雅、秀美、大气。我问她此砚是否为老坑石料，她摇摇头说："不是。"

我们同期拍摄了几段解说后，我提出是否能卖给我一块儿老坑砚台。那位干部说："你买不起，不过我们可以半价卖你一块小作品，那是真正的老坑。"我问他老坑料址在哪里，他说离这里二三百千米。

导演要求去看看真正的老坑砚，干部便把我们带到另外一个展卖厅，指着说："这都是厂里仅存的老坑砚，出售一块少一块。"我一看价钱吓了一跳，确实我不可能买得起！我指着一块儿最小的问："这也是老坑的？"他说："对，你要买给你半价一百二十元。"一块儿比手心都小的砚竟这么贵！我的工资才四十三元，我咬着牙买下来。多少年来，我一直把它当作手把件玩弄，很软乎，绵绵的。感觉手里发滑了，用清水在"墨海"里泡几天，马上恢复原来的手感。

　　来到胡开文墨厂的大展厅，里面陈列着一方硕大的古墨，旁边一副对联写着：百年之后有胡开文之墨亦有胡开文之名，千年之后有胡开文之名亦无胡开文之墨。我们在墨厂晾晒车间拍了一天，还没拍完。

　　第二天，墨厂领导坚决不让我们再进晾晒车间拍摄！因为晾晒的大木架子都很高，一筐筐成品墨都装得满满的。拍摄那天一个工作人员发现有人偷偷地往自己挎包里藏匿了几块成品墨，汇报给领导后，才不让我们拍摄了。

　　后两天拍摄炼烟、制作、和墨泥的流程时总有两个工作人员死死盯住我们。我感觉怪怪的，也不知出了什么问题。原来这是厂家故意而为之，他们也知道在这几道工序是偷不着东西的。拍摄结束后，那个干部对我们几个人说："你们是记者，我们相信你们。你们喜欢成品墨，我们可以廉价卖给你们，但你们不能私自往挎包里装，我们每筐的数量都有定数。"

作者在安徽采访途中

那个干部说完之后转身离开，连招呼都没打，就把我们晾在了外面。

回到住处后我们想着一定要弄清楚是怎么回事，带队的坚决不让查。我坚持要查，要给大家一个交代！但是大家都知道，拍摄时就一个人带着一个大黑提包，就是带队领导人。后来一个月的拍摄中我处处受到掣肘，这就是得罪领导的"好处"。如果这不是我来到中心后的第一次出差，我想我中途早就打了"退堂鼓"。回来做后期录音时，这个制片人领导又对我百般依顺，恐怕我去告状。有一天他来录音机房时，我对他说："我不会去跟你们领导说，你以后好好做人！"他听后连连给我鞠躬。

再踏西游之路——新疆之行

我虽几次来新疆采访，但这次不一样。因为受到一些事件的影响，电视剧中心的大型系列片《新疆之行》推迟了很长时间。采访组成立时组织了一个庞大的队伍，共九人，男女搭配，遇到问题相互之间有个照应。中华人民共和国国家民族事务委员会（简称国家民委）还为我们特意派出了一个了解新疆维吾尔族、哈萨克族民俗风情的顾问李公一同志。按计划，到达乌鲁木齐后先采访自治区主席王恩茂同志。王恩茂给我们讲了自治区的情况，并且指示我们注意民族政策，尊重当地宗教信仰。在百忙之中，领导还让秘书详细地听听我们的计划，而后报告给区委。等了几天，区政府派出四辆汽车供我们采访用。这十几个人的队伍是央视有史以来数量最多的采访大军。

第一站就是石河子市，经石河子宣传部的同志介绍，我们先去采访了开拓石河子的先辈们，并在一个大铜牛像旁边听他们讲述了当年创业的事迹。听宣传部的同志们讲，越往北走越危险，在那边常常会被当地的民间哨卡盘问。果然，我们碰到些"卡子"，都是由顾问李公一和区车队的司机帮助解决的。司机师傅告诉我们："你们把最重要的文件之类都放在安全的地方。他们才不管你是谁，如果被扣押没收就耽误时间了。"我们在精河县拍摄到了很多外景，尤其是在广袤无垠的草原上分散着成群的羊群，远远望去似一朵朵白云飘落在"绿色的天空"之上。艾比湖清波荡漾，一望无际，这个镶刻在绿茵上的"明珠"此时显得更加神秘。

精河县秀美的自然风光给我们带来了不少惊喜，也为我们提供了最佳的画面。又经过两天的跋涉，采访组到达了裕民县，准备在哈拉布拉镇拍摄一组民俗风情的舞蹈节目。这里民风淳朴,当地人一听是中央电视台要拍"电影",我们没怎么费劲就请来了几十个男女主角,而且自带乐器!我组织好后先录了几段非常动听的当地曲子,不用嘱咐,他们都穿得"花枝招展"。

拍摄大场面前,我问一群小学生:"小朋友,你们怎么长得像汉族人呢?"一个哈萨克族姑娘告诉我,他们的父亲是汉族。几十个人跳起舞蹈来是那样整齐划一,步法一致!就连姑娘们的小辫子、裙子摆动的方向都一样!在制片主任李佩铎的提议下,这里要多拍些场景,再拍摄一组小家庭形式舞蹈,来充分反映这里的民俗风情。

于是采访组立刻起程,往西来到一个叫作塔勒德布拉克的小镇。经过镇委会安排,当地居民们在一

新疆之行的工作人员们

个大厅里煮了一大锅羊肉,还准备了不计其数的红酒。本来我们要求组成一个"多样化"的家庭形式,便于拍摄,没想到灯光一开,立刻来了几十口子看热闹的,都聚集在大厅外面,扒着窗户往里看,场面十分热闹!李主任一看,非常高兴,和顾问李公一商量着扩大拍摄场面,要求灯光师在外面加灯,把整个院子打亮。这时候镇上的干部都来了,帮忙组织群众,一切就绪后开始拍摄一个大全景,人们兴高采烈!不一会儿院子里也主动来了一些带乐器的人,于是就在大院子里耍开了场面,屋里屋外连成一片。到拍摄中近景时,小伙子们都向我们做"交流"动作,逗得我们哈哈大笑!当地人民优雅秀美的舞姿使人陶醉。外面一些老人也掺和进来了,灯光区域更显得拥挤。屋内大锅里的羊肉也用大托盘端到院子里,这时候内景没有拍摄条件了,干脆改变计划,一起在院子里完成。人们笑呀跳呀,一直拍了四个小时才算结束。干部们说:"这里从来没有过拍电影的,比过年都热闹。"人们久久不愿散去,七嘴八舌地问:

"我们能否看到？"我说电视台会播放的！这话让他们有些失望，因为当时镇子里电视还没有普及，有几台但讯号不好。而后我们把干部们都留下来一起喝酒，他们也嘱咐我们路上小心，接下来奔塔城的方向可能会遇到麻烦。

采访组从塔勒德布拉克小镇出发，一路上小心翼翼，经过两天的路程，还在一家路边招待所里住了一夜。第三天我们赶到塔城军垦兵团，此时这里已是收获的季节。我们在兵团拍摄了很多意想不到的场面，有各种收割机、运输车队、整整齐齐的大粮仓。

一个星期后有个"农垦团"里的干事找到我说："你是否是四七五六部队三连的那个冯景山？"

我说："是呀！你怎么知道？"

他说："有个兵团的营长原来也是你们部队的，但他是一连的。从战友们的通讯中听说，《西游记》的录音师冯景山曾是三连的战士。我们早有耳闻，那天在团部招待会上，团长介绍时听到你的名字，又不敢当面询问。"

那个干事又说："今天晚上让他过来见见面如何？"

我问他："方便吗？"

干事说："很方便，就离营部五千米。"

晚上七点钟，那个战友和一个司机来到团部，我们虽说从未谋面，但见面时彼此倒也倍感亲切！

他说："我也是六九年一月来军垦的，那是咱们团最后一批转业来的！这里还有一些战友，我回去告诉他们你的情况。"

我说："我们连里有一个王四合，还有一个本村的钟老球也来军垦了，就是不知道他们是在哪个单位。"

他遗憾地说不认识。临别时我请他代我向知道我的战友们问好，他满口答应，而后紧紧拉着我这个没有见过面的战友，不是亲人胜似亲人。第三天早晨我们要离开兵团时，那个干事跑来，气喘吁吁地拿出一个用牛皮纸包裹着的东西对我说："这是营长托人给你捎来的东西。"我打开一看，是一把苏式"MK100"枪刺，两边都有很深的"放血槽儿"，亮闪闪的寒气逼人！我很惭愧，什么礼物也没回敬。我告诉干事，一定替我把感谢的话传给他，说我非常喜欢这个礼物。此时的战友之情溢于言表。

从塔城折返南疆，应自治区政府宣传部提供的资料要求，我们要去喀什市采访一对夫妻，他们居住在紧靠苏联的边界线位置，离中苏界碑只有两千米，还有一座古代的"土打垒"城垣。

多少年的风蚀都没能改变其威武霸气的风度！

我们到这里后才知道，这对夫妇是上海老知青。几十年来一批批知青都走了，都到大城市去生活，唯独他们扎根在这里。他们的儿女大部分都在这里种打瓜，只有一个小儿子经过领导安排，回上海奶奶家落户。

我问她："你们老了怎么办？"

丈夫说："哪里黄土不埋人？我相信我们的儿女一辈子也不会离开这方生他们、养他们的热土！"我让他们讲述得慢点，我好记录。

第二天去拍打瓜地，几百亩地的打瓜，地里处处都是被掏空了的瓜壳儿，一片片的打瓜子晾晒在塑料布上。下午六点钟，夫妻俩赶紧往家里跑。

"太阳还这么高为什么收工？"

他们说："让儿女们先收拾，我们俩晚上七点准时降国旗，早晨七点准时升起！几十年了天天如此，从不间断。"第二天，我们很早就赶到这里拍摄这对夫妻升国旗时的实况，我们架好机器等着七点的升旗仪式。七点到了，他们搬出一台长方形的放音机，接着就从卡带里传出国歌。那个走调的带子已经不知道使用了多长时间，但他们夫妻十分庄严地向五星红旗敬礼！我们被感动了，在这个天高地远的边陲，人们竟是那样一丝不苟地守卫着祖国的尊严！临别时主任李佩铎让我们站好队，规规矩矩地向这对夫妻鞠了一躬。

喀什的采访匆忙且收获颇少，李公一从喀什飞往北京；采访组从喀什往南，在离疏勒县不远处的一个"民族检查站"被拦截下来。从一个屋子出来了两个背着枪的汉子，都留着满脸的大胡子，斜挎外衣。他们用生硬的汉语问我们从哪里来的，干什么去？这时候的自治区车队司机告诉我们，别发横，他们这些人好对付！主任向他们简单说明了情况，他们不信，让我们拿出证件来。他们还说要检查是否带有枪支，要翻我们车上的箱子！大家都是中心外借人员，没有证件。李主任没有在央视出过差，全组唯有我带着央视记者证。我只好上前亮出证件，说明我们的器材及文件箱子不能随便翻看。他们根本不听，也不懂规矩，一定要翻箱子，并一把夺过我的记者证。队伍里五六个男人呼啦上来围住他们俩。他们其中一个一看这架势急忙从屋子里又请出两个人，看着像个干部。我和颜悦色地说："这位同志抢了我的记者证，并要翻我们的箱子！我们是中央电视台的，来采访新疆地区，我的证件和文件箱是受法律保护的！请还我证件，放我们通行。"司机说："你们看看我们的车牌子，是自治区车队的。"他们确认了车队，又细细看了看我的记者证，这才把证件递给我，把手一挥放行了。司机师傅们说他们不是坏人，如果真是坏人他们不会听你解释，先抢了再说。

我们在库尔勒和阿克苏地区拍摄了大量的果园镜头，经过四十多天的采访，回头向北重新来到乌鲁木齐，向自治区领导汇报了工作。自治区有几个"易经研究会"的同志，经介绍我们专程去那里算命，主任李佩铎的命运最好：寿命在九十以上，但是他必须躲过六十岁左右的一场灾难。结果还没有退休，便"大限"已到……

回到中心之后的几次采访，渐渐发现我的西游"录"越走越远，或许这是一种成长，或许这也是一种磨炼，每一段经历都是抹不去的回忆，时而清晰时而模糊，有时近有时远，每一段经历或许尘封已久，或许就在昨日，犹记得那激情燃烧的岁月……

作者在为《西游记》配音演员说戏

下篇 | 敢问"录"在何方
——我的成长历程

第一章 青春燃烧的岁月

一、我的家在河北

　　一九五五年，正值中国由新民主主义社会向社会主义社会过渡的时期。人民还沉浸在翻身做主人的幸福生活中。中华人民共和国成立前那种颠沛流离、没有地种的日子一去不复返了。村里的党支部、青年团特别活跃。那年我才十岁，总是和我三伯父家的二哥他们在一起。二哥是村里的党支部书记，每次只要有活动他都甩不掉我，慢慢地我发现村里的干部会多了，也常常开村民大会，议题是"关于成立农村生产互助组问题"。这个农村生产互助组的成立为后来的"初级社""高级社"和人民公社的成立打下了基础。经过大队支部的几番讨论，村里终于成立了两个自愿结合的小组！入组的政策是"工换工"，意味着家里所有的农具、大牲畜都在组里算工时。参加组织的这几家也都是劳动力多、农具全、有大牲畜的家庭。

　　我特别希望我们家也能加入互助组参加集体劳动，因为我们家没有劳动力。二伯父年事已高，父亲身体也不好，参加不了重体力劳动。没有人种地，庄稼总是不如人家的，像我们这样的家庭根本就不可能加入生产组。每天一放学，我就跟二伯父在地里干活，二伯父由于单身一人，早就和父亲合伙过日子了，天天盼望着能够加入生产互助组。这样一来，到农忙时的耕种、收割期就不会缺乏人手了。我老是问二哥："我们能不能入组？"而二哥也老是一句话回我："没门儿！"父亲也知道自家的底子薄，从不和二哥提起。

　　到了一九五六年，我已经是三年级学生了。听二哥说村里要成立"初级社"了！原来"初级社"是在互助组的基础上成立的。"初级社"的农民，最早叫"社员"。他们都把家里的农具、牲畜集中起来管理，也就是说牲畜集体饲养，农具集中使用。但归根结底"社员"还是那些有劳动力、有农具、有大牲畜的富裕家庭。他们有资本，家底厚。我家还是"单干户"，家里靠二伯父农闲时去卖鸡，父亲去挑担子碗换铜、锡倒腾点钱。那年我家攒了十二块钱，买了一头小黄牛，也算是有了牲畜。

　　我最怕的就是一放学，妈妈总是赶我去地里帮忙干活，晚上回来再顶着小煤油灯写作业。一九五六年，"初级社"发展成了"高级社"，这一举动在集体化道路上又向前迈出了一大步。"高级社"不管贫富、劳力多少、有无牲畜，一律可以入社参加集体劳动。我家的小黄牛也入社了！没有几天小黄牛从地里回集体牲畜棚时来了脾气，饲养员一不留神，小牛跑回我家，钻进了它的老窝，拉都拉不动，母亲用手抚摸着它直掉泪。我说，让它在家住一宿吧！饲养员怕明天耽误出工，生拉硬拽地把它拽走。我望着远去的小黄牛，心里很不是滋味儿。

不管怎么样，反正是入社了，而我因为年纪小就不用下地干活了。但是我们小学生也开始忙了，几乎每天放学前都上大街喊口号，宣传集体道路的好处，赞扬风风火火的劳动场面。我至今还记得几句口号："不怕风，不怕寒，困难挡不住英雄汉，天寒地冻有三尺，硬拼硬打气冲天！"

一九五七年春天，村里党支部组织大家搞农家肥，号召农民夜以继日寻找肥源。各家的猪圈、粪坑、场边浮土，以及村东、村南大河坑的淤泥都成了可取的肥料。全村动员几十辆大车往地上送肥。每五人用一辆木制铁皮轱辘车，每天拉七车，这是大队规定的。我们学生也是上午上课下午拉车。学生们连跑带颠地拉着车跑，完不成还要罚工（也就是加一车）。

刚开春的天气还很冷，拉车的人却都满头大汗，但没有人叫苦。清晨五点敲钟为号，没有一个人偷懒，都大喊大叫地比赛着。那个时候我们也停课了，老师领着我们去地里散粪堆（也就是通常所说的施肥）。散倒好散，可要想散得均匀可不容易，学校墙报上老是批评我散得不好。一次我还用铁锹开玩笑，打破了人家的头。学生家长到我家去告状，挨顿打倒也不算啥，关键是老师罚我去打开水，还不能少做散粪堆的活儿。

"老师！我一个人打水没有人抬，弄不了！"我说着就去拿水桶，老师派的人都不去。

老师说："谁去，就可以少散粪堆。"还是没有人去。

"好啦！没有人去我也不去！"说完之后我就去干活。

老师只好指出："谁去打水，上午可以不散堆。"这个办法灵！终于有人去了。挨罚了两天，每天都晚回家。

六月收获了麦子，是该种晚玉米的季节了，村里的集肥运动也结束了。现在是管理玉米，拔草锄地了！每到星期五去参加一天劳动，大人们把锄下来的草让我们学生用筐往外背，每人一垄儿。

有一次，我突然发现同学把他的草往我这儿扔，于是乎大打出手，压倒了一片玉米苗儿！这下惹祸了，生产队长来检查质量，发现了损害的庄稼。还没等我爬起来，脖子上重重挨了一个"脖儿拐"。我边骂边抓土块，向队长打去！我那个同学也向队长发起攻击。打得他抱住头就跑了。刚才还是"敌人"，这会儿就成了哥们儿，真够哥们儿！

回到家，父亲的鞋底子不会留情！赶快逃命！小时候挨打是家常便饭，往往旧伤没愈又添新伤。

二、大集体食堂

  一九五八年，社会主义的新农村建设又迈出了新的一步——人民公社。全村二百多户人家，两千七百口人，成立了"大集体食堂"。在一家地主的大院里，安装了十几口大铁锅，几十个炊事员，每天供应全村人吃饭，一日三餐都是用盆打了回家去吃。我天天放了学撒腿就往家跑，拿起两个盆去大食堂打饭。打饭时院子里熙熙攘攘，孩子们大呼小叫，锅碗瓢盆叮当乱响，还有炊事员的吆喝声混成一团，好不热闹！每次打饭我都浑水摸鱼，偷点主食。家里人多，玉米面饼子又太小，每人两个根本不够吃！只要炊事员不注意，或者他刚离主食筐远点，我便抓起两个就跑！他不敢离开筐，只要他敢离开丢得就更多，不管后面喊什么我都假装听不见。

  人民公社成立以后，社员们都发挥出了极大的劳动热情，在支部的领导下，每天耕作十个小时也没有怨言，不怕苦累，口号是"战天斗地，扒下一层皮，也要建设好社会主义"。每天一到中午，送饭的队伍就是一道道风景线，几路送饭大军同时出发，分别到各自地头，听大队钟声为号。届时人们都从腰间解下装碗的布袋打饭，村里的四个方向都一起用餐。

  妇女们解放了！不用自家做饭了，都组织起来推水车浇地，三班倒昼夜不停地工作。我们也半天上课半天推水车，我喜欢夜班，半夜回家睡会，抽空儿玩玩。那时候也没心思学习。一九五八年真是个丰收年，小麦大丰收，那个年代的农民也不计工分，都是大集体所有制。

  人人平等，家家有饭吃！那年二伯父去世了，家里少了个"累手"（拖累）的！母亲当了个小队妇女队长，她可以抽出时间多参加班点班次。

  再说六月六日吧！麦收时候到了。常言道，芒种不吃不过三两日，意思是到芒种节气就要开镰割麦子。按照村里的习俗，麦收还特别有一个形式。晚上村民们敲锣打鼓举着火把围绕村子转一圈，并且大喊"开镰啦！开镰啦！"以求平安收获。就是这样光焰四射，亮如白昼的夜晚，也给我平添了一层从未有过的神秘感。我们学校也跟着排队喊口号。村里到处贴着标语"大干十天抢收完""人民公社第一个丰收果实！一定要颗粒还家"等口号。随着上工的钟声，人们拿着镰刀来到成片的麦田边，社员们看着一望无际的金色麦浪，心里乐滋滋的。过去单产小户形单影只的收割场景不见了，和现在的大兵团作战形成了鲜明的对比。各小队按照大队的分工，包片、包干，大队要评分。先进的小队发红旗，最后一名发白旗！

  小队长负责"站甲"（意指分工），每人四垄，割完了评分！人们又说又笑，享受着集体生产的乐趣。我们也停课了，都挎着小篮子跟在大人屁股后面拾麦穗。

　　远远的，送饭的队伍来了！我总是第一个放下篮子去打饭。我们最喜爱这样的生活，既能和伙伴们"抽风"式地玩，又能只上半天课。我们边收割，边用大车往打麦场上拉。

　　下午只上了一节课就可以去食堂打晚饭了，我先抢一个大碗，和同学拉来拽去。咣！碗碎了。炊事员过来问："谁先抢的？"伙伴们都指着我。"又是你！今天甭打饭了！"我急了："不打饭我们家下班吃什么？"我拿起打饭的盆，踹了一脚被打破的碗，急忙往家里跑，换弟弟来打饭，到家我就和弟弟一起来了。伙伴们都打饭走了，那炊事员还不给我打饭。眼看菜快打没了，我俩还没打上。于是我破口大骂，边骂边回家。一会儿弟弟打回了饭，说是饭菜都有。这次没有挨打就是万幸了！第二天到地里照常拾麦穗，昨天晚上的不愉快早就丢到了九霄云外。父亲因为身体不好很少参加劳动，母亲去上班，弟弟负责打中午饭。

　　我们恢复上课后不久，支部又有了最新指示：上级号召深翻土地！深翻一米二，垫上麦秸，和农家肥压在底下，把一米二以下的土再翻上来。争取今年的白露前种上明年的小麦。大部分壮劳动力参加深翻土地，一小部分劳力管理晚玉米。

　　我们村北有一块一百六十八亩的土地，分成东西两块，分别叫作"东八十四"和"西八十四"，又叫"丰产方"（我们村民现在还称它"丰产方"）。

　　这天，壮劳动力们都来这块金牌地里争光荣，按照人头分配长度，"站甲"后开始挖掘。然而翻了一天也没翻出多少米，大队计算照这速度白露前完成不了，如果耽误了种小麦，恐怕没法和上级领导交代，于是决定让强壮的女劳动力也参加。我母亲和队里的一些女劳动力一样分了一块地方。我上午下了课赶紧吃饭，再去"丰产方"帮母亲的忙。

　　我最讨厌我二哥他们那群人，穿着干干净净的衣服，装腔作势，还每人拿着一根一米二的竹尺，这儿捅捅那儿量量，检查着挖掘的深度，不时教训着人们。一次他们来到了我的工段，用尺子一量，还不到一米深，就准备回填土了。一个干部喊道："冯景华来看看你弟弟的工段。"二哥马上软了："我给我老婶返工！"他们走了，我问二哥："你比他们官都大，为什么受他们管？"二哥急了："还不快上课去！"二哥三下五除二，回填了土，掩盖了不够格的土坑。我正要走，东边有一支敲锣打鼓的队伍来到"丰产方"，他们是青年团的人，打着一面红旗，旗子上写"青年突击队"，手中拿着铁锹，很有气势地到了现场。这群主力军也要丈量土方分工。一时间吵吵嚷嚷，嘻嘻哈哈！人们也暂时停下手中的活儿，看着这群活跃分子。二哥抓紧时间又挖掘一条方土沟，并催我快走！

　　我们终于在白露节气到来之前完成全部深翻任务。二哥后来响应国家号召去苏联学习，一走就是三四年，回国后分配到保定汽车修理厂当了一名小官——车间主任，从此消失在村里的政治舞台上。

秋收玉米、刨红薯都已进入了尾声。上级领导下了一项更大的指示，这个十分重要的任务就是"全民动员、再放一颗卫星"。同时上级提出"大炼钢铁，要把全国钢铁产量翻几番"。全村小高炉上马，搜集废钢铁炼成铁块上交国家。当年的歌谣我还记得："小高炉，土法造，你甭看它小，它为超英赶美立功劳。"学生们成天喊的口号和大标语一样，这项新的运动要普及全国。于是乎，我们学生就有了"用武之地"，学校编成了几个"战斗小组"到各家各户搜集铁件，支部号召全村支持学生到各家拾铁，各家的铁锅首当其冲。都吃集体食堂了，还要铁锅干什么呀？搜铁行动在支部支持下，铁锅、门锁、门把手、橱柜上的铁件都一扫而光。我们最喜欢的是去支部交"战利品"，论斤行赏。前两名大队发奖状，写上小组的名次，再上校园墙报，排名次。有很多村民把铁锅藏在村南大水坑里，以备后用。我们的小组成绩不好。搜铁风波十几天就过去了，村里把该搜的地方就像刮地皮一样刮了一遍。大队部院子里堆满了铁锅、铁件、不能用的锄头镐头，小铁件装在几个大筐里。干部们还不死心，这点铁料能炼几炉呀？如果上级领导来检查，怎样达到"炉火通红"的炼钢气氛？干部们发愁了。

说来也巧，学校组织学生们去玩，由老师带领学生来到水坑边。只见水坑清澈见底，很多大铁锅摞在一起，上面盖着一层薄薄的尘土，露出来铁锅的轮廓。哇哇，铁锅！一个学生大叫着，像是发现了宝贝。有倒扣着的，有口朝天的，看得出来人们放铁锅的时候有多么紧张。老师一边派学生去报告大队，一边组织打捞。天气冷了，谁愿意脱掉衣服下水捞？

老师说："谁下水奖五支铅笔！""我下水！"我一边说着，一边脱掉衣服跳到水里，水太凉了，把我冻得像"猴子屁股着了火"一样一蹿老高，急忙爬上岸来，手脚都麻木了，衣服也穿不上了。"快！帮忙穿衣服！"老师喊道。我身上立马起了一层鸡皮疙瘩。村里干部带来了青年突击队的几个人，用绳子和棍子夹着把锅捞出来了，共二十几口大铁锅。干部们乐了，我也得了几支铅笔。

那时候我家穷，买不起铅笔，经常捡很多同学扔的不好用的小铅笔头儿。拿到家里后，父亲用竹棍削平，去掉中间的竹节，这样就能挖出一个洞，然后再把小铅笔头装进去，这种"加长笔"的方法很好用。我也不怕同学们笑话，因为每次期末、年末考试，我都能最早交卷，而且成绩总是名列前茅。

白露节气已过，冬小麦也已耕种完了，剩下的是捡薯片。这里的"薯片"可不是现在的零食薯片，是说刨红薯的时候，在地里边刨边人工"擦"。"擦"就是用专门的工具（这种工具有的地方叫刨子，有的地方叫擦板）把红薯削成厚度一致的薄片，而后把"擦"好的红薯片晾在地里晒干，晒干后再收起来。

  我们又停课了，每天去地里捡薯片，吃中午饭也都是在地里。因为我们住得分散，不好组织，大队又要求一定要在规定的时间内捡完，怕散落在地里的地瓜片影响大炼钢铁的气氛，领导要是白天来检查就麻烦了，肯定受批评。因此老师让大队腾出两间屋子，把男同学集中在一起住，各自带上自家的被子，晚上在地上铺上干草睡觉。那时候的我们精力充沛，二十几个男生一间房子，晚上打打闹闹，可想而知一夜都没怎么睡。几天后就不行了，我和其中的四个同学到地里后偷懒，捡着捡着就蹲在地上睡着了。一动不动，远处看着却好像还在捡。终于被老师发现了，好家伙！这还了得。老师大声喊："起来！起来！罚站。"我们五个被罚站了，在脚下画一个大圆圈，立好了不许动也不许出来，午餐来了也不让我们吃。老师说："谁检讨以后不打盹，就让谁吃饭！"有两个"叛徒"检讨后去吃饭，又去干活儿了！我们仨还是愣愣地在那里站着。等老师和同学们都走远了，我们商量好叫一、二、三，撒丫子就往宿舍跑，抱起被子回家了。集体宿舍只好宣布告吹，而后罚我们仨值日一周"打扫卫生"。

  冬天到来，已是"场光地净"了。大炼钢铁的高潮随期而至。土垒的炼铁炉，也就是小高炉也围绕着村庄建设起来了，经过几次试火已经能够生着冒烟火了。同时，支部又动员全村放下手里别的活计，在地里"垒农家肥土烧"，说是过火土就是好的农家肥。为了夺取明年更大的丰收，大干一场，烧遍地里的土块。要求地里夜夜有火光，天天有烟冒。大人们在村头垒高炉，在地里垒土烧，我们拾烂柴和野草，塞满小土烧，单等着哪天领导来检查时，好一起放火，制造气氛。经过二十多天的艰苦奋战，村边的小高炉、地里的土烧都准备好了。反正是冬闲时期，学生们除上课外，都要值班围绕村头转圈，怕领导一来，点火不齐会影响气氛。我领着我们班在通往县城的路上值班。大人们也怕出差错，精心地护着村里村外。

  一天大队得到情报，晚上上级领导来检查！老师宣布停课一天，检查我们学生点火的工段。喊话的也分工，一个村头分几个人。我还是负责在干部们走来的路上等候。下午四点，大队钟声响起，大人们先把学生们费了九牛二虎之力才捡回来的铁料从部队大院分散到各个小高炉点上，然后赶紧草草吃了晚饭，按分工站在各高炉边和土烧边等待命令。晚上六点多干部们果然来了。要进村时，我们班同声大喊："点火！点火！"一传二，二传三，村外的学生都齐声高喊，点火！同时八个生产小队的钟声敲响，"噌……噌"地回荡在这个村的上空。遍地火光！小高炉也很快点着了。壮汉们换着班拉起大风箱，吹得满炉子火花，和地里土烧火光互相辉映，一片火海。干部们都笑了，乐得合不上嘴，手舞足蹈。

大食堂里也准备了夜宵专供干部们吃，有油炸豆腐泡，主食管够！干部们走了，我们也来食堂找吃的。餐厅里没有人，可能都送干部们去了，还剩下半锅油豆腐泡。我抢个大碗，掏了满满一大碗。碗很烫拿不了，我急忙用棉袄大襟垫上，托着碗跑回家，生怕碰到炊事员。不管怎么样，让父亲和弟弟们先过个年吧！我知道等炊事员们回来，就会把大锅菜一掺和给村民们吃。

三、温饱度饥荒

　　这几天我们村按照浮夸的数字上交公粮了，把粮食装了满满十几大车，前面敲锣打鼓，红旗招展。干部们穿着干净的衣服骑自行车，我们学校全体师生排着大队喊着口号出发了。我们的口号从进入县城一直喊到县国家粮库。到粮库一看，好家伙！送公粮的大车队排了有两三千米，人们都等得不耐烦了。各村比起了打鼓，"咔嚓！咚嚓！"震撼得很！我们高兴呀！从来没有见过这个场面！不一会儿，有一辆大铁皮车拉着一块"红薯"，说这一块"红薯"重三万斤，是一棵秧上长出来的。他们的鼓更大，六个人打一个鼓，响声震天动地，是向县委报喜。人们嘻嘻哈哈笑着！那个村里的学生喊的口号和我们不一样："人有多大胆，地有多大产！战天斗地！夺取更大丰收！"然而天都快黑了，还没有轮到我们过秤，学校要求学生们先回去。领队说："扛不了麻袋可以扫扫粮食。"终于，好不容易排到我们过秤了。大人们用肩膀扛起麻袋上跳板，往高处堆。我们也是第一次看到传送带往更高处送粮食。回到家时已经是半夜，又饥又渴，再看干部们胸前挂着大红花，喜气洋洋，喜笑颜开！当夜要召开庆功大会，于是村里响起了集合钟声。

　　干部们说："今年我们胆子小了！明年一定赶上更先进的大队！"他们慷慨激昂的讲话引起了不少人的议论。只有农民才真正知道除了分配的薯干外没有多少粮食了，还是以土粮食为主，也就是边角料。

　　这个冬天怎么过？难道干部们不知道自己家里也没有多少粮食？

　　这年的冬天特别寒冷。因为多种原因，村里的大食堂也"寿终正寝"了。

　　一场大雪如期而至。弟弟妹妹不上学，都不怎么出门。父亲还是蜷缩在炕上养病。在我的记忆里，冬天里我从来没有穿过一双棉鞋。教室里虽然生着火，也不顶多大用。每天早上起来，我的第一件事就是"把布拉条"（撕布条），一层层裹在脚上，再用单袜子套装上，脚底就暖和了。棉裤、棉袄是夏天掏出棉花套来做单衣，冬天再装上棉花过冬。打的补丁太多，原来的布是什么色已无从知晓（千万甭说我诉苦）！每年换装，连洗带用火烤干，再做好要整整一天，晚上能够穿上。弟弟们何尝不是如此。每天去上学时出门就跑，好在学校不远，进了教室就不太冷了。母亲为了省点粮食挨过漫长的冬天，天天给我们做红薯熬白菜，即便有点粮食面也是父亲专用，除了早餐有碗玉米面、麦子粥外，中午红薯白菜，晚上红薯，连白菜都没有，只有白开水。那些戴红花回来的干部们家里也是如此，小队和大队仓库都空空如也！

地瓜干吃了一冬天，救命的野菜终于长出来了。每天放学后我们都带着小篮子去挑野菜。全家六口人蒸熟一大屉野菜，母亲再用两只手捧起一捧面撒在上面，和着吃。

一九五九年春天，我们家吃起了返销粮。每人每天四两，那就好多了。每天挖野菜和着真好吃！常言道"好过的年，难过的春"，好容易盼望到了麦收了，大部分麦子又都交了公粮。今年不是干部去县委报公粮数字，而是县干部直接到大队地里去"估产"，按照干部"估产"的数字交公粮。只听干部们说："我们一定勒紧裤腰带，咬咬牙，苦熬两年，还清苏联老大哥的债！"这时的粮食卡得更加紧了！麦收不久，交了公粮就吃返销粮，每天每人半斤。干部们的口号是："一天半斤粮，吃饱要吃强，早餐喝稀粥！中午有干粮，晚上喝菜汤。"

温饱度饥荒！一九六一年，由于我家缺乏劳动力，按劳分配的政策直接影响到家里的饭碗，我要辍学了！母亲说："你连学费都交不起，书费也没钱，你就是上完了六年级又有什么用？"老师范庆珍听说后和学校主任王书谷骑车到我家，希望我继续读书，并答应免去今年的学费，书费再另想办法。老师们连说，不让我上学太可惜了！这样母亲不好再打"退堂鼓"，只好答应让我读完六年级。到了升级需要购买新书时，老师号召同学们给我捐款，一分的，二分的……我记得捐款最多的是四分钱。学校公布了捐款名单，共捐款三角五分，除这次书费二角五分外还剩一角，老师让我留着买本子用。即使到现在，每每想到此处，心里依然很激动，特别感谢同学们的帮助。俗话说"一文钱难倒英雄汉"，在那个极端贫困的时期，这绝对是雪中送炭。感谢我的老师，感谢我的同学们！

秋天考初中时，我的考试成绩居然是四个班第一名，并且全校第一！我戴着大红花，开完了全校师生的表扬大会，背着书包永远地离开了学校。这个学校给我留下了多少欢乐，多少梦！

多么难忘的好时光！就这样永远留在了记忆里。回头看看，同学们在做游戏，老师惋惜地招招手。我疑惑了，那是我的学校吗？是我的老师吗？求学的梦难道真的就结束了？摸摸我书包里的书，我最爱学习，最爱我的书！真命苦！我最后向老师招招手，老师消失在学校门口。我没有眼泪，我不能有眼泪，家里缺少劳动力，缺少挣工分的人啊！

那年我十六岁，务农了，在生产一队劳动。因为身体瘦小，挣不上整劳动力的工分。大劳力每天十分，我才挣八分。第二年才涨到每天九分。这时候我的伙伴们都挣大劳动力的十分了，我还是九分。十七八岁的大小伙子了，应该与他们平起平坐了！每天铲地，大劳动力们"站甲"，每天四垄，我也铲四垄，干什么活我也不少分工。为什么？可队长总是说："你哪有力气呀？怎样和大劳动力比。"我反驳说："那我明天铲三垄地！"队长认真地说："你铲三垄给你记八个工分！"

每天晚上全队社员都集中在小队牲畜棚里听队长唱工分。某某十分，某某九分！一九六三年我挣到九点五分，仍然比伙伴们少零点五分。一天晚上队长唱分唱到我时，我提出抗议，当面问队长："我活儿没少干一点，锄地、割麦子一样都是四垄，为什么我那四垄就不值钱？"社员们哈哈大笑！队长哑口无言，但是工分还是一点不给我涨。母亲是妇女队长，给妇女唱工分，也从不管我的事。

我家人口多，劳动力少，弟弟挣得更少，每天才八分。我们年年是"缺粮户"，劳动一年挣的工分还不够买全家的口粮。有劳力的农户挣的工分多，年终可分余粮款三十多元，那可真是天文数字，他们过个好年，而我们家连想都不敢想，过年杀两只鸡就行了，吃素饺子。有时候和别人家比，吵吵着要点钱买花炮，母亲一定是"两锅贴"，谁吵吵打谁。母亲的眼泪也不值钱，老是流。我们唯有理解母亲。

在所有活儿里最累的就是锄玉米苗了。要求是"一步三棵苗，稀留密，密留稀，不稀不密留大的"，每棵玉米苗都在根部挖一个坑，还不能把它挖倒，这个坑留着集粪、蓄水用。我用不了大锄头，就用小铁镐完成，效果不错。天黑了别人都锄完了回家，我还在地里，当然还有其他伙伴陪我。干完活儿太累了，晚上不去听唱工分了。转天我问别人："昨晚我的工分多少？"一样没变！今天怎样偷工减料我就怎样干。在玉米苗根部用手把它薅了，留不留草根不管它，再挖个坑就行了！地头儿上做得好点，地亩中间我就随心所欲了，反正也挣不上大劳动力的工分。等到时间长了草出来了，我的"杰作"也就没人挑剔了。

在国家困难时期，打了粮食先交公粮，不够吃再吃返销粮。人们"糠菜半年粮"，毫无怨言地和国家共渡难关。

四、我的父亲母亲

一九六二年，国家还没有恢复元气。人们还是"清汤寡水"，半饥半饱地和国家同呼吸共命运。这几年每次发放救济粮、救济款，党支部总是优待我们这个贫穷又没有劳动力的家庭。我家几乎和军属、烈属享受同等的待遇，有他们的必有我家的。母亲是"夜盲眼"，需要我搀扶着，每次去领救济款我都跟着。支书钟启勤的话至今我还记得清清楚楚："除了军烈属，咱们村还有必须照顾的困难户，一定要照顾，保证不饿死一个人！这是党的关怀！大家回去好好劳动。"于是发给我家二十斤粮食，五块钱。每次发放都是最多的，回来和着野菜吃一个月。当时村里流传着一句话："军属、烈属不如冯友家有福。"（冯友为父亲名讳。）

我和母亲天天去劳动，小弟不上学去挖野菜，我和二弟劳动回来顺便接挖野菜的弟弟。每天中午母亲先把野菜洗好放在笼屉里，用两手捧上一捧玉米面撒在菜上面（一天几口人就是一斤左右粮食），上边面多处都给父亲吃。母亲几乎不沾面星儿，却仍坚强地支撑着这个家，因此身体也不太健康。

也有聪明的人家晚上偷偷地去地里割还没有"返青"的麦苗。弄回来后晾干，用碾子一碾就吃！只要不伤害麦子苗根部，就不影响生长。我和弟弟也去采点，碾碎后和着粮食面，是好吃的东西。有天早上，我被民兵抓住了，干部走到我跟前，上去就是一脚，蹬了我好远，说："你们家吃着救济粮，也干这个。"我一句话都不敢回，更不敢还手，理短。那个村干部是队部"保安人员"。

回家给母亲说，母亲说："活该！谁叫你不跑快点！"还有一些人把玉米芯用铁锅焙干了，成了黄金色后碾碎了和点面一样吃。只要能吃的，人们都不放过。那两年人们因为营养不良，普遍面黄肌瘦，又瘦又小，干起活儿来自然没劲，更有人腿下水肿。每晚村里都像"静街"一样，死气沉沉。

一九六三年的麦子长势非常好，尤其是村北那两块"丰产方"西八十四、东八十四，由于一九五八年的深翻，经过几年后土质变了样（前几年都不好好长庄稼，深翻后下面的冷土被翻上来，土壤倒置，长不了庄稼）。

今年的麦子长势喜人，丰收在望。接近麦收了，口粮每天每人一斤。人们脸上露出了久违的笑容。今年麦收除了交公粮外，剩下分的麦子吃到秋收没有问题。村里还请了个说书匠，每天晚上说《济公案》，那个月父亲的病好转了。我是个书迷，每天我早早地去占地方，跟着父亲听书。

记得七月六日下起了大雨，一连几天大雨滂沱。十多天了雨还是不停，下得满街是水，地里的土壤水饱和以后水也往村里灌。村南、村东的大水坑也满满是水。

大街小巷被水淹没了，最深处已有半米！支部书记下达指示，我村西南方向水库可能保不住，我们村地势低洼，一旦崩塌会成为重灾区！于是支部书记动员全村都去村南挖土方挡埝，我也和大劳力一起去大水埝挖掘土方，每天值班。脚因为长期泡水，肉都泛着白色，走路一拐一拐。那个时候也穿不住鞋。大埝一浪一浪的水流真的让人害怕！

村里的水把房子都淹了，炕也被水泡塌了。全家都到装衣服的大木头板柜坐着。吃饭成了问题，我就用泥巴把门口堵起来，把水淘干，找些干木头做饭，煮麦仁吃。没有几天，西南方向的水库蓄水超过警戒线崩塌了。大水无情地向下游奔涌而来！没有一小时，村南的水埝被淹没！干部们马上叫社员们快回家收拾东西，往村西高处逃。我们家根本就没有准备，上午九点我从大堤上跑回家，拉起父亲，领着妹妹和弟弟们往西逃命！十点来钟更大的水流冲击到我们村，大队干部组织民兵疏散村民。他们大呼小叫："这里水深！往旁边走！"民兵们拉起手，组成人墙，一路上鬼哭狼嚎！大人小孩连滚带爬，逃命人群拥挤着出了村子。民兵们和壮汉子们来回跑，喊道："乡亲们不要怕，我们决不丢下一个人！"人群走得很慢，况且脚下还蹚着二尺深的水。有个孩子不小心从他父亲怀里掉到水里，还差点被冲走，大人一把拽住，才保住了命。他叫刘金堂，后来都叫他"水捞儿"，此名至今还在用！

我扶着父亲，弟弟妹妹拉着手，有几件破衣服由母亲背着，还有一口给父亲熬药的小锅，全家一起奔往西村姥姥家。绝大多数村民奔赴县城，集中在县大礼堂里避难。姥姥家的房子被水泡倒了，却还没被淹没，留下来一个大土坡。大舅用木头搭建了两个窝棚，先把父亲安置好。一天都没吃饭，妹妹饿得直哭，姥姥早有准备，大舅用砖头支起一口锅，做好了一锅面糊糊，一连三天都吃面糊儿。

大水慢慢地退去，把白洋淀撑得满满的。我们村模模糊糊能看到一个轮廓，地里较高的地方已露出了玉米苗儿。有几个胆大的人要回村里看看。我们村地势较低，有几条深水沟，水流湍急，人们都不敢过去。

从姥姥家去县城有条大马路。水基本退去了，有几个人商量着去县城找点吃的，避难场所一定会发吃的。我也要去，母亲坚决不让去："姥姥家有面糊就不错了，比别人家强，你不要去冒险！"我才不听呢！拎起个面袋子就跑，母亲拿个烧火棍子就追。亏我跑得快，不然的话说不定哪里又起个包。

　　几个岁数大的难民有经验，要先去大礼堂看看。好家伙！县城聚集着几个东边村里的村民，满满一条街，熙熙攘攘，好一个庞大的杂货市场！我们几个背着个空布袋，一边走，一边扒拉着人群，艰难地走到礼堂。礼堂里挤满了人，都用看节目的椅子搭建了多层床，床挨着床，嘈杂得连一句话都听不见！但是他们比大街小巷里上万名村民强多了，起码下雨天淋不着，晚上还能暖和点。我们好不容易打听到一天就送一回饭，有什么发什么。人们也不敢挑食，只要有吃的就不错了。

　　下午饭来了，几百人排成三队等待打饭。我想加个塞儿，不然的话怕打不到饭，白跑一趟。引得人们大骂："臭小子排队去！"

　　"我早就排队了。"我也不示弱。有个人拉我，把我拽出来，跟我一块儿来的人和他们讲理，谁能听？动起手来了！我们几个人也掺和进来打。我个子小，被压在底下，出不来气，猛然摸着了压在我身上人的手，不管三七二十一，狠狠咬了一口。那个人大叫一声爬起来，挨几下耳光倒也不要紧，他一拳打在我脸上，后槽牙打松动了，没多久掉了。这颗牙齿至今没有长出来，当时十七八岁了，也长不出来了。

　　送饭的来了，我们也顾不上打架了。一会儿十多筐红薯干发完了，人们还等着。又来了煮熟的麦子粒，我抢了两碗，回到姥姥家天都黑了。妹妹们用小手抓麦粒吃，我特别有"成就感"！父亲那时已病入膏肓，骨瘦如柴，连说话都没力气。第四天，洪水退了一大半，我要带弟弟回家看看，母亲不让弟弟跟着，父亲也摆手让我自己去。我们村当时还有几个人要一起回村。姥姥家离我们村也是五里地，很近，但是我们走了一个多小时，淤泥快没过腿肚，两脚陷得很深，根本走不动。到村里一看，我们就傻了眼，满目疮痍。经过小队，我一眼就看到了我家原来那头小黄牛，可怜的小牛，牛头还拴在树上，已被淹死了。前几天谁还顾得上它呀！二百多户人家，过水以后就剩了一堆堆土疙瘩，没剩一间房子。土堆上横七竖八乱糟糟地堆满被电线拉住的椽子和木头，动物尸体、杂草、烂木头屑厚厚地盖住了我们倒塌的三间房子。不远处也有几具小队耕牛的尸体，人们都逃命了，谁还会想到它们，横七竖八地卧在这里。好可怜！我先在自家的土堆上拉出一些木头，等水彻底退了，搭建个大窝棚，把家人都接回来。清理了一会儿居然在杂草里发现了十几条蛇。它们都还活着，也不乱爬乱窜，吓死我了！但它们也失去了以往的凶相，乖乖的。因周围都是水，没有它们的藏身之处。我用小棍挑它们，它们爬得离我远一点就不动了。我叨叨着："我不伤你们，你们也甭伤我！"那几条蛇倒也听话，我在那儿干活，它们也不乱爬。

临近中午，村里陆陆续续回来了一些人，都各自去自家的地方看，没有任何表情，也不知道发愁。我围绕村里近处转了一圈，在一家房子旮旯有几个大西瓜，大部分是从上游住户冲过来的。好呀，正好饿了！打开一个很新鲜。我朝不远处的人摆手，说这里有西瓜。他们都摆摆手，指指地下，意思是"我们这儿也很多"。听说村东头小树林里有几具尸体，另有几家院子里也有，奈何那里水还没退，一片汪洋，没有办法处理。村里干部说等水退了记下他们的大概面貌、性别、身高，穿着什么衣服。还有一具男尸一丝不挂，不知道他是从哪里冲来的，在水里滚动时，连衣服都扯没了。我一个人清理了半天，太累了，没有多大效益。唯一的收获是发现是院子里被洪水旋涡冲击出来一个水坑，坑里居然有鱼。我下去也逮不着，等明天再抓。第二天，我带着大弟弟拿个网兜儿，抓住两条近一斤的鱼。接着，我俩开始清理屋顶上的杂物，昨天的蛇都不见了，水退了它们自然也走了。整理了一天，我把屋顶铲平了，又找来好多木头，选好备料，自己拧了些草绳子，准备明天搭棚子。经过一连几天的施工，我俩搭建了一间大窝棚，足够一家人住了。

没几天我把父亲他们都接回来了，村里的人们都在重新建设自己的家园。盖房子、搭建窝棚，在各家的土堆上密密麻麻地建设起了临时住所。有些农民确实没有带更多的衣服出去，只好用破背心、破褂子把下边围绕起来，还有的在后面露出个大屁股！女人们的衣服更是五花八门，只要能遮住身体就行，什么颜色都有，缝在一起就上身了。大人们说，都这个时候了还讲究个啥子，谁也不要笑话谁。过了几天，全国救济的各种衣服都到了，村里用人拉车拉来了十几车。按人头分，每人都会有，棉的单的，还解决了点吃的！人们从房子里挖掘出过水的麦子晾干吃，家家都有。每天都有飞机给我们投食物，都是大饼。人们疯狂地抢，干部们也制止不了。食品箱落地后，人们用铁锹撬开就抢，降落伞也被人们用剪刀剪开抢走了，我力气小挤不上去，便领着弟弟们在路边上给人家作揖，也能要到两块儿。白面饼虽好吃，父亲没牙，只能用开水泡着，还能稍微吃点。

没有多久，村里要造册发补助粮。我让弟弟妹妹们都拿着小土筐到处捡烂砖头，照着别人家的样子开始垒小土屋，好过冬。垒成后有十五六平方米，又在屋里盘了一条炕。矮矮的小土屋建成后不久，父亲就在这小屋里去世了。我们这样的家庭怎么能买得起棺材呢？但也不能这样就埋葬了呀！千难万难，哪怕是买领席子裹出去也是好的，母亲做好了最坏的打算。大队干部来我们家看望，我领着弟弟妹妹们齐齐地给干部们跪着。母亲说，连领席子都买不起。支书很动情地说："老婶子（我们在村里辈大，一般来说都称我母亲叫老婶），你放心！哪能用芦苇席裹出去？"支委们都在，当下商量从大队会计仅有的二百块钱中拿出十九块钱救济我们，大队有困难再克服。我们花了十二块钱从县城水泥厂买了一口水泥棺材，剩下七块钱做埋葬费用交给管事的人（谁家的婚丧嫁娶都会有人出面管理一切事务，他的权力非常大，人们都听他一人的）。这些钱打了几斤酒，买了几盒烟，准备农历八月十六中午起灵埋葬。

这口棺材很重，八个人抬大杠恐怕也走不了几步就要换人，得有几十口人才能倒换过来。管事人早都安排好了秩序，三五步就换，风俗上有个说法，棺材中途不能沾地，沾了地以后家宅不宁，所以有些抬棺材的人故意中途沾土，以示你们家为人处世都不佳。父亲是个裱糊匠，生前人缘好，一生为人讲究，全村人家有婚丧嫁娶他都无条件地帮忙，娶媳的裱糊洞房，丧事糊纸马、纸车、"引魂幡"，但从来不取一分钱报酬。十二点，人们都刚刚从地里下班回家吃饭，走到这里都把锄头、镐头放在路边，一时间这里成了"农具展览馆"。人们吆喝着："起！"棺材离开地面，我在前面打着"引魂幡"，只听管事人大喊："'孝子'们中途不用'谢孝'，石材太重啦！""孝子"是我的弟弟们，一般来说抬一路棺材，孝子们不断地给抬灵的人们磕头、叩首，这是礼节，也是旧制。我家祖坟不远，一会儿就到了坟上。开始封土了，"引魂幡"插在棺材顶部，一寸一寸往上长，快封闭了，管事人会大声喊："谢孝啦！"我和兄弟们跪在地上磕头谢孝！我常在想，人生那么长，父亲生与死的距离为何如此短暂？父亲的背影虽已远去，但留在我心底的却是深深的烙印。

生活依然在继续，经过大水浸泡的冀中大地满是泥泞，根本进不去人。随处可见大大小小的水洼，里面各种鱼类都有，草鱼、鲶鱼，等等。我几乎每天都去地里抓鱼，都是就地取材，用泥巴先垒一个圈，再把水淘出来，鱼就好抓了。目前地里还没有农活儿，满地长着野草。眼看就要到秋分节气了，耕种麦子是头等大事，地却湿得无法耕种。县农机械厂发明了一种叫"犁刀"的农具，也就是说"麦子种子漏斗"下面装上两把刀片，把泥泞的地划开一道缝儿，种子就撒上了。麦苗出来后再进行割草，清理地垄，分配各自的包工数。打下草按斤称，拉回来喂牲畜。我割的数量不比别人少。我问队长："我的'工分'怎么给？"队长说："按斤算。""同样都是一百斤草，你怎么不给我按八十斤计'工分'？我的劳动成果不值钱。"队长无法答复。

一九六三年的冬天是寒冷的，人们都在简易的房子里猫冬。西北风一吹，屋子里北墙上都挂着一层冰。国家的救济煤炭也不够每天生火取暖。灾荒年，各地的救灾物资从四面八方运到保定南郊火车货运站。每天早上五六点钟，队里派出人拉物资。拉的东西都是胡萝卜、青萝卜、大白菜，还有榨过糖的萝卜丝。这萝卜丝人没法儿吃，喂猪差不多。几十个村庄都受了灾害。每天货运站都是车水马龙，我的棉袄薄，鞋子跟不上脚，北风吹得刺骨，跑不动。

拉车用不上力气，连拉车绳子都拉不直，他们叫我"大松绳"。去他的吧！反正我也挣不上"满工分"。

一九六四年倒是也不缺吃的，县国家粮食库过水的麦子，每天每人一斤。冬天来了，有些家庭盖好了永久式的房子。我的家呢，还是老样子，父亲去世的那间小矮屋外边又加了一间同样的屋子。这屋子的砖头都是我领着弟弟妹妹花时间一筐筐从外面捡来的。

作者在采访途中留影

第二章 我是一个兵

一、一人当兵全家光荣

有天我刚下班，就听小学生们排队在大街上喊："一人当兵，全家光荣。保卫祖国是适龄青年的责任。"

"妈，招兵了。"我回家说道。

母亲笑了："你？"用手和我比了比高度。

我不死心，"我怎么啦？十九岁了。"

母亲说："好吧，你去找书记吧，人家要你，你就去。"

"说好啦？"我反问母亲一句。

母亲不示弱："说好啦。"

次日满街都是"当兵光荣""适龄青年报名参军入伍，最光荣"的大标语。晚饭后我硬着头皮去找支书，他们还在吃晚饭。"大哥（街坊辈分），我要当兵。"惊讶的支书差点把碗掉了："什么？什么？你当兵？晚上没吃饭饿晕了吧。"说完引得全家大笑。"你才饿晕了。"我反骂一句，转身跑了。

两天我都没去劳动，叔伯大哥来了。"老婶，弟弟要当兵，让他去吧。不然的话我们哥们儿都没出头的日子。"母亲还是不应，大哥急了，和母亲吵起来了。亲婶子和侄子也没什么忌讳。"好吧，你去找支书吧。大队应了，我也应。"母亲下了"逐客令"。母亲知道我家没劳力，我身材又弱，大队肯定不让去。

又一天中午，大哥叫我去他家吃饭，进屋后见大队长、支书都在，大哥让我给他们倒酒。支书说："景合（大哥的名字），景山当兵是好事，他走了他们家能过吗？"

大哥说："三弟也十七岁了，没有问题。"大嫂也帮腔。

支书最后说："好吧，检验不上你们就死心了。"

哥嫂千恩万谢，求求他们多帮忙。

没过几天，有人把我从地里叫回来，进门就见两个军人坐在炕上和母亲说话，我来了后，军人问我："想当兵吗？"

"想。"我回答。

"当兵为什么呀？"军人又问道。

"为国争光，为国家出力。"我说得很激动。

两个军人显然很满意。"当兵可累呀！"

"我不怕！"我大声回答……

十多天没消息，我很着急。终于，通知来了——"明天去县兵役局检查身体。"

第二天，我们村共有十八位青年排着队，三个干部带队，我排最后一个。因为个子太矮，人们纷纷议论：还有个混混？我也不理他们。

体检好严格，当各种科目检查完，一个医生走到我跟前："你是冯景山？"

作者军装照

"我是。"

医生又说："你跟我来一趟。"

我害怕地问："医生，你为什么单叫我？"

医生不耐烦："叫你来你就来。"我怀着忐忑不安的心情，小心翼翼地跟着他来到一间教室里，教室里还有我村的两个人。一会儿医生把那两个人领走了，剩下我一个。

医生问："你多大了？"

"我十九岁。"

"不，你顶多十六岁。"医生说。

"我就是十九岁，属鸡的。"医生不再问了，拿个小"皮锤"在我身上一通敲。

"好啦，起来，脱掉衣服，"医生命令我，"脱掉衣服，一丝不挂，用手抱着头。"医生又说："半蹲着往前走。"

检查完了穿好衣服，我问医生："我有希望吗？"医生看看我，说："你先回家吧。"

没有讨着口风，我心想完了，单复检我们仨，我们仨"吹灯拔蜡"了。别人都高高兴兴的，我只耷拉着脑袋，打不起精神来。回家后，母亲说："我就知道不行，偏偏不听话。"我心想：还是算了吧，明天去好好劳动吧，不想它了。

我心里倒是踏实了，也不再去打听消息了。别人问起我都回答说"吹了"。

又过了几天，我刚下地回家，母亲说："那两个当兵的又来了。"我着急问："说什么来着？"母亲说就问了点情况就走了，说不见你了。

"哇哇！有希望！"果然，过了一天就给我下了"入伍通知书"，通知书说一个星期后去县兵役局报道。这个星期好忙！白天去看姥姥、姨，晚上也睡不了觉。恐怕又会出差错，我老是去大队打听消息，反正也不去劳动了。

　　临走的前一天晚上，大队部买了好些花生、瓜子、茶叶开欢送会。小学生们还演出了节目，演唱的是"一座座青山尽相连，一朵朵白云绕山间……"五十多年了，我记忆犹新。支书在大会上讲话："我们村三个人应征入伍。响应党的号召，听从祖国召唤。这是你们三人的光荣，也是咱们大队的光荣。希望你们三人为家乡增光！"支书又让母亲说两句，她只哭不会说，最后说了一句："儿子当兵去，有出息了。走吧！"

　　这一宿也没睡觉，母亲说："你走了家里没劳力了，肯定年年是'缺粮户'。支书说大队能够照顾点。有把握吗？"我说："既然这样了，先走吧。"

　　第二天，我从大队支部骑上大马，戴着大红花，还是穿着我那件六三年"救济"的土黄色旧棉袄。小学生们排着队，喊着口号，跟在马后。一群群社员来送我们。母亲站在家门口呆呆看着我，脸上挂满泪水，也不知是悲还是喜。在马上，我最后看了一眼那两间我亲手搭建的矮矮的房子，心里一阵酸楚。

　　到了村外下马，三个干部分别用自行车驮着我们，把我们送到了南大冉中学（当时的县中学）的临时接待站，到处都是乱哄哄的人群等着分配。午餐后每人发了一套军装、内衣裤、鞋子、被子和一只挎包碗。下午母亲和弟弟妹妹们都来了，看到我穿上了军装。"妈！"我叫了一声，她脸上露出了笑容。我拿出刚刚发的六元钱，那是我第一个月的津贴。我给母亲留下五元，剩下一元带走。

　　离别时，我背起背包，排着队向保定出发，依依不舍地向家人告别。妹妹们先哭了，我的视线也模糊了，就这样，我离开了生我养我的县城，从此踏上了人生新的征程……

二、严格的军营训练

　　晚上，部队在保定火车站上了"大闷罐车"，列车是从石家庄开过来的，车厢内载满了战士。次日下午，列车停在北京市康庄站。下了列车，我们被分配到第一中队第三分队。接着又转乘汽车，到目的地一看，这哪里是军营？分明是新兵集训的"小村庄"！后来得知这个地方叫大风营村。它位于燕山角下大风口山谷南侧,山风从西北走向的山谷吹来。这里长年刮风都在四五级,一年只有两季,每季六个月,故名大风营村。

艰苦的军训开始了。

我们还不是正式军人,只有军装却没有领章帽徽。军训可是正规部队训练,训练场离住处有两千米。每天六点起床号一响,炕上十个人东抓西拽。五分钟在班外集合,第一名是班长,小个子的山东人姚运元,最后一名是副班长王玉交,北京人,长得人高马大,班里开玩笑叫他"大棒子"。紧挨着副班长的是我,个子矮,只有一米五三。

来到部队训练营后发给我的第一件军绿色大衣是"军棉三号"(最小号的)。每次从吹起床号起,到军训场一共两千米,要求我们二十五分钟到位。连长每次早就在那里等候了。我每次都是大喘着粗气,勉强出操。围绕操场先跑步三圈,换成散步步伐时,我已满头大汗,在没有遮拦的山区操场上被北风一吹,身上冰冷,我咬牙坚持着。有一次军鞋跑掉了,也不敢回去拿,光着脚跑到操场。连长点名表扬我的吃苦精神,又批评我为什么不准备好,鞋带扣不紧才会出现这样的问题。等我"拐着腿"找到鞋子,果然是因为鞋带开了。班务会上连表扬带批评,我因此写了两份报告。后来连队墙报上也出现了班里又批评又表扬的稿件。军训三个月后,体力也慢慢适应了,教练员的大喊大叫也习惯了。班里每个星期天评先进,总是没我的份。战友们每天都早起半个多小时去伙房打洗脸水,为了争先进都抢着去,而我总是起不来。

在难熬的三个月里我长高了点,接下来发了领章,也换上了新装,并去拍了一张照片。

我把发给我的十二元钱,给家里寄去十元,剩下两元用来买牙膏和交纳两角的"团费"。一九六五年四月,新兵训练操场已是鲜花盛开、草木葱郁的景象,我们就要离开这难忘的大风营村了。一天连长来到我们班说:"准备派你们班去'打前站',去新的地方驻扎。"我一听去新的地方驻扎,那一定是军营了!我向往着军营生活,那里一定有大操场、一排排整齐的营房、军人服务社等。我们高高兴兴打起背包,步行十多里地上了火车。下火车后就"钻进了山沟沟",那是一个二十多户人家的小山村,遍布着一间间矮土房。我们班来到号码"九班十二名"的房子面前。那是三间正房,四人一条炕,放下背包我们几个就开始打扫卫生。一切安排好后班长领大家绕着村庄转了一圈,边走边"指指点点":"这里是垒建火房的地方""这里是连部"……

所有地方都要重新建设。哇哇!这就是我想象的营房?神秘的"兵种"?当了两个月的"泥瓦匠",才把全连的生活设施建设好。原来,我们连各班都在为附近的兄弟连队整理村舍。

燕山山脉周围，群群点点的村庄都掩映在桃花、梨花、李子树、杏花丛中。山区小景十分好看，每天巡逻都走在山花烂漫的小路上，我心里很高兴。

战士们经过军训和思想教育后，忆苦思甜。这使得我们的军事素质大大提高了。我想好好进步，抓紧时间学点文化。因为班长是党员，让我更想早日入党。连里我是最早写《入党申请书》的新兵，支部书记很重视，委托班长跟我谈话。班长以组织的身份和我谈了很久，从入党动机、理想，到人生道路的选择，我俩海阔天空地谈了一下午。我的文化底子薄，没有上初中，班长也鼓励我，抓紧时间学点文化。

大部队集中以后，连长宣布："明天发'武器'。"我又一晚上没睡着，盼望着什么，憧憬着什么。

次日，要发放的武器一箱箱地都被打开了，发给我两件武器：一支苏式"三楞枪刺"步枪、一把铁锹。连长宣布："我们是北京卫戍区工程兵二一六团一中队三分队。明天奔赴土城抢修公路。"

紧接着，紧张的施工任务就开始了。第二天队伍开进了山沟里，这里全是一层层的荒草和一堆堆扎手的荆棘树棍。乱石丛生，横七竖八。我们用铲撬、用镐刨、用撬杠撬，干得热火朝天。军人是国防建设的主力军，肩负着建设祖国的责任。第一天的施工，战士们克服困难，没有人叫苦。晚上收工了，累得连饭都懒得吃。班长打来饭，吃饭时我的手拿不住筷子，几次掉到地上。班务会后，战友为我打来了洗脚水。

"报告班长，我不洗脚了！"班长强拉着不让我脱衣服睡觉……

接下来的一天，出工时，我的腿一拐一拐。

"怎么啦？"班长问。"我脚板上起了几个泡。"

再看看战友们，还是那样生龙活虎。我一咬牙，坚持！怕苦怕累不是军人的本色，干！心里默念着。脚板依然疼，我坐下来扳起脚板，就地取材，找到一根硬山刺把泡捅开。有一个四川兵从小在山区长大，很有经验："喂，不能挑，挑了你就甭想回家了。你想让人背你呀？"我大声说："你哄谁？我不信！"那兵哈哈大笑说："不听好人言，吃亏在眼前。"我试着站起来，脚底一着地，钻心的疼痛瞬间袭来。"哇！"的一声一屁股坐在地上，于是，我只能先跪在地上拄着铁锹慢慢站起来，还行，干！

晚上照例洗脚后，战友从房东老乡家里借来了几支做活儿的针，用灯火烧一烧挑起泡来。挑破后放出血，再用线头串起来。如果再出血，他就顺着线条挤出来了。

一个战士开玩笑："山炮、野炮、过山炮。"

"哪里有过山炮？"战士们嘻嘻哈哈嘲弄他。他抬起脚一看，一根线贯穿俩，这可不就像是过山炮么？战友们苦中作乐的精神我永远也忘不了。

几个月过去了，一条弯弯曲曲的山路崎岖而上，直通国防建设的大工地。我手上脚上也磨出了厚厚的一层层老茧，用刀子割都割不下来。我想起了当兵前，到离开家乡都没挣上一天"满工"。

当冬训进入高潮时，我也把补习文化当作最首要目标。指导员讲课时，我迅速地记录着，拿笔的手累了，伸出手指头然后再使劲握一握。

连里墙报常常都有我的稿，这倒是让我学文化也起劲，可打靶总是不及格。打靶归来，战友们戴着大红花，我不眼热。连里成立"毛泽东思想宣传队"，我踊跃参加。写节目、数来宝、活报剧、大鼓书，只要队长让我写，我都会尽一切努力写好。

太行山脉燕山脚下，有一段横断山谷。这里怪石嶙峋、山高陡峭、乱草杂木丛生，是万里长城的一个著名关隘，叫作石峡关。我们连就驻扎在石峡关附近一个叫作石峡村的村庄里。村子东面有一条大山沟。这里山势不高，但乱石滚滚，没有平整的地方。我们用铁锹和铁镐硬是修出来一块五百多平方米的军事训练场地，有战壕、靶场、投弹场、拼杀场。这个冬天除了上政治课外就是在这里训练了。冬天这里风很大，穿着厚厚的棉军装，戴着棉手套也冻得不行。最苦的是卧姿"瞄靶"，手脚冰冷，都冻麻木了，班长还在那里喊着口令。我不停地变换着姿势，实在冷了就把两脚磕磕。"别乱动！"班长的口令就是命令。好不容易盼到"收枪"起立的口令，我却觉得站不起来了，冻红了的腿僵硬得很。原来我刚拿到冬装时身材矮小，只有一米五几，今年长到一米七多，司务长给我换过两次老兵交上来的旧棉衣，今年还是穿着短了。班长心痛地大声吼我："你怎么不早说？"

"班长，司务长说没有大号棉裤了。"

训练场上拼杀声、投弹的评论声、口令声乱作一团。拼杀场上虽有战友情谊，却没有战友相让。每当穿上"防护甲"，拿起"拼刺刀"用的木枪，每个人都两眼发光。"记住！"班长说，"他现在不是你的战友，而是敌人。杀！"我全神贯注，两眼死死盯住对方的枪尖，杀！咚！被人家"刺中"，连败三次。班长急了，冲我吼道："防你的左下侧！"话声没落，我左腿膝盖上就挨了一枪托。战友见我倒了，急忙去扶。还没拉到我的手，班长飞起一脚踢向战友，这一踹是假的，如果你没防备，踢不着你；如果是有防备，这可是动"真格"的。我的战友叫郑丙戌，和我一般高，很机灵。他看到班长飞来的脚，来不及躲闪，把身子一扭，屁股给班长踹。班长一看他有准备，这一脚是真的了。扑哧！他重重压在我身上。操场如战场，谁也不敢笑。"起来，"班长命令，"再来。"我心里暗暗骂着，我都这样了，还不饶我。爬起来后没等到郑丙戌准备好，我就狠狠向他胸前扎去。咣当！他倒了。

班务会上，大家总结经验，也都批评我偷袭不对。"打仗时还要提醒敌人准备呀？"我也顶杠说。班长提高声音："一我没下命令开始，二他是战友。能那样吗？你还强词夺理！"战友们要我给丙戌道歉，丙戌说："算了，我又没摔疼。""我可摔疼了。"我说。班长最后让我写一份检讨报告交给班里。

投弹训练的要求是每天必须坚持五十颗，一开始我投三十八米，最多三十九米，有人技巧掌握得好，可投四十五米。每天的投弹训练虽然只有一个小时，但坚持几天下来就不行了。右胳膊肿了，吃饭拿不住筷子，有的战士比我还严重，到训练场都不敢拿手榴弹。

这几天，投弹场地上少了很多欢声笑语，拼刺刀的场地上倒还是大呼小叫。战士们都满头大汗地"较劲"。我在投弹场上咧着嘴练，仍然只能投三十多米。班长讲要领的时候最好，还可以顺便歇会。"同志们！"班长站起来说，"投弹脖子疼，胳膊肿都正常。这是个过程。大家不要停，过段时间就好了。如果不坚持练，这一关过不去。今天咱们班一天练投弹！"班长做示范了，说："先把手榴弹拿起来，手往后扬起时尽量往上扬，撤步时要快。投弹时脚步和手同步送出去。大家看看。"班长深撤步扬起胳膊，嗖！四十二米。现场响起一片掌声。我学着样子狠命一摔，三十九米！胳膊一下就"耷拉"下来了。"报告班长，我胳膊断了。""'脱臼'啦？"他拉住我的胳膊使劲摇一下，疼得我直叫。严格且严肃的训练场是没有同情的，大家拿起教练弹照着示范，抡起胳膊来。这一天总算熬过来了。

过了几天又开始练瞄靶子，哇，好多了！虽说冷但是胳膊不疼。严格的冬训快结束了，我发现自己有了气力，有什么困难咬牙坚持，一挺也就过去了。这是经过磨炼的经验。实弹射击科目我多颗子弹脱靶，成绩刚刚及格。投弹三十八米。总成绩属于班里中下游。全班六个人榜上插了红旗，我的榜栏上却是"干干净净"，倒也"卫生"。

我不服输，政治学习见！政治学习一个月的时间里，我天天写稿，表扬好人好事，宣传我班同志们的发言，班长怎样带领我们学习军事技术。连队里挑起各班的竞赛，有的班向我班挑战，我也主动发起"应战"倡议书。班长表扬我是他的秘书，我说："我是班长的'跟屁虫儿'。"战友们很热情，亲切地叫我"马屁塞儿"。不管怎样，对我学习的帮助不小。

三、血的教训

公路修建完成后，部队开始进行大规模的国防建设。十几个连队分布在燕山脚下，没有了训练场上热火朝天的硝烟，摆在我们面前的是"隐蔽"的作业面。群山绿树掩映着更加艰苦的战斗，每天风钻响个不停。开山炮声隆隆，震撼着原始的山谷。扎扎的"钻辘"（白话）来回穿梭，战友们满头大汗，不惜一切力量开展生产大竞赛。每天一个"撑子面"要掘进一米，表扬墙报每天都换。我除了上八小时班外所有时间都花在写稿子、搜索板报信息上。班长看我太累，主动代替我站夜岗。每天三班倒，夜班战士下班后简单洗洗就睡了。下午起床吃饭时太阳早被大山遮住了。我们自嘲称夜班是"夜里鼠"打山洞，进度快。

作业面上不但艰苦，而且还险象环生，我们总说"四块石头夹着几块肉"，稍不注意就变成"人肉馅"了。

每个班都有两个安全员，作业时四只眼睛死死盯住各个角落的"险情"。一有危险马上停止作业，排险。我是我们班的安全员之一，每天要排险三四米长的钢钎，往上捅可真累人。每天上班前，我俩都是提前进洞，刚刚被炮炸下来的石头堆满作业面，浓浓的硝烟还没散去。我们用鼓风机往外抽，而后排险。一切就绪后，战士们才进洞。只要到了作业面，战士们都在拼命工作，没有人说话，只听铁锹、装渣、搬石头、砸运输车的声音。"沙沙，咣！"这是铁锹铲石头的声音。战士们满头大汗，脸上全是灰尘，被汗水一冲，留下一道道印痕，倒像极了舞台上的"大花脸"，脏兮兮的口罩上边只有两只眼睛一眨一眨，灯光下更像个"幽灵"。但只要安全员的哨音一响，发出险情警告，几秒钟全员就得退出作业面，到达安全区。安全员最不安全，受伤的大多数是安全员。我责任重大，不容一丝懈怠，石头砸下来要躲闪，落不下来要"捅"它。全靠着自身的眼快、身体灵活，才躲过一次次危险。我拿钢钎的手上常常是旧伤未愈又添新伤。即便如此，被滚石砸伤的战士仍然很多。洞口外大标语都是口号"一不怕苦，二不怕死""按时按量完成国防建设"。

一天凌晨五点，风钻班刚刚离开装好的炸药位置，轰隆隆几声闷响从作业面传出洞外。几千吨的大小石块堵住了"行道"，连里吹响了"抢险"哨音！全连战士像得到了冲锋号一样，迅速拥到洞口。营房离工地大概一千米，我们跑得上气不接下气。只见洞口硝烟弥漫，滚滚而来。连长大喊："检查人数。"首先是当班的风钻班，"报告连长，"风钻班长抬起手敬礼，"风钻班全体报道。应到九位，实到九位。报告完毕。"连长用手拉下班长还没放下的手，动情地说："亏了早几分钟撤离了，不然的话，不然的话……后果不堪设想。"连长有点语无伦次。

各班安全员都被留下，其他班带回，等待下一步命令。连长又命令我们几个安全员先进行排烟任务。我们开动抽风机，只听抽风机嗡嗡作响，却不见烟排出。

"冯景山！"

"到！"

"董国富！"

"到！"

"你们俩紧贴洞壁，进洞！"连长命令着。

"是！"我俩接过连长递过来的手电筒，戴上双层口罩，沿着石头壁，踏着碎石摸索着前进。洞里很黑，呼吸也困难。离作业面越近我越害怕。

"国富，怎么样？"我召唤他。

"不怎么样。"答应得倒也干脆。

前面咔嚓、咔嚓直响，我有经验，那是石头松动时发出的声音。"小心，国富，"我又喊他，"往前走，死不了。"我心想："这鬼门关，怎么这样远！恐怕黑白无常也不耐烦了吧。"好不容易挨到作业区，我们拿手电筒一照。好家伙！二十几米的顶塌下来了，上边开了一个大洞！我大喊："冒顶啦！"忽然半路上传来接力的声音"冒顶啦！"原来连长又派出了第二个"敢死队"："连长命令你们俩回来。"这个传令兵怎么不早点喊我？回到洞口汇报完情况，连长通知："全连待令。"根据经验，洞里的烟没有一天是散不完的。

晚饭后连里召开大会，选突击队。经过竞争选拔出来十个人的队伍组成两个排险组。我和董国富在第一组，拿着钢钎到达作业区。好家伙，冒顶部位高度十几米，钢钎太短，捅不着。大家商量后，叫突击队进来，又让他们扛来木头和木板。把木桩打进沙石堆里面，再用木板挡上，有了一定安全性以后开始清理轨道，推进"辘轳铁马"开始运渣。安全员们轮流站在最危险的地方，哨子含在嘴里时刻准备着。经过三个班组轮流抢运，我们才算把第一个作业点清理干净。这时候的风钻班危险最大，风钻的震动能把顶上的石头震塌下来。战士们的办法是用木板、木料先在冒顶处搭建一个棚子，这样一来掉下的石块也砸不伤战士。经过五天五夜的抢修，我们总共拉出来几千方石头。

二连的洞口离我们三连最近，只有几十米，每天放炮我们都受到影响。放炮班有严格的规章制度：每个钻眼几米，放多少筒炸药，从仓库里领出多少，用了多少都要登记。电发火装配只有一个人操作，作业区炮药填装好后接好电源，再接洞口外面的发火闸。这电闸只有一把锁，别人打不开。

那天的炮眼有五十多个，放炮员来了，把电源插头接好，准备和放炮班里的四个战士坐在炮位上稍微休息一下再出洞。这是个星期天的下午，一个战士拿着口琴边吹着边来到洞口玩，一看电闸门没锁，顺势往上一推。一声巨响，滚滚浓烟从洞口喷出。这个战士傻了，于是边往连部跑，边大喊大叫。等人们来到洞口，那五个战友已经"灰飞烟灭"，尸骨未存。指导员声嘶力竭："快检查人数！"

那是个星期天，外出的战士还没回来，一个新提干的排长新婚才两天。下午连里出了这样大的事故却不见排长的面，大家急着找人，新婚妻子也说不清楚排长到哪里去了。

在寻找的过程中，连长问过那个推闸的战士，那个战士说，排长在他前面先进了洞。出事以后把这个战士关进一个仓库里，怕他逃跑，他也根本不知道再找排长。

等待烟雾散尽，战友们用手扒石头，知道没有生还的希望，也不敢用铁锹、钢钎撬。连长说："用铁锹吧，小心点！"大石头用人工抬，直到晚上九点多才清理完毕。牺牲的战友们留下的最大一块尸身只有一条腿，也不知道是谁的。十点多了还没找到排长，连长血红着眼："快去洞里细细找！"说完就带着人返回洞里。做抢救工作时就顾着清理工作面，谁也没注意到周围的乱石堆。一个战士拿铁锹铲石堆，忽然惊讶地大叫："这有两条腿！"连长过来扒开石堆，发现他们的新排长已经牺牲了。

营里为此事停工一周，统一进行安全教育。大家纷纷写保证书，表决心！可怜巴巴的新婚妻子，才结婚两天而已。我们虽是老乡，我也劝不住她。几天"水米没打牙"（没吃饭，没喝水），团里派出了干部把她送回了老家。

四、我的末班岗

野山风还是一年四季"嗖嗖"地吹着，山上的柿子树、核桃树、李子树的叶子也已纷纷落在地上，只剩下光秃秃的枝丫。初冬时节的群山还是按时"隆隆"地震撼着山谷。今天我是末班岗，早已看到连队里的宣传员卢恩让站在宣传栏那忙碌着。

"今天这么早干吗？"我问他。他说今天板报太多，恐怕上午完成不了。我说："等我下岗了，我帮你。"他指挥着，我就帮他抄写。"今天你们宣传队出几个人帮我刷标语吧，"他也像首长似的命令我，"明天团里来检查毛主席最新指示的落实情况。"这一年我们连成立了"八一八毛泽东思想宣传队"，从各班抽调文艺骨干，集中在连部脱产排节目。说不定明天又是一个"劳动大竞赛"。队里来了五六个人帮助他"布置环境"，我没心思给他干活儿，过几天要演出的"数来宝"还没完成，指导员王建国要求明天交稿子，排练节目时间还要压缩。

我们宣传的对象是矿区、农村、学校，这几个月我们马不停蹄地去下花园、土木、康庄等地区演出。不论刮风下雨，只要有毛主席的最新指示发表，我们都用最快的速度编写成新的节目，排练出紧跟当前形势的内容。我比别人要忙，白天排练节目，晚上写节目。宣传队长李同战虽然是既能写又能演，但我俩的创作灵感老有矛盾。指导员是个"和稀泥"的家伙。创作活报剧里"雷锋"的母亲时我俩思路不统一。李同站的想法是让母亲被日本鬼子用枪逼着，拿起绳子自杀。我说："这不行！应该是为生活贫困所迫自杀。"我写的这场戏我自己都感动了：母亲衣不遮体，家贫如洗，因为养不起孩子而抛弃了他。一个小小的身影，瘦小干枯，光着脚，佝偻着身子走在雪地里。李同战却说要加场日本鬼子的戏，营造一种气氛。我认为可信度太差。讨论剧本时大家意见也不统一，指导员两场戏都要。排练时我演日本人，没"钢盔"就用施工戴的安全帽，涂上绿漆效果也很好。鬼子的衣服穿团里衣服库里的老旧黄色军装，枪是我们自己的枪。小民乐队营造不了大气氛，全靠演员吼。在矿区下花园演出的几场，场场爆满。

五、文艺集训

这一年我们来北京军区文艺集训时，正赶上北京的大串联，学生们成群结队来到北京。外地学生能坐火车的坐火车，坐不上的就步行。通往北京四通八达的公路上，大部分学生穿着军装向北京进发。

北京的街道上人流如潮，大街小巷到处是串联的队伍，到处是工人纠察队、解放军执法队。吵吵嚷嚷、乱哄哄的拥挤不堪。一队队打着背包，扛着红旗，一队走了又来一队，并且现场还看到了手持"保莱克斯"的手动摄影师们在采访。他们是北京电视台（中央电视台前身，一九七八年五月一日更名为中央电视台）的记者，没想到几年后我也是他们队伍里的一员了。

一人看到了我们三个军人，赶紧凑到我跟前说："解放军叔叔能帮我们一下忙吗？我们在永定门都等两天了,带来的干粮剩得也不多了。明天我们还要返回保定,孩子们来一趟不容易。"我一听是保定地区的,老乡呀!我说:"你是老师?"

"对,我是老师。"

"我是保定清苑县(今河北省保定市)人。"那老师一听,高兴地拉着我的手,"哎呀,我是马池村人。离县城十华里,我在保定教初中!"

"噢,老乡你把孩子们往东领,在前面等我。我随后找你,别远了,离开纠察队视线就行。"他答应着去招呼孩子们往东走,故意说给纠察队听。"不去了。明天再说吧。"孩子们不明就里跟着老师往东走。我们三个来到他们身边,让他们排好队,老师在后尾,我们仨打头,来到纠察队处。工人们一看三个解放军带队,自然不敢阻拦。"解放军同志好!"他们笑嘻嘻地招呼我们。"工人师傅好。"我一边回敬他们,一边催促孩子们快走,到了东华表石柱下才分手。孩子们自然千恩万谢,冲我们招招手往广场奔去。

这次来北京军区文艺集训收获不小。听天津曲艺团的竹板书专家讲了几天课,细致地讲了竹板书的演唱技巧、发音方法,这个老艺术家叫李润杰。

坐车回到驻地后,各个工作区都在清理整顿,"轱辘铁马"也被推到山洞里保存起来。铁锹、钢盔、钢钎等都已归库。风钻班把控压机用厚厚的胶黏布罩了起来。连队库房里我们班奉命整理工具(宣传队临时解散各回各班),好的风钻头都被涂上了黄油,装进箱子里。等待维修的各种工具都要拉到团部维修处去检修。我们班跟车去了康庄押运工具,在团部碰到了个曾一起演出时认识的战友,姓王,大家都喊他"王干事"。"王干事,忙什么呢?"我高兴地问他。

他说:"团里的宣传队人手不够,还要从各连宣传队挑人。"我也没当一回事。

第二天连里召开总结会总结经验,开始以班为单位讨论今年的工作、学习情况,找出差距,并评选出先进班、先进集体、先进个人。经过两天的讨论,我代表班里写了个长篇报告,还向去年先进班发起挑战。二排四班是去年的先进班集体,掘进长度不但完成了团里规定的计划,还创造了超额完成十五米的最高纪录。总结大会结束后,连长宣布命令:"明天由我带队,参加北京军训任务。冯景山!"

"到!"

"出列!"

"范景月!"

……

"你们八个人明天早上打背包,和我一起出发。步行去团部报道。"

当天晚上下火车后我们进驻了北京市政机械所,大北窑往南路东的一个大院。二十几间平房,旁边有个饭堂。这里人声嘈杂,我被任命为一排排长,带领四十个学生。他们来自祖国各地——新疆宜春库尔勒、天津中学、河北乐亭县中学。晚上排里带队组织给老师和同学们开了个欢迎会,孩子们七嘴八舌:"我们十分盼望解放军叔叔来到我们身边。"新疆的四个小姑娘还跳舞唱歌:"是谁来到我们身边,是亲人解放军……"原来他们也对西藏的《洗衣歌》有兴趣,唱得很好。

第二天编班训练,各班选拔的班长在前,副班长在后。首先练习齐步走,练了两天还走不齐,后面的常常踩到前面的鞋子,踩着了就骂街,净是听不懂的方言,引起一阵阵大笑,秩序不好维持。再练习时,便让各班拉开距离,队形横竖不发生关系,这下就好多了。每隔两天军区都召开通报情况大会,介绍经验。前三次解放军没有参加组织训练,秩序很乱,学生们根本不听工人们的安排。丢鞋的、受伤的,还有被挤断了胳膊的,凌晨清理工就从天安门广场拉走一汽车鞋子、袜子、头巾、手套等。

通过军训以后,秩序好了很多,伤人的事情基本没有了。学生们的热情非常高,还有的编出了节目,写出口号。他们把写好的东西拿给我看,我是写节目的,提出的意见他们当然都非常重视。每天回来后我们都会和老师沟通明天的参观路线,而后我去安排车辆,都是大卡车,连个座位和布棚都没有。串联的人太多,有时候离驻地近就走着去,孩子们也不说累,中午吃不上饭就晚上再说了。有时候中午能发两个面包、一块腌菜。

那天我们去中山公园参观,发的面包都被挤烂了,我用手捧着吃,没有水,干得够呛。解放军执法队刚好看见了我在公共场地吃东西。

"你过来!"执法队叫我。

我立正,敬礼:"报告,四七五六部队,一营三连九班战士,冯景山。报告完毕,请指示。"吓得两个女学生直往我身后躲。

"甭怕。"我安慰她们。

"军人的纪律是铁打的,谁违反也不行,"执法队递过来一个"条子","回驻地交连首长。"

"是。"我敬礼后离开,打开字条一看,上面写着:你部冯景山违反军纪一次,在公开场合吃东西,请给予批评。军执(章)。

孩子们回来都为我抱不平:"我们想和他们讲理。""千万不要,"我告诉他们,"如果那样的话我就更麻烦了。"接见的第一天晚上我们带着各自的干粮,我领着全排和连里从新的编队(我是一排,自然在全连最前面)步行一小时来到了建国门外。夜晚九点多,孩子们还有说有笑,慢慢地都静静地立着,也不敢散队。一会儿从东单方向传来命令"原地坐在自己的书包上休息"。接力传来时的命令已经晚了一个小时。凌晨四点多队伍又重新开始整理了。孩子们很冷,都没睡,只是不愿意说话。八点要求整理书包,系好鞋带,九点多钟队伍开始向西进发了。我提醒大家,保持队形,不要停留。到了金水桥附近,队形还是乱了,回头看,我和老师拉起前面的学生,喊他们跟上。连拉带扯总算把我的四十个孩子拢在一起,步行到了南礼士路北才找到我们的大卡车,绕道北太平庄回了驻地。检查时发现有的孩子一天一夜都没有吃饭,干粮丢了,有些人头一天晚上就吃完了。看看我的饭包,连动都没动,已经成了一捧面包渣子。到底还是有两个孩子丢了鞋,只穿着袜子上的车,都露脚丫了。有个聪明的孩子带着备用鞋子,鞋子丢了就没受罪。

再有两天就该回学校各奔前程了。这天大家开了半天总结会,都希望下次再来串联,我们还在一起。他们很动情,觉得这十来天太短了。告别的那天,孩子们都上车了。大部分人都哭了。有两个乐亭中学的学生哭得稀里哗啦的,喊道:"冯叔叔再见。"她们是乐亭中学的崔丽霞、魏继杰,远远地还能看到她们在擦眼泪。

结束了军训,我们在军区大礼堂开总结会,我受到提名表扬。回营房后更加忙碌了,宣传队更有时间排练新的节目了。这次宣传队是集中为春节期间去农村演出做准备。这次节目内容有了很大的进步,增加了联唱、舞蹈、话剧、曲艺节目,主要演员李同战从天津李润杰那里学来竹板书《劫刑车》《雷锋》《巧劫狱》等一批节目。我和《西游记》摄像师王崇秋一九七四年在河南干校说过的"数来宝"就是在部队学的。部队的总评有一项重要的项目就是评"五好战士",我有把握,今年一定能评上。等到我演出回来,发现"五好战士"的奖栏里却没有我的名字。我问班长为什么,班长不紧不慢地拿出两封信(乐亭中学崔丽霞、魏继杰寄来的)和北京军区纠察队的批评条子。我一下子傻了眼,小小的失误铸成了大错,但我是服气的。班长说:"我找过几次支部,说我们班都评上了。支部应该考虑战士们的意见。"指导员说:"三令五申地说不能和学生们通信。他又违反军纪,作风稀拉,随便吃东西。"就这样今年的"五好战士"告吹。转过年来的三月,战士们还没有换棉装。我又带上夏装,打背包去北京参加北京市中小学的春训。这个军训时间计划为三个月。临走时指导员把我叫到连部,语重心长地说:"你工作积极,学习文化知识突出,但是不注意'小节',这是致命的弱点。"我说:"指导员,和学生通信不是我求着她们联系的,在大街上吃东西是没法儿的事，碰上了纠察队算是倒霉，其实我很注意。"指导员不耐烦了："别以为你受到军区表扬，就把尾巴翘起来。你的检查报告并不过关。"我虚心接受："放心吧！这次我绝不让支部失望。"出连部大门后，我班战友们围着我问："又挨整啦？""怎么是'又'呢？老冯挨过'整'吗？"一句话就引得战友们哈哈大笑。

我来到北京军区招待所一二零军训指挥部后迅速开始学习，每天课程安排得很紧张。军训上课，每天通报情况，忙得不可开交。我与负责的东四小学的老师也谈过计划，并制定训练科目。

京棉一、二、三厂都是我们团"支左"，每天都互相通气，研究对策。我和小个子王振增分工管理织布车间和同捻车间，两个车间共一百多职工，两派势力相同。我就尽力讨好两派头头，整天跟着他们屁股后面转。这两派头头，都是"捉迷藏"的好手。一有两派之间冲突，他们都躲起来，找都找不着。我磨破嘴皮子把两派安抚到车床上开始工作，他们倒是很及时地来到我身边："对不起，解放军同志。"他们很礼貌。

"你们干什么去了？"我没好气地问他们，"是不是都躲避了？""没有没有。"他们解释着。

同捻车间是个小车间，共十多个人，大部分是保守派，只有一个造反派，相对还比较好管理，每到讨论联合时思想基本统一，那个造反派总是一言不发。我常常把小车间经验讲给大车间听，大车间的造反派说我已经有了"观点"。罪名是违反"支左"条例"支派不支左"。问题反映到军管会，军管会主任和我谈话说："这种情况别的地方也是很多，不足为奇。"造反派一对我发难时，保守派的职工就会停工向我靠拢，以保护解放军的安全为由向对方发难。这种阵势问题非常大，特别容易引起停产和械斗。好不容易有了点起色，怕又被破坏了。主任说："以后少去小车间，搞好平衡，说话注意分寸，少推荐小车间经验。""是。"这以点带面的工作方法没有错呀！在工作总结会上我总结了几点：一是一定要紧抓住各派头头，让他们自动向你靠拢；二是不扎堆和工人说话，以免造成误会；三是不参加各个组织发起的运动。

从此以后我就找些两派有共同认识、共同关心的问题加以解决，慢慢形势开始好转。转眼到了十月份，几个月来的平衡方法得到了效果，头头们见到我也热情多了。这个月要干一件大事——成立厂革命委员会。各派领导人经选举进入厂领导班子。人选问题是个大问题，根据军管指示，车间各负责同志早做准备，千万不能出乱子。我早早地和两派头头打招呼，毕竟是核心力量和骨干，弄不好会出乱子。我说："你们各派要商量好，提出个好办法来。

怎样把更加合理的办法拿出来。"大家都没意见，头头们满口答应。很显然，全厂职工大选投票支持率不平衡，造反派占全厂职工总数的百分之七十，保守派占总职工人数的百分之三十都不到。这种反差我早就想到了，给军管会汇报时便提出："为了解决这个问题，只有各派选出十名代表。不参加组织的选拔五个代表，形成差额选举。选拔出来七名革委会成员参加厂领导班子，选举候选人提名二十五人。"这种方法能否奏效，就看我们的工作做得怎样了。这四个头头跟我混得不错，还称兄道弟。我慢慢地把这种方法和他们透透风，可想而知，少数派求之不得。多数派有意见但是不反对，他们提出多数派能否增加几个代表，我们也好和职工交代，毕竟是多数，代表多数人的利益。经过严肃的讨论后确定"造反派十二人、保守派十人、非组织人员五个人"。方案提交纺织局军管会通过实施。周围的厂和本厂车间都差不多了。我们车间选拔的七个人既是车间班子，又是选拔厂领导的候选人。我们"支左"的目的就是促进京棉一厂的大联合。只要厂里成立了革命委员会，实行了厂统一领导，早日恢复正常生产，有秩序地纳入正轨，我们就完成任务，军管会也就完成历史使命了。几个月来就是为了等这一天！头一天我组织了一些听话的小青年把现场布置好，贴上标语、摆好桌子、糊好选票箱、选好唱票人。我向军管汇报："明天上午九点开始投票。"第二天一早，我和战友王振增早早就到位了。八点上班时间工人们都到齐了。奇怪！平时开会连一半职工都召集不到，今天大小车间一百多号人一个不缺。组织发票后我提出几点："一、大家不许串票，个人投个人的票；二、可以选候选人以外的人；三、如果发现串票，选票作废，不再重新发票；四、各组头头监票，大家有意见早提出。唱票的时候大家安静，大家要记住自己的票号，同意吗？"大家鼓掌，开始。二十分钟不到，两个票箱都满了，一小时后唱票结束。忽然有一个中年妇女手里举着几张票到了我跟前。我问她："你的票从哪来的？"

"你发的。"她说着就往票箱里塞。我一把抓住票问她："你怎么三张？"

那个女的大喊大叫："解放军抓票啦！"

这女人一喊，人们一齐向我拥来，不一会儿就把我和小个子王振增挤上了棉花垛。我居高临下找四个头头，只见他们抱着票箱子站在远处。有一个姓田的老工人带头大喊："他们俩都是'带枪的工作队'，你们请出现场。我们自己的事情自己做主，不要带枪的工作队。"工人们激动了，大喊着口号，现场一片混乱，人声鼎沸，谁也听不到我的解释！一会儿又有一群人向我围上来，他们胳膊挎着胳膊把我俩圈在中间，面向外，喊道："保护解放军，不许围攻。"两边人推推搡搡，眼看局势就要失控。我俩站在棉花垛上束手无策。一会儿军管会带着全厂战士来到现场。我们十多个战士组成人墙，把两派分开。有人嚷嚷要重新选，我看到了机会，在高处说："为什么重来？"姓田的那个人说："我们派人多，候选人比例不对。"我提高嗓门："有意见为什么不早提？"群众乱哄哄七嘴八舌，两边吵吵嚷嚷不可开交。军管会去和头头商量，造反派的两个头儿上到棉花垛上说："大家静静！怎么能这样对待解放军呢？"王振增小声嘀咕："两条狗。"我拽了拽他的军装。"我们刚刚和军管会商量了，选举还算数。相信我们会拿出办法来给大家一个交代。"人们慢慢地散去。回到宿舍后我发现挎包里有一个饭盒，盛了满满的菜和饭。大家都没吃饭，食堂里给我们留了饭菜。顾不上了！车间还有个人没有吃，是小车间工人闵富秀。她说："你肯定没吃的了，这都什么时候了！食堂早关门了。""谢谢大姐！"我边说边把盒子递还给她，"这是你两顿的饭，我不能吃。"

这次风波以后，表面上暂时安静了，军管会知道情况复杂的织布车间肯定不会就此罢休。果然，几天后的一个早晨，我们刚刚起床，从窗户往外一看，在我们宿舍楼对面的墙上贴满了大字报。标题是："我们不欢迎'带枪的工作队'，请抓票的解放军做出解释。"大横幅标语"工人阶级领导一切"。军管会告诉我们不要理睬，该去车间去车间，不谈此事。又过了几天，军管会议在纺织局大食堂召开。晚上九点多钟，我们回到宿舍，进屋一看被吓了一跳！窗户被砸开，住在一楼的排长吴锡金的东西被翻得乱七八糟。战士们的被子也很凌乱，地上满是我们的衣服，好多大皮鞋脚印！排长当时不让进房间，给公安局打电话。十几分钟后公安局来了四个人，手里拿着照相机，带着石膏粉折腾了好半天，把脚印用石膏粉取样。一会儿外面换班的职工围了上来，问这问那。军管会主任动员大家先回去，相信公安局会破案的，并表示一定要把贼抓出来。公安局同志走了以后，大家开始各自清理内务，顺便看看丢了什么东西。战士们的东西倒是一点儿都没丢，只有排长被偷走了一件军上衣。我们分析："这不是贼，是派系斗争。"一连几天我们只要离开一会儿，就会有人偷偷地往屋子里塞信，信上都说怀疑是谁。有次中午我刚从车间回来，和田师傅走了个照面。我笑嘻嘻地说："田师傅，你也来送信？"

老田很不自然："不，不不。"

"田师傅有信可以交给我，甭不好意思。说着玩儿，甭当真。"不用他表演，我们也知道怎么回事，我们每天上班都先讲阶级斗争为纲，防止坏人钻空子破坏生产。这几天我对田师傅很不客气，好几次我都不给他台阶下，没过多久他就老实了。

近一个来月，军管会死死抓住车间选拔的负责人不放，慢慢地也稳住了形势。京棉一厂成立以工人为主的革命委员会，经纺织局批准挂上了大牌子，也开了庆祝大会，厂革命委员会向局里送去了大喜报。

又经过一个来月的协商，我们完成了任务。回部队那天晚上，厂里派代表送我们去永定门火车站，职工们都哭了。闵富秀哭得更厉害，五十年了，她是我在北京像亲人一般的朋友，至今未断。

六、复员退伍

一九六八年的春天是那样的平常，这两年不用演出，就是带红卫兵、军训、"支左"，基本上没有怎么稳定下来过部队生活。三月份我调到了十一班当副班长，班长赵大反说："你主要就把这四个刚入伍的新兵带好就行了。"我分别找陈水川、邹自友、于建纪、张小花谈了话。他们来后的第一班就是干出石渣的活儿，要求随时注意安全。搬石头时战士们都戴着厚厚的白布手套，但还是砸伤了胳膊。因为我有经验，还兼职过安全员，刘连长对我很好，表扬多批评少，从宣传队、入党、"支左"外出都体现了连长对我的关心。因为家里缺少人手，连长还特意批准我回家结婚（当时战士要结婚都是以此为由）。

这一年我拼命工作，很少出差错。我们班任务完成得也好，常常受到连部表扬，这一年全班抽时间种植的蔬菜全连第一。冬训期间班长赵大反还被评为先进个人，按惯例，冬训完毕后是全年总结。团政治处要求各级党委、支部开展强有力的批评与自我批评，要求每天出简报表扬好的党员干部。几天来大家都用热烈的情绪给党员和领导提意见。连长分配到我们班参加评审，我是党小组长，组织会议。大家畅所欲言，给支部提出了不少建议和批评。作为支部书记兼指导员的王建国首当其冲，大家对他的批评最多。

大会经过几天争论后，连长发言了："我最后给支部书记提个意见，这需要冯景山做个见证。冯景山九月份回家完婚时巧遇了指导员王建国，王建国提醒冯景山，'你要防备着刘连长，他很狡猾'。这是挑拨干群关系。这个问题请大家发言表态，指导员是何居心？并写成报告上交营党委，对王建国同志提出严肃批评。我们整党就是为了达到团结起来、好好为人民服务的目的。"这条意见一提出，会议气氛立刻变得严肃了，半天鸦雀无声，连空气都凝固了，使我喘不过气来。

很长时间后我首先打破僵局："这个问题能否明天再议？"当时我只想在会议后和连长沟通一下，看怎么解决这个问题。没想到连长坐在高处大声说："不行！今天要有定论，还要写成报告。这问题很严重，你冯景山是党员，立场要鲜明。"大家也议论纷纷，表示应该让我说清楚。连长又威胁我说："没有立场的党员以后怎么工作？"我火冒三丈，说："我回家结婚时根本没见过指导员王建国，我们虽然是老乡，还没那么巧遇到当时在北京"支左"的指导员，你这才是挑拨干群关系！"说完之后我摔门而去。

我不知道当天怎么了，连长居然会提出这样的意见？我不知不觉走到工地洞口，傻傻地站着，呆呆的，脑袋瓜子嗡嗡的，直到两个战士跑来叫我回去吃饭。也不知道接下来的几天我是怎么过来的，连长没有达到他的目的，成天躺在连部的床上，用湿巾盖着头。我本想找连长谈谈，但想到他这样无中生有，气就不打一处来。算了，准备被"穿小鞋儿"吧，还得做最坏的准备。唉，甭说，这么一想，我心里反倒踏实了。春节过得相安无事，正月十五我爱人来部队探亲，住在离部队营房不远的农村。不久，部队动员让大家学习文件，讨论关于复员的问题。复员退伍与我不沾边，没想到复员退伍动员大会结束后不久，战友杜法龙告诉我："今年复员退伍有你！"

"什么？有我？"

杜法龙严肃地又说了一遍："对，有你。第一个提名就有你。第二次确认时你也是第一个。"我有点坚持不住了，心慌意乱，头脑发热，怎么也清醒不过来。我一句牢骚也没有冲法龙发，轻轻地说："法龙，你走吧，这事保密。你刚刚提干，防人之心不能少。"法龙默默走出军队家属招待所。虽说我有思想准备，但是报复来得又快又狠，我接受不了。冬训期间连长还跟我说："你身体健康，又是党员，应该有长期当兵的打算。怎么才一个多月就变成不适应再服役条件了？"非逼我复员退伍。这件事搞得我一两天都吃不下饭去。我什么都不留恋，只是舍不得脱下这身军装。军令如山，奈何？我决定不给任何人留下话柄，一言不发，宣布命令前一切照旧。

那天是在大食堂宣布的命令，连长说："现在宣布二一六团退伍军人命令，希望你们回到地方继续发扬好军队传统，不辜负党对你们的培养教育。退伍的老兵有的是年龄大、身体不好；还有的是家里缺乏劳动力，这些都是复员退伍的条件。"当念到"十一班副班长冯景山"的时候，大家没鼓掌，反而都看着我，我也当下扯下红领章，笑哈哈地喊道："再见了，同志们！我留恋这套军装，但我不悔。"说完之后挤出队伍，头也不回地离开了现场。我腿发软，头脑里一片空白。好不容易挨到住处，我爱人见我脸色难看，便安慰我："搞农业怎么啦？咱们不怕谁！把领章缝上，明天去康庄镇照个照片。"这是我脱下军装时爱人对我唯一的要求。

第二天我约了几个退伍的战友去北京二五二医院看看病，顺便想看看能不能多混点补助。

我在二五二住了一宿，回部队的路上遇到了我的营长孔庆录。我敬礼后看着营长，一句话也不敢说，怕控制不住要哭出来。营长也不知道该说什么，只是用手拍了拍我的肩膀说："你先回去吧。"

我走的那天晚上，连长带着我的老乡战友冯保福等几个战士来我家串门。"冯景山在我不敢看你来，他肯定和我翻脸。考虑到你家缺乏劳动力才让他复员退伍的。"我爱人说："他家前几年弟弟们都小，也出来当兵了，如今弟弟们都十七八了，倒缺劳力了？"问得连长哑口无言。旁边冯保福说："我想走，连长不让。"我爱人急了："你站着说话不腰疼。"他们讨个没趣儿，悻悻地走了。

经过几年的折腾，各个单位都缺乏人手。包头的二冶炼钢厂、北京市公安局、中央人民广播电台、新疆军垦建设兵团等，都从各个兵种要人。这时候退伍老兵还有希望能找到工作，因此大批战士走向了工作岗位，只剩中央人民广播电台没有最后招员。连长知道这种情况对我有什么好处，他极力想让我去兵团。二冶人员已经走了，北京市公安局不收河北保定人。连长派出多人传话给我，让我去兵团。我发话说："开除党籍我也不去兵团！"

连长耳目众多，第二天我的话就一字不落地传到刘连长耳朵里。那天晚上我去打饭，正好碰到了连长。他叫住我说："听说开除党籍都不去兵团？"

我说："对！开除党籍也不去兵团。"心里想："我已经脱了军装，还有什么顾忌的！""农村难道不如兵团？"我反问一句，扬长而去，不再理他。

转过天来二排长王好斌来告诉我："营长叫你一会儿去营部一趟。"我急忙跑去。营长在等我，"你来了？"营长说着指了指椅子。"营党委决定让你去广播事业局工作。你们连一共两个，那个叫郎恩。"营长讲了昨天晚上营党委会的情况，又说："就因为不算秘密，也不给你保密。"原来，营党委开了个扩大会议，讨论去广播电台的名额。连长和马教导员说我条件不够，文化低。吴锡金和王好斌都说："冯景山身体好，又是党员，又是连队宣传队的骨干，编写节目又多，条件最好。"在双方争执不下时，营长给住在团招待所的广播事业局带队当场打电话说明了我的情况。带队的王熙强表示："我们就要他。明天报上名来。"营长立即吩咐秘书："明天把冯景山和郎恩的档案送团政治处，另外再写两份材料。"

"营长，我怎么感谢你？"我说着站起来。营长却满不在乎："你不用感谢我，吴锡金和王好斌早把你复员退伍的情况告诉我了，去吧。只要你不忘记我孔庆录就行啦！"（果然，来北京我连着给他写信，他从来不回信。战友冯保福来北京办事捎来他的口信说，以后再别来信。）我离队前到班里看看，也去工地看看，还是舍不得。

作者的军装照

临走的头一天下午,我一个人去了一千米外的洞口。因为还没有开工,洞里一片漆黑,那些热火朝天的场面,那些牺牲的战友,那些因塌方而受伤的战士,还有那些如今还在医院接受治疗的战斗英雄……我曾经和他们同甘共苦,他们的面容时不时显现在洞口。"班长!危险!快!"……那些拼命的战友,那些为别人的安危,把别人一把推开而自己受伤的战友……再见啦!我不想离开却不得不离开的工作环境,我怎能想通呢?那些为国家的国防建设不计报酬、不怕死、不怕苦的人们,和那些为了一点私利而不择手段整治下属的人形成了鲜明对比。我班战士陈水川、张小花、刘四辈也赶到工地,大家要求我回班里看看。班长说,"因祸得福"走得也安心。战友们有说有笑,走得值!

转天该出发了,战友们把我简单的行李从招待所拿到大卡车上。连队食堂门口挤满了人。我问郎恩:"看见连长了吗?"郎恩不明就里地摇摇头,我朝着连部方向久久张望着。马教导员大声地喊我,我才回过神来和他握手。别人的心情都很激动,我却激动不起来。车发动了,战友们追着车跑,向我们招手。这时候我的眼泪控制不住地流下来了,是悲是喜,我也弄不清楚。

第三章 人生贵在有追求

一、回到电视台

借调北京台

这次复员转业的战士共计一百八十三名，全部聚集在中央广播剧场开动员大会，准备一个月后分配到各个单位上班。在大会上军代表毛主任讲："大家的工作是'外线工'，集训后去湖北、河北、安徽、广东等地建设转播站，扩大中央人民广播电台的覆盖率。大家要做好吃苦的准备，你们在部队是好战士，复员后也应该继续发扬部队的光荣传统。"动员大会在热烈的掌声中结束了。

我一心想去看看节目都是怎么播出的，那些有名气的播音员夏青、齐越、方明、戈蓝、林如等都显得那么神秘。这几天我们都在儿童医院对面的招待所学习，其间分组参观了中央人民广播电台的录音室、传音室、大录音棚、中录音棚。从中录音棚传来的"听奶奶讲革命，英勇悲壮……"是刘长瑜和高玉倩正在录制"痛说革命家史"那场戏。在操作间我认识了录音师秦道言、刘力虎，还有一个录音员孙迎年。这种工作要是我能干多好啊！

我想着随口问孙迎年道："好学吗？"

"好学，"老孙指指调音台，"就这几个'推子'。"

回到招待所后我还在想着录音棚的事。"不可能，我是外线工，这是癞蛤蟆想吃天鹅肉。"虽说是自我嘲笑，心里却老有一种预感。

学习结束后，战友们陆续都去外地工作了。老乡王春龙问我："你怎么还不走？"我问他："你去哪里？"

"去湖北转播站，我们五个人。"王春龙说着还介绍他的同伴。怎么分配没有我的事呀？莫非我不够格，要退回农村？那就傻了。我屋里还住着一个通信兵部队的杨小平，他也留下了。"咱们为什么不走？"我问他，他也说不清楚。等到外地的都走光了，一个叫田国斌的工作人员来接我们。要我们打背包跟着他走，去别的地方住。我们留下了十六个人，八男八女，被安排住在广播事业局老 302 宿舍楼。住下后就没人管了，我们每天都去天安门广场，好不自在！

一天，到部队接我们的王熙强召集大家到中央控制室办公室开会。"大家先填个表，那是档案资料。"从入伍到转业都详细写好后我们纷纷交上去了。有个人简单做了自我介绍后说："我是录音科科长段忠，点到名的跟我走：杨小平、左进才、张秀芬、张月英……"八个人，四男四女，他们被领到录音科。我心直跳，这不是录戏曲的录音棚吗？

如果也能被分配到这里工作，那我这辈子就满足了。我喜欢戏曲、音乐，好的唱腔听着十分有趣。那个年代只有样板戏，样板戏的唱腔很好听，我天天哼哼唧唧地唱。虽说没腔没韵，但我十分满足（我大舅是农村评剧演员，一到冬闲时他就去演出，而我是我大舅的"小尾巴"），我八九岁就知道评剧里的《刘巧儿》《小女婿》《三节烈》，等等。真正的任务分配完了，别人都到机房认师父，只剩下我没人理。一会儿来了个北京电视台的老记者，戴着眼镜，穿一身中山装，就像电影里胖翻译王澍一样，说："你被借调到北京电视台搞'专案'。"我摆摆手说："我是录音科的，不去电视台。"他站起来："我叫田享久，调你一个人去电视台搞'专案'，是局军管会出的'借调令'，你敢不去？"

我问："多长时间？"

他答："半年。"

我急着问："半年以后呢？"

"半年以后你还回来学录音。"他边说边催促我去电视台报道。

到了北京电视台的专案组，他们分配我和一个军事记者张玉山共同调查电视台领导戴临风"专案"，包括他从延安到电视台的历史资料和他去解放区以前的历史。这什么时候是个头啊？我回录音科后他们都出师了。我认倒霉，坚持半年。

一九六九年国庆节后，总算是把"专案"告了个段落。电视台专案组不想让我立刻回北京电视台录音科，想着再把电视台总工程师黄云的案子了结了。这使我很为难，我惦记着录音棚里的录音工作，可和专案组的同志们相处得又很好。于是乎我又和张玉山去东北沟帮子地区，调查和黄云有关的人物。

学录播新闻

外调回来后，我要领导放我回录音科，但回来后也不分配我工作。我向科长段忠提出要求去录音棚工作。没想到科里派我去北京郊区六五零三工地安装战备机房。科里抽调十多个人，由广播局安装大队统一领导，工程师有孙召武、邱茂书、李来秀等共四十余人。这个工地是全功能战备工地，作战室、军事指挥部、新闻通讯社等，这里的巷道之长、规模之宏大，可比我们之前的施工建设大多了！我们的任务是安装一整套广播设备，施工要求很严格，经过三个月的奋战，终于完成了全部安装。

此时的我仍惦记着录戏曲的录音棚，回到科室便找段忠落实我的工作。得到的答复是："去录制播音新闻。"于是就跟着我的启蒙老师何霭春当学徒。退一步讲，能留下来录音已经比那些去外地的"外线工"强多了。学吧！一天八小时都不离开机器，老师一边坐着指挥我，一边讲遇到问题该怎样解决，怎样和播音员配合接语言。一个多月后我的工作熟练了，录音老师何霭春也可以不用在机房死守着了。但是每次节目的时长我老卡不准确，十分钟的新闻联播老是差四秒、两秒。每次录制时，我一边和播音员打手势接着播，一边卡秒表，手动稍微一慢就有差别。十分钟不知道有多少个接头，只要播音员一读错，赶紧停秒表。倒磁带，打手势，按卡表，一阵忙乱。那些大牌播音员不出什么差错，夏青、齐越、戈蓝、林如、方明、侯长生、钟瑞等一般十分钟接一两次就行了。播音速度一分钟二百字也得掌握得很好，有时候总长度不合适时都要重改，不是拉长，就是紧缩，然而字数不变。我老师常常为我改长度，有一次我错卡了六秒，质检科查出后，离上线播出仅有二十分钟时间。我的老师急忙从别的机房赶过来抢救，这叫作"赶稿"！有时候赶稿紧张到惊动全科。从四楼播出线到二楼录音室，人们都跑步赶时间，机房里录一两分钟就快下线，接着往楼上播出线送，这叫"抢零秒"，这是一种拼命赛跑。也就是说晚八点新闻还有二十分钟要上播出线（新华通讯社发稿时间晚），编辑组稿、播音员到位、录音员上带，先播出五分钟再连续往后赶录，先不用卡时间。有时候赶到最后录音只剩三两句话。我赶上过几次，充当跑腿的。每次完成任务没有误播，录音科都要开庆功会，表扬好人好事。一到那时候我心情就很激动，我知道它的重要性。因为每隔二十分钟质检科都往传音科的播出线送稿，所以出现问题都在这黄金二十分。

这一年过得好快！

一九七一年九月录音科科长阚运桥找我和杨小平、左金才、王臣杰谈话，准备把我们几个调往北京电视台录音外出队，任务是外出采访。从这一年起，我一生的命运改变了，我挤进了记者行当。我任外出队队长，组员有刘杏甫、魏敬民、吴复久、左金才、杨小平。我们的任务是国内外采访，人民大会堂各种直播、采访，以及各大剧场直播戏曲、话剧、歌舞等。我喜欢文艺录音，大部分现场直播我都执行总调任务，工作起来得心应手。越亲手操作录音，我越觉得协调自如，慢慢地可以在现场调录大型交响音乐会了，国庆节天安门西华表的总调音是我经常工作的地点。录音科在安排录音地位时，科长宋培福往往习惯地说："冯景山西华表。"

外出队的工作一般来说就是在外面录音，北京各大剧场的声场扩散问题是录音师要熟悉的。录戏曲台的话筒摆放的位置，演员演出时的站台、伴奏，文、武场的普台，上场门叫板的位置等都有一定的规律。但是要录好音必须掌握基本程式。文场、武场交替重叠时的演奏技巧和录音师的话筒应用有很大关系。

我就利用这个冬闲空隙，抓紧时间到各大剧场试录，东单人民剧场、虎坊桥工人俱乐部、西单人民剧场、民族文化宫剧场，我都带全部录音设备去试录。科长宋培福对此给予了全面支持，人力、物力有求必应。经过摸底，我和导演杨洁在民族文化宫录制的《吕布与貂蝉》、广和剧场录制的《女驸马》都很成功，和邓在军导演在工人俱乐部录制的《大风歌》也很成功。为了多接触大录音棚录音，我主动要求跟着大录音师曾文济去借中央人民广播电视台的大播室、中播室录制李谷一的《乡恋》、郑绪岚的《太阳岛上》，等等。每次曾文济的乐队普台我都画乐器的摆放位置，录音时细细听他调音时的比例，掌握各声部转换的技巧。有时候我死死盯着他在调音台上手指的动作，听着乐队比例，看着指法，收获不小，为我以后在沈阳录制《丝路花雨》的大双管混合乐队打下了良好的基础。在太原录制双管乐队时音乐编辑郭玉华说："这普台规律和曾文济一样。"

第一次出差

我在电视台的第一次出差是去天津，要用十六毫米摄影机拍摄河北梆子《红灯记》，当时对于这个任务，我们科基本完成不了。可这又是天津市委亲自抓的任务，电视台派出了好大一支队伍，还从中央广播合唱团借来了聂中明录制调音，聂中明在当时是和李德伦平起平坐的乐队著名指挥家；还借调中央人民广播电台录音科阙向前、宋臣琢来完成这个任务。摄影师戴维宇是从天津电影制片厂借调到北京电视台任摄影记者的，有着多年戏曲舞台艺术的拍摄功底。编辑是魏滔，画面的声画剪辑是我们科楚俊华，照明是孙永福、邱权、门生军。这么一个强大的队伍在电视台还是少见的。聂中明和戴维宇这两个人的声画配合相当默契，可以说是天衣无缝。我打下手，聂中明录好的原版由我管理，还有拍摄时的现场还音、演员对口型等，电影将这种拍摄手法叫作"先期工艺"。

一个多月的音乐、唱腔录音，对我来说是满足了最大的愿望，我把聂中明的"普台方法"，戏曲文、武场的"三大件摆放"牢牢地记在小本子上。聂中明对伴奏、唱腔的要求十分严格。我把他对演奏、唱腔把关的术语都记下来。事实证明，这些都对我后来录制舞台艺术片有很大的帮助。录音任务完成后，聂中明、阙向前他们都回北京了，我们才正式进入"先期还音"拍摄。我的任务就是还音，监测演员口型是否对位。拍摄期间，市委书记多次来现场探望大家。李玉和刑场那场戏还请来了著名的大武生高盛林来指导拍摄。说起武生泰斗高盛林，那是当年赫赫有名的京津大武生。当年样板戏《红灯记》刑场上，李玉和手捉铁铐亮相的那个动作就是高盛林的杰作。

高盛林在拍摄现场待了一个多星期，一有时间我俩就侃大山，他喜欢聊过去的事，讲什么是舞台套路，什么叫"走边"，什么叫"起霸"，生旦净末丑行当分工，花脸分几种等，讲得津津有味，我也听得似懂非懂。但我听的东西可真有大用处，拍摄时唯有动效解决不了。因为聂中明录音时，演员都是站着不动录唱腔。舞台上的铐子声怎么办？还有李玉和家里的道具门声，怎样加上去？演出时武打有锣鼓点，动效可以忽略不计，没有武场配合时怎么办？我就让他们从团里找到了一段真铁链（舞台上表演用的"铁链"其实是皮质的），并把李铁梅进出屋的门换成重新打造的一副实木家具门。虽说因实木家具门影响了几天的拍摄，但这副质地很好的门让摄影师戴维宇十分高兴。

每当拍摄有动效的场景时，我都要求停下来，让演员按演出时的节奏配动效。我专门用"艾格拉"同步录音机录制好，混录时往上添加。这样做有意无意地为我后来录《西游记》打了基础。拍摄完毕后就需要后期剪辑了，首先需要先把录好的音乐、唱腔转成宽磁。记得后来为了学习如何剪辑，我还把所有剪辑剩余的大波胶片整理好，用宽磁学剪。

楚俊华开始后期剪辑了，在双片编辑机上动剪刀，叫双片套片。我一直在她身边看着这个剪辑过程。一个月后楚俊华剪辑完了，我跟她进行最后的声画合成。我用"艾格拉"录音机帮助她还原动效、对位。

第一次的出差给予我工作上很多启发，令我终生难忘。

河北梆子《红灯记》剧照

二、外景采访二三事

拍摄红旗渠

在拍摄条件严苛的太行山深处,有一条水龙自半空中横穿辉、林两县。六月的辉县,县委大院已繁花似锦,原辉县县委书记——当时的水利部副部长郑永和,给记者组讲述了辉、林两县人民在县党委的领导下是如何克服困难,打通辉、林两县输水大动脉红旗渠的建设过程。

　　这个联合采访组由北京电视台、河南电视台、河南省电影制片厂三家单位构成；作家黑丁负责为红旗渠撰写长篇小说。郑永和同志从两县委发起共同开发太行水利建设工程项目，经过几年的奋战才打通了引水工程，使辉、林两县由旱田变成了水浇地。两县可灌溉面积达到百分之十五。据当时统计，我们采访时各地区水利配套工程还没有完成。就辉县而言，每年光人工维修就需要用工上万名。因为各段石质不同、水泥标号不同，导致频繁出现漏水塌方现象。郑永和鼓励我们要想拍好红旗渠，一定要下农村采访参加战斗的农民工。郑永和讲："他们没有报酬。他们的收获就是满肩老茧，手上的多层大血泡。饱受煎熬的脸上满是被山风撕裂的带血的沟沟渠渠。一到冬天，民工们咧开干裂的嘴唇，只有说话时才能看出一口白牙。夏天脸上、身上一层层地脱皮，他们习惯了。皮肤脱掉了就用手往下撕，没有人叫苦。妇女们送饭的扁担断了一根再换一根，她们是铁脚板、是铁肩膀。她们也和男人一样住的是矮矮的土坯屋子，睡的是草垫子。轮换着养老养小，供男人们吃饭。你们应该去采访她们。"我们都听傻了。当时的摄影师屠国壁表示："我们马上写拍摄大纲！"接下来的几天屠国壁圈在屋里写提纲，我和李芳亭、高金卓三人和别的采访组接连下农村去采访当事民工。民工们把他们最危险的工种称作"叉子队、吊死鬼、敢死队、突击队"等，我们每次都听得津津有味。他们讲到危险时，我也随着担心；讲到有趣的地方时我也被感染，笑得前仰后合；有的讲着讲着，眼里含着泪花，我也被触动了。我一开始采访时不带录音设备，光听他们讲，后来还是带着录音机，记录得全。农民没有见过录音机，不知是什么玩意。话筒一对着他们就讲不出来。我干脆把话筒藏在身边，反正也不要质量，听清就行。我们仨连着去那个健谈的农民家三四趟。原来他讲的"叉子队"是放炮的。队员在高处放炮需要打炮眼，装炸药都要带上一个两米左右的叉子，一是往炮眼里捅炸药，二是在半空中作业时防蛇咬。"叉子队"有一个放炮工，只要丈量好从山顶到半山腰的炮眼长度，他就能准确地计算出炮的导火索多长时间爆炸，等待点炮人被吊上山顶时准时爆炸。爆炸时间很关键，人们因此称呼他"铁算盘"。很可惜，我们采访时他已过世。

　　"敢死队"说白了就是工地安全员，他们常常吊坠在半空中用钢钎子排险。他们吊在半空时，如果遇到落石，无法躲避，只能用钢钎凭借着灵活的支撑跳跃保护自己，工作危险性最大。"吊死鬼"更讲究，别人都要一条绳索，他们要两根绳索。一根从山顶垂下拴住腰，另一根将自己钉在施工现场。他们是泥瓦匠，一边垒水槽子，一边接工料。水、水泥、砖头、石头料都从上面往下运。他们两手腾空才能工作，往往山风吹来，一不小心就被挂在空中，只能自己救自己，抓住腰间那段短绳子回原位。

经商讨，我们的专题片叫《当代愚公战太行》，专题纪录片为了说明事件、内容往往都会再现一下当年的背景，光有资料片总感觉不够，想充实一下内容就得和当年的民工商量怎么办。民工提议，我们维修山腰水渠的时候也和当年一样吊绳子。摄影师屠国壁要求还原一下当年的风采。他们说："当年的人都年纪大了，目前能有这份技术的都是年轻人。""行，我们不给近景。"老屠答应了。于是乎有几个当年的"叉子队"老队员带着两个年轻人到了现场。老民工教他们下去后怎样和周围人联系，怎样喊山。喊山就是用人声通知山上，山下要点炮了。两个年轻人很灵活，麻利地拴好绳子，拿着叉子就下到了半山腰，只见他们两脚一蹬一蹬，吊在空中倒也像个杂技演员，一点都不生疏。民工说："修建在半山腰的地段都是这样维修。除了不喊山，操作起来都一样。"我要求喊喊山，录音用。他们把手做一个喇叭形，咧开嘴两个人齐声高喊："点火喽！点火喽！"喊声一直在山谷中回荡。

有一天我们去打玉米场上拍摄丰收后的场景，农民一看来了记者，要求我们给他们拍个照片。"我们拍不了照片，我们只拍电影。"我指指河南通讯社拿照相机的那个人："让他给你们拍。"那位记者提出要求，让他们多组织一些人来干活，完成后每个人拍一张照片。一听说拍电影、照相，"呼啦"来了十几位。打谷场上热闹得很，拉石磙碾玉米、借风扬场、扫场堆玉米，我们拍出了一组真实的画面。我记录了欢声笑语，也很开心。

修渠先修路，修路的工程也不比修渠道小。贯穿两县的盘山公路和渠道一个走向，时而需要架桥，时而需要穿越山巅、走平原、过山间、穿隧道，都要在一个水平线上施工，才能保证水路畅通，这比修铁路技术含量还高。铁路的坡度掌握一定的反差就行，而水渠不能有丝毫不平衡。我们采访了当年的"扛子队"队员们，一个个都是铁肩膀，女人也和男人一样。抬石头、和沙子灰、供料。说来也怪，一个女队员告诉我："我男人在工地几年成了'跛子'，走路'外八字'，使劲外撇腿，"哈哈大笑之后又说，"这样的'外八字跛子'很多，多见不多怪。"李芳亭问她："你儿子有遗传基因吗？"那女人很爽快："你不懂，这个不遗传，后天失调。"说完又大笑。我到今天都弄不懂，他们也知道后天失调？我们采访了三个多月，拍摄了四千尺胶片，完成了三集《当代愚公战太行》的大型专题节目。

采访将结束时，记者组联合安排了一次集体采访，组织了一些老民工，给他们观看了我们经过洗印后的资料，还穿插了他们当年的资料照片。他们非常感慨地说："你们如果当时在场就好了，那个情景非常热闹，苦，受罪。我们都不敢想，也不愿意想。有时候做噩梦惊醒了，也是摔下山了，被蛇缠住腿了。"我们听着很激动，但是不能够记录。

南海舰队文工团

　　一九七二年的正月十五,一场大雪把我们老家盖得严严的,别说出村子,连出门都困难。二尺厚的积雪扫都扫不动,家门的雪只好拿铁锹往外铲。忽然,大队喇叭里叫我的名字!公社接到电视台电话说,赶快回北京,去海南岛采访。那时我正在探亲休假,我的假期还没到,怎么就让我归队呢?打电话问也不方便,那就回北京吧!回来才知道,是摄影记者王元宏打的电话,说是去采访南海舰队文工团。我们需要先录乐队,而后"先期还音"拍摄。说实话,那是我求之不得的好机会。单独录制先期节目更可以积累经验。我准备了全套录还设备。到湛江市后,一下飞机就把棉衣外套全部换成单衣,海风一吹,爽!王元宏把他写的采访提纲向南海舰队司令部汇报后,第三天我们一行人便上护卫舰出发。带队王元宏,记者刘晓军,舰队司令部还派出了一个联系员陈立稳陪同工作。上舰后在舰长室还不要紧,等舰驶到广州湾时风高浪急。如果是大浪反而不要紧,可多大的船也怕"涌"。大浪并不可怕,它是有规律地前进。"涌"可是没有规律地"揉搓着",像蛇一样扭曲着前进,每小时十八节的速度,我们都成了筐里的"煤球",摇呀摇!一开始吐的是早饭的粥和菜,后来吐水,再后来吐苦胆,四个多小时的"摇滚舞蹈",我们仨都快晕过去了。好不容易靠上了海口市军岗码头,在招待所足足睡了一天,我们要求立刻乘汽车去南海,顺路经过五指山和农场时拍摄点外景。我看采访计划在这里没有拍摄内容,王元宏说:"再坐船我就'死啦死啦的'!明白?""明白!明白!"我最明白。记者刘晓军是部队高干子女,他爸爸和南海舰队付政委是战友,安排我们住海南大东海宾馆。

　　鹿回头农场在海边建了一个乘凉亭,亭下是好大一片沙滩。南海舰队文工团的歌舞"南海民兵"就计划在这里拍摄。为了背景有海浪,我们特地挑选了风大浪大的天气。那天刚支好机器、架上摄影机,准备还音拍摄,突然一个大浪打来!我心里一阵难受,哇哇吐个不止。演员们吓坏了,都跑过来围着我,不知道怎么办。在《西游记》中参加过录音的曾文济的侄子曾杜克把我拉起来,挥挥胖胖的手说:"没事,这是'晕码头'。"再看刘晓军也吐了!我们过几天要去采访东冒岛、西冒岛的守岛民兵,那里是军民联合守岛的先进单位。我们仨怕坐船再吐,晚上准备在大东海宾馆偷几颗椰子带上船。听战士们说,在船上喝椰汁就不会吐!晚上我和刘晓军找到了两棵矮椰子树,摘了三颗,顺利地带回了房间。

　　次日出发时有军车来接,战士们替我们搬东西。见到有椰子,说:"在东边摘的吧?"
　　"对!"我直率地回答。

战士们说:"首长们以后不要亲自去摘了,这很危险,通知我们,都会来帮忙的!"

东西冒岛上都是南海前哨部队和民兵,我们参观了岛上的暗炮坑道,又拍摄了两天军民训练场的情况,和战士们一起住在一条被抛弃的大船上。船上归置得很整齐,军人素质很高。但是岛屿上没有淡水,军民就靠一只叫"海泠"的大型船运淡水来用,几户渔民统一分配用水。中午战士们采来很多仙人掌果当水喝,又酸又甜。战士们还告诉我们,夏天中午太热的时候把饭碗端着到海里吃饭,泡在水中就凉快多了!吃饱了就着海水一涮,小鱼儿们都来抢吃的。他们现任连长刚刚调来,是参加过越南战争的老兵。那时候他是战士,面对面和越南打了两天两夜,打沉了越南两艘船,重创一艘。这次采访部队,最大的收获是听连长讲海战!

名伶夏菊花

武汉杂技团名伶夏菊花的历史问题定论以后,她自己要求重新登上舞台。她在特殊时期受尽磨难,瘦得皮包骨头,心力交瘁。经过好长一段时间休养,她开始练习她的绝技:顶碗。顶碗是杂技团的高难动作,既要有技巧、体力,又要有耐力。表演时她总是因为站台时间过长而体力不支,也往往因为身体原因缩短演出时间或者减少动作。夏菊花相信自己能恢复全部演出,因此苦练一年多,终于可以来北京演出了!我们电视台转播了夏菊花演出实况,反响很大。电视台报道了她的事迹,引起了共鸣。电视台决定派出队伍全面采访录制武汉杂技团的事迹。这个队伍既拍摄文艺节目片段,又拍摄一部专题节目。摄影师王新华、庞以农,录音师楚俊华、我,照明师门生军、李贺久一起前往武汉。我们第一天进武汉杂技团的大院就感觉到了浓浓的、热火朝天的练功气氛。院子里有假山、石头桥、水,更多的是各种障碍物。一群群大小演员都骑着一个轱辘的脚踏车来回穿越各种形式的障碍物,满头大汗。

我抓住了一个六岁的孩子,等摄影师支好机器,我问他:"累吗?"

他说:"不累!"但眼里含着泪花。

我再问他:"不累怎么哭啦?"他马上挣脱我的提问,骑着独轮车一歪一扭地跑了!一会儿夏菊花也骑着独轮车来了,跟我们说:"孩子们太苦了!每天早上六点起床,先压腿、练翻跟头、起跳等基本科目一个小时,而后练单车。早餐前两大项练完,八点开始上文化课,十一点回训练场继续吊腰、押腿,这都是基础项目,每天如此!"夏菊花也说孩子们可怜巴巴的,没有办法,只能是这样子。台上一分钟,台下十年功,这是规矩。这段没有事先安排的采访高兴坏了我们。王新华说采访过程十分到位,一般来说都不会这么真实。一会儿,夏菊花骑着独轮带我们来到练功房,在门口就能听见里面各种命令的声音。楚俊华早已打开了录音机记录着,为了以后制作片子当背景声音用。练功房里也分不清秩序,只有孩子们的喘气声和老师们的讲解声,也有的老师会给孩子们做示范。因为内景没有灯光拍摄不了,夏菊花问门生军:"布置灯光需要多长时间?"听说一个半小时,夏菊花就变更课程重新安排,让孩子们先去上文化课。原来为了我们采访拍摄,他们把八点的文化课变成练功课。直到午饭前才布置好了灯光,下午我们开始分组拍摄,一组一组拍。

拍摄画面用不着录音,我爱和孩子聊天,我问他们:"你们喜欢练杂技吗?"

孩子们居然异口同声:"不喜欢!"

"呵呵!为什么呀?"我用调侃的语气问他们,孩子们支支吾吾,一时间不知道说什么好,引得暂时没有拍摄的老师们也跟着笑!

一个孩子大着胆子说:"太累了!晚上用被子蒙上头偷偷地哭!我不来,妈妈不饶。"

哈哈哈……大家都笑了。

为了下农村拍摄演出时可以多机位同时拍摄,电视台又特意从北京调来了摄影师李绍武,这样庞以农、王新华、李绍武三个摄影师同时工作,我们就有三个机位拍摄了。

乡下演出都是在露天广场,在光天化日下拍摄很不好组织群众,太热了!大家都用遮阳伞挡着头,根本不能拍摄,照明师门生军拿个喇叭喊道:"我喊开始,大家就都把遮阳的手巾和伞拿下来,这样好拍摄。不然的话看不到大家的脸!预备!开始!"门生军沙哑的嗓子倒像个"公鸡叫"。每次拍摄完毕,夏菊花都浑身是汗,演出服都能拧出水来。录音师楚俊华提醒夏菊花可以放松点。"那

武汉杂技团名伶夏菊花(右)

可不行！我如果糊弄农民，会觉得对不起他们！对不起观众，也对不起我的良心。"在农村拍摄了几场，舞台上也组织观众拍摄了几场后，李绍武、庞以农撤回北京，剩下我们几个继续采访别的活动。

三、随组拍摄的那些难忘往事

大乌江

乌江，横穿十万大山。从贵州的大乌江，途经四川涪陵渡口后流入长江，全长一千零三十七千米。在贵州省铜仁市的下辖县——思南县地界有一个航道工程队，还有一个"全能伐木大队"。

一九七一年，为了去采访他们，我们经过贵州省宣传部和电视台联合组建了一个记者组。记者组由北京电视台的孔令铎、王连升、我，贵州省电视台的编辑刘国志，东北电影制片厂的孟繁荣、林志，以及贵州省宣传部科长王长信组成。省政府额外派出三辆车和一个管理员，我们一行人建立了一个庞大的记者队。

我们从贵阳出发经遵义市直奔乌江，三天后来到当年红军抢渡乌江时的江界河渡口，离这里不远处就是楚项羽自刎的地方。我们准备从思南县奔大乌江采访航道工程队和伐木大队，然而当时的运航情况是沿江两岸陆路交通都极为不便，这条乌江就成了主要运输线。省政府给我们派了一艘大型运输船供拍摄用，如果我们在岸上拍摄时，船就停在不远处的岸边。水上拍摄时全组吃睡都在船上，我们的管理员也是炊事员。

走到思南县城时，正赶上下大雨，水位特别高，县城四千米处有个大浅滩，长六千米，这是最危险的滩涂！陡峭的山势直穿云霄，工人们说这里天天都有事。运输队员们称它"鬼域"，从这里过都不敢抬头看！三百五十多米的山峰高度，如果高处有小石子掉下来砸着了，必死无葬身之地。这里的工程队流动性很大，抢险人员为了这里一旦出事，不至于顾头不顾尾，在这里安排了一个小分队，一共九个人。班长是个先进人物，个子不高，身段特别灵活。因为需要吊在空中排险，每次排险都是两个人。队员们说，他们作业时不怕刮风下雨，就怕老鹰捣乱，常常落在他们作业的山崖处冲着你"嘎嘎"叫唤！它们也不怕人，知道人也伤不到它们，所以很放肆。悬崖上半空中到处是鹰窝，只要人下去，它们就会打着盘旋围绕其"嘎嘎"叫个不停！

我问他们："没有法子治吗？"

他们说："治它们倒是有办法，就是不忍心治，窝里有小鹰的时候不能伤害它们！一开始我们腰里别个弹弓，装点石子，它们根本不怕。有的时候用弹弓打，它们还追逐石子，用它的铁嘴叼。队员们说这很危险，一旦它们急了，抓你怎么办？我们队长还想出了一个办法，人下去以后再用一根绳子吊下一筒灭火器，如果受到攻击就用白色粉末喷！"

有个队员说："我那回上去喷了一回，它们跑了，可是喷了我一身粉末。"我们笑得不得了！

"为什么？"我问。

"倒呛风呗！时间一长它们都不理我们了！该干嘛干嘛！它们喂食也不避讳我们了！有的时候它会叼着几斤重的大老鼠和野兔！"

老孔说："什么时候能拍点就好了！"

队长说："天气好了我通知你们。"

老孔为此特意写了一组镜头。

过了两天，一个队员跑到思南县招待所叫我们，到现场一看，真有老鹰在队员身边打转转。它们形同陌路，互不侵犯。队员们一起一落来回作业，旁边有鸟儿做伴也挺好。我们用两台摄影机和远镜头仰拍，画面特美！工人们提出能不能让他们先看看，我告诉他们还需要回北京洗印（一九七一年还没录像机）。我们还拍摄了一组往下滚石头的画面，以及工人抢险的镜头。

有的地方虽然山势不高，但石质非常松软，每年雨季都会塌方。虽说航道宽了，但塌方多也会影响运输，所以挖掘船在疏通航道期间的作用不言而喻。最危险的是测绘队，不管水有多深，塌方有多少，是否能过运输队，全凭他们计算。他们若被水卷走了，卷到哪里能上岸？哪里的拐弯能救命？他们都一清二楚！

我们问他们："有失误的时候吗？"

"有！"他们很爽快，"这里失算了还有下个港湾，我们没有出过大事，就有一个被水冲了三四千米，把胳膊别断了。"测量队长对着我们的摄影、录音机讲："这个航道处处都是危险，看看怎样解决问题才是关键。比如说在最高最危险的地方，我们都设立了讯号报警灯！航运紧张时各个关键点都有值班人员！"

我们为了拍摄一组长长的运输队场面，甚至还惊动了思南公安局干警，拦截了几个运输队一起通过思南县码头，都插上红旗，"招摇过市"！船笛声声，这组画面非常出色。

走水路再往大乌江方向前进就出了思南境界，来到伐木大队已是三天之后了。我们见到了伐木队驻地的窝棚。说是窝棚，都是用最好的木料建成的。一间间，一排排，很有节奏地体现出一种韵律。前后左右确实整洁，干干净净。屋子里也不乱！摄影师们饶有兴趣完成了环境的拍摄，向观众交代了这个先进集体的屋里满满都是奖状。家里有两个值班的，一个是范工程师，一个是炊事员。中午队员们都回来吃饭。他们穿着工作衣，清一色高帮的大皮鞋，满身满脸木屑，背着电锯，扛着粗绳索。

我问他们："用绳子干吗？"

答道："拉木头呗！"这几十个青年人都是膀大腰圆，说话粗声大气。

午饭后我们跟队拍摄，只留下我们的炊事员帮忙做饭。进入森林后发现，我们根本走不到作业面。坡陡路滑！那个放木料的"滑道"更光滑。他们往下放木料时都特别小心。一不注意滑木横过来堵了滑道，清理起来很费劲！我们想拍摄"流滑木"——一组木头流动的镜头，队长说得等两天，等他们把木料修理光滑了再一起放下。这两天省政府领队王长信不在，我们只好边拍摄边等。原来他去联系过几天要拍摄的往江里"放排"的场面——聚集一定数量的木材从上游往下游"放流"。

我们好不容易来到了现场。偌大的一棵大树在工人们眼里不算什么，他们先用电锯上下锯一个三角形，再横切一个深刀口，用锤子一砸，三角形就掉了，三个人再轻轻一推，大树就倒了。他们同时喊道："顺山倒！"紧接着只听见"咔嚓咔嚓"的声音。

我们要求锯下一棵树的时候进行同期拍摄。开始！工人们拉动锯齿"嚓嚓"的声音很好听。三角形打完了，三个人手推大树，一边推一边喊：顺山倒！只听"轰隆隆，轰隆隆，咔嚓咔嚓，咣！"大树顺山势倒下，山谷间反复传来远远的回声，这声音宽广、深邃。我们记录下了整个过程。

傍晚时候一行人回到驻地，陆路分队的车辆也赶到了驻地。王长信也来了，还带着两瓶贵州茅台酒，晚上摆上桌子，全队一共四十多个人围成了六个桌子。两瓶茅台可怎么够分的？王长信出了个馊主意：一个人一口！提出让我们的领队孔令铎给每人倒一口，分到我们桌就没了，大家起哄拿工人自己的酒！工人们也个个都是"酒漏儿"，都拿来自己的酒凑热闹！宴席间大家高兴极了，说说笑笑，我问："你们都有家吗？都是老光棍吧！"

"哈哈哈！我们是'老少和尚'，都没媳妇！每年离婚十个多月，明年再复婚！哈哈哈！"

热闹非凡。伐木工们的朴实、真诚，给我留下了很深的印象。原来工人们每年有一个半月的探亲假期，不算路程。一年只有五一、国庆节、元旦、新年各放假两天。工人们说："放两天假一般我们也不离开工地，这里离镇上很远，要过去极不方便，还不如在这喝酒睡觉！"

几天后拍摄"放溜山"时摄影师有困难了！离得远了拍摄不出气势，离得近了没有好角度。队长有办法，他让工人们在溜道上方用木头搭了个木台子，用两边的树做柱子，结实保险，我们几个待在上边很安全。拍摄江上"放排"时，那景象真是壮观！集中了一个星期的木材差不多有两千多棵，集中在上游，用大钢丝缆绳扎住，用时一起"放流"。平时也是这样放，今天就是多了点，为了摄影效果更好。我们架好机器，都准备好了已快中午了，正是"放排"的好机会！一声哨音，对面岸上转起铁轮子，只听有人大喊："起锚了！"铁缆一旦摘钩，千根大木顺势而下，颇为壮观！此时十几个"放排"工人齐声高喊："'放排'喽！'放排'喽！"每次大喊都是为了提醒下游的人注意了！随后两只大木筏也顺江而下，是为了把那些搁浅的木材重新拉回到江心。老孔说："这组镜头值一万元！"

我们顺江采访，准备在江上一处拐弯的水域拍摄一组大夜景，重现一场在当地被传为佳话的人民齐心抢险的场景。这个航湾的水流很急，枯水季节要挖泥沙疏通航道，涨水时候更难行船，一不小心便撞向滩头。有人说"船到江心自然直"，这里却是"船到江心自然横"，船民们说它是"鬼门滩"。曾经就有一个三条船的编队在这里遇险，三条船都被洪流拱到一起，在江心打转，情况十分危急！附近沿江渡码头的村民和航道工程队的工人们闻讯而至，灯笼火把照亮了江两岸。码头对面的人们还带着大批绳索，抬来了搅拌机。两岸的人们努力尝试着把绳索向船上抛，却几次都抛不上去。此时的船舱已经进水，船员们便想办法先把船上的绳索往岸上抛，岸上的人们接住，好揽绳子。终于，船上的绳索向岸上抛成功了！他们把岸上固定好的绳子拴住绳子头，拉回船上固定好，这会儿几十个人同时拽住绳索，对岸的人们用绳子撑着方向，这边就拼命拉扯！多条绳索，上百号人拽！对岸的人们边放松绳子边提醒岸对面的人掌握方向，这时候人们也越聚越多。灯火通明，人声鼎沸。经过几个小时的努力，人与船无一损坏，这次的抢险也成为当地佳话！

沿江的农民一旦听到有险情都会不约而同地伸手相助，这就是民风呀！这个场景再现很不容易！工人们经过一天的布置，把两岸都按照当时抢险的场面恢复了，力图再现那些惊人的景象。又是枯水季节，我们这次组织了上百号人，打起灯火，两岸还堆了些火堆增加气氛。人们喊起号子来倒也壮观，拍摄完全镜头，把两岸的人们疏散后，我们又开始拍摄近镜头，当时参加抢险的工人都成了"导演"，镜头拍摄得非常成功。王长信说这场面很感人，工人

左起记者王连生、记者组组长孔令铎和作者

们说可惜当时没有记者。拍摄完成后我们就住在小码头的工人驻地，因为第二天还要拍日景浅滩。午饭时，我们正用餐，有三个小姑娘守着我们的门口往饭桌上张望。她们几个穿得很破，小脸脏脏的，看着都像六七岁的样子。餐厅的门开着，小姑娘用小脏手指着馒头要吃的。我向她们招招手，让她们走近些。三个孩子看着我慢慢靠近，每人拿一个馒头，用小脏手抓起就往嘴里送，真是饿坏了。好心疼！我也抓了几个馒头，领着孩子们去家里看看。

离餐厅十几米就是孩子们的家，敲门进去后见到了孩子们的母亲，一个瘦小的女人，穿着一身带补丁的衣服。屋子里家徒四壁，只有一个箱子和一张大床，吊着的蚊帐也有许多补丁，不知原来是什么颜色。她说："谢谢你们，孩子们不争气。"我一句话都说不上来，扭头就走，只听到屋里女人教训孩子们的声音。

下午到现场也没有什么可记录的声音，索性就不开机了。但那家的状况从脑子里怎么也赶不走，路上我把那家的情况和老孔说了，老孔怔怔地。我们回驻地早，待晚饭过后回镇上招待所，老孔不放心，约我悄悄地去那家看看。

敲门后一个男人迎出来，知道我们是记者，他存有戒心。我说："你不要怕，我俩是来看看，这是我的领导。"屋子里没有板凳，我俩只能坐在床边。原来他有四个女儿，因为家里贫困都没上学。他是邻村小学教师，每月工资十八元。孩子们上不起学，他就拿上学期的旧书给女儿补课。

我问："你们为什么那么贫困？"

他说："沿着乌江两廊基本上都一个样，国家不但不收公粮，每年还都发补给粮。可是我们这里庄稼都是靠天收！每年三月下旬全凭蚕豆接上茬，度过春天！国家每年都救济三个月的粮食，每人每天四两粮食！"

老孔问他："这么多孩子你养得起吗？"

"都这样子，和野菜呗。我们这里四季都能挖到野菜，"他说，"你们是好心的记者！谢谢你们！"

一会儿小孟把今天中午剩下的饭菜用一个筐子都盛了过来，老孔掏出十块钱想塞给那个男人。我也有两块，那个男人说什么也不要，红着脸说："你们救我一时救不了一世！我要是要了你们的钱，心里一定不安，快收起来吧！"他又说："我们这里有个歌谣'贵州的山，三月三。天连水，水连天。没有吃，也没穿。春来是个难过的关'。"我们出门时那个女人抱住我的胳膊，眼里湿湿地连声道谢，晚上的剩饭剩菜被炊事员全数给了他家。出发时两口子来送行，我说："你们回去吧，再见！我一辈子也忘不了你们的！"

位于乌江渡口上游处有一个小村庄，王长信告诉我们那里住着红军强渡乌江时，曾为红军划过船的老船工，今年已经七十岁了！"咱们去看看！"因为怕打扰老人，其他人员留下来。只有我和老孔带着机器想随便拍点儿什么，到那里时已经将近十点！王长信说明来意，老头儿很高兴。谈起当年，他说："当时船工很多，附近各村都有。派我们划船，我也不知道是打仗去！枪一响才知道有危险了，死了几个！当年是枯水季节，我划了两个来回，所幸没有受伤！"

老孔问："你害怕吗？"

"怕是怕，但一会儿我就不怕了。江里死了好多的兵，等到部队走完了江里死的兵也被水冲走了！"

老孔问他大概有多少人参加，老人答不上来。我们聊得很投机，老人也愿意和我们侃。一个老太太正剁着肉馅，我还想着，这家人生活不错，还有肉吃，和那个教师说的情况不一样。中午老人执意要留我们吃饺子，黑面皮，山野菜。王长信说："你答应我的条件我们仨就吃，不然的话我们就走。我们仨把伙食费和粮票留下！"老人只好先答应了，饺子好香，满嘴流油，吃得真高兴！饭后我问老人是什么肉？老人大笑："我们这很穷，吃不起肉，你们要想看看就跟我来！"我们仨跟老人来草棚一看就傻了，棚子上挂着好些灰色的动物皮毛。

我们问："这是什么呀？"

老人说："这是我上山用'套夹子'套的山鼠，都有一斤重！我是常常用它们来解馋。"王长信有心，早把钱和粮票塞给了老太太，都是三块钱一斤粮票。虽说没有可拍摄的素材，但也有些收获。在专题片《战乌江》的解说词里我们还安排这里出现了旁白。

我们反过头来要去重庆涪陵乌江和长江的汇合处采访。中途听说有个村庄娶媳妇，老孔想拍点本地的风俗习惯，上岸后便找到了那个村子。娶亲队伍还没到婆家，我们一行人在村外等待，没过多久来了几个人：一个鼓手、一个吹喇叭的、一个敲小锣的。还有一男一女推着自行车，车上带着一床棉被，从我们面前经过。我们以为是打前站的，也没理会。没想到刚到村口三样乐器就演奏了起来，闹了半天。原来那就是娶亲队伍，好寒酸。那个小乐队发出的声音奇腔怪调，也不知道是喜庆，还是"嚎丧"？老孔说无论如何也应该去看看，没想到他们热情地接待了我们。一会儿推自行车的那一男一女站在院子里向毛主席像鞠躬，叫作"拜天地"。让我印象最深的就是洞房了，一张新打的木床，围着新蚊帐，一个箱子，两床被子。新娘子的陪嫁也是刚刚从自行车上带来的那一床棉被，洞房里再也没有什么家具。一会又有两辆自行车来了，一辆驮着一筐碗，另一辆带来一个小包裹，可能是娘家另外的陪嫁。

屋外放了张桌子，摆几盘简单的菜，也不像有肉的宴席。新郎官和新娘子不在乎婚礼的简朴（也可能都是这样），老孔却因为没拍到什么特别的场景很失望。失望归失望，这就看得出来在贵州山区，乌江两岸的人民生活还是很贫困的。

去涪陵渡拍摄，主要是想拍点儿长江枯水季节时，从江底裸露出来的各朝各代的石刻。据说都是诗词歌赋，也有涪陵当地居民的纪事和涪陵水文的变化。据涪陵党委书记介绍，每年这个季节都会有人专程从外地赶来自书自刻，为此这里还特意成立了一个管理小组，每天巡逻，防止有人破坏文物。我们采访了管理文物的人员，同期录制了他的讲话。他说："有些人趁着江里涨水的晚上刻，他刻完了水也淹没了，根本抓不到人，所以有些文物被破坏了！后来文物处用铁棍做了很多铁罩子，情况才有所好转！"

这次采访历经两个月，但始终是在贫穷的阴影里走完全程的。回到贵阳宣传部，于部长在自家招待记者组，老孔向于部长介绍了两岸人民贫困的生活。老于说："那里的情况省政府非常清楚，虽说运输困难，但国家已动用了大量的人力物力支援他们。省政府准备先修路，有了运输能力，那里的油菜籽、木材等才能及时运出来。这部专题片制作出来后贵州省先拿去贵阳电视台和广大观众见面！"

珍宝岛

距珍宝岛之战已过去了一年，电视台军事部决定回访珍宝岛！此次拍摄计划起始于牡丹江市，一路北上采访。牡丹江军区宣传科听了军事部主任刘效礼将军的拍摄计划后，双方进一步制定了行动计划，准备顺着牡丹江采访沿线的部队哨所。为了方便采访，我们几个又都重新穿上了军装！刘效礼、杨献文是我台军事组现役军人，我和李小兵、曹力又都刚刚脱下军装，如果不是军人，穿着军装会显得很不自在，我们已然都习惯了，又穿上军装也感觉十分亲切。这样一来，这个半真半假的军事采访组到了第一个哨所。

哨所里的狗见到有新的军人来了，都摇尾巴表示欢迎，温顺地用舌头舔我们的手。我们就在那个哨所拍了几天军训科目、军训动作，还要拍点野营拉练。这些都是军队每年训练的必修课。拍摄时因为担心穿着的军装滚一身土又没有换洗的衣服，我们三个就换上便装。哨所的狗可不让穿便装的进来，下车时围着我们叫个不停，回来再换上军装，它们依然亲善，唉，狗也势利眼！战士们也笑着说："我们这些战友认军装不认人。"

近一个月我们采访了沿江大部分哨所，到了黑龙江岸边又采访了巡逻的边防部队。他们太苦了，大热天也得全身披挂着子弹袋、手雷、匕首、五斤半的自动枪，一件都不能少！我们白天拍摄时都穿着便装敞着怀，倒也凉快，但这样的装束可真上了当，晚上回来发现已经被东北"小咬"咬得浑身小包！一溜儿一溜儿的，都整整齐齐地齐着头发根。第二天小包就流黄水，奇痒！战士们给我们止痒的药，擦一下也不顶多大事儿，指导员让我们把裤腿扎紧就好点了。杨献文带着"蚊不叮"，不抹便罢，一抹竟疼得钻心！战士们的办法很简单：每天巡逻回来脱掉鞋袜打热水，泡泡脚抹点药。我们也赶紧试试，挺好，到了兴凯湖时才觉得好些了。军队的伙食单一，刘将军便找了一个网子，我俩下兴凯湖去网虾，收获不少。

忽听岸上有人喊道："你是电影演员陈强吗？"被刘效礼拉扯着上岸后，那几个人依然指着我喊"陈强"。

我急了："废话！我有陈强那么老吗？"

刘效礼和农民打趣着笑道："对！他就是八一厂演员陈强！他穿着军装显得年轻。"众人禁不住又是大笑一番。

我们接到任务，需要二次折返黑龙江拍一组和苏联分江而治的航段。像这种江段都是以江中心为分界线，各走各的路。两国的船民往往会在船上横着挂好一根根的长拔篙，试图占据更宽的水面，为此双方常常发生冲突，更有时候大打出手！船员告诉我们："只要有咱们解放军在，我们就和苏联人挑衅。对面也是，仗着苏联军人和我们打架！"

我问："没有解放军时候有冲突吗？"

他答："也是家常便饭！你们看，前面有两条苏联船，等我们靠近时让你们看看。"等苏联的船靠近了些，我们的船竟直接撞了过去，撞得对方船员冲着我们大喊大叫。俄语我听不懂，但大意就是："你们过国界啦！"气氛忽然变得紧张极了，接下来便是两国船员站在那里"指手画脚"地沟通。我就站在那里，觉得时间一分一秒地过去了好久。就在我以为冲突一触即发时，双方居然各自从兜里掏出了烟，开始互相递烟点火了！还侃得挺热闹……我问旁边的工人："这是唱的哪一出？"他们笑着说："别紧张，经常如此！"但他们又说："有时候较起劲来两边儿也真打，他们的语言其实工人们都能听懂，也都会说。"

几天之后，我们沿江而上，到了珍宝岛哨所。这里刚经过战火的洗礼，显得很是肃静。哨所的驻地环境较去年十一天的战斗，并没有什么变化。至于去年的战况如何，记者们的镜头已经多少次详细地记录了当时的各种细节。我其实最关心这里的战事，还在北京时便天天看珍宝岛的样片，战斗英雄杨林还有一段同期声。我向连长申请："我们想去看看杨林牺牲的地方，拍摄一下那棵被命名的'杨林树'"。

我们从驻地出发，跨越一座木桥（有一百多米），到了杨树下。这棵大树树围三米，杨林当时的掩体就在这里，他牺牲的时候大树也被炮弹炸去三分之一。连长指着这个大坑说："这个大坑还是被炸时候的样子，为了怀念他们的阻击班长杨林，从来没有人动过这个坑里的土。只要有野草长出来，战士们都会拔掉。"

"来，连长，请你说说当时的战斗情况！"我打开机器记录着。

连长说："这里的战斗打了十一天，大小战斗几十次。我们很多战士伤亡了，但敌人的伤亡更重。他们每次死几个人就跑，开着装甲车，还没到河中心车就'趴窝'了！我们打死了三个苏联记者，他们的文件夹、照相机都成了我们的战利品！"

"我们的记者有伤亡吗？"

"没有，战斗时他们都在临时坑道里，战斗结束后才采访。我们对记者的采访工作和他们的人身安全下过一道命令：'不许一个记者出事'。"

我们又问到杨林牺牲时的情景：其实那次的战斗已经接近尾声了，敌人光打炮，没有人敢进攻。经过敌人十几分钟的狂轰滥炸后，他们的步兵跟着冲上来了，我们的阻击班迅速进入了阵地，敌人又丢下四具尸体撤退了。他们刚刚撤回对面，成群的炮弹又落在了阵地上！杨林是班长，见此命令战士们快撤，可他没有来得及跳出掩体就被炮弹炸飞。树被炸了一个大洞，杨林被炸得尸体已不知去向，只剩了一条腿。连长说得很激动，录音完成后我在现场便用剪刀把多余的和不流畅的部分剪去，连长听了很满意。播出时我们还插了很多珍宝岛的外景声音，完成了一段没有缺憾的同期声。走之前刘效礼要求连长带我们去杨林的墓地，我们采了把野花，恭敬地向墓碑行了个军礼。

夜半钟声

南京钟鼓楼始建于明洪武年间，多少年来无人问津。这天晚上八点半，却响起了震撼南京城的钟声"嗵！嗵……"十声钟声接连响起，南京城里的居民不知道发生了什么，尤其是附近的居民，都打开窗户向钟楼方向张望，路上行人皆驻足观看。此时的钟楼上，十个壮汉正用钟杵有节奏地撞击着两吨左右的特大古钟，照明师孙永福在钟楼内外打光，把整个鼓楼照得五彩缤纷！两架摄影机此时正拍摄着这一景象，我也准确地记录着。只能敲十下！它沉睡了几百年，今天晚上是它最辉煌的日子！这是北京电视台国际部拍摄的一部大型纪录片，片名《南京的一天和两千四百年》。这部片子的立意是"重温南京两千多年的历史和观照现代的文化"。我和摄影师戴维宇、文学编辑吕斌三人接受了这项拍摄任务，着手联系采访时，南京宣传部对于我们的拍摄计划感到很为难：拍摄钟鼓楼需要南京文物考古研究所批准；航拍南京市夜景需要动用飞机，这就需要和南京军区飞行大队联系；夜拍南京长江大桥也要守桥部队支援，不然的话高炮可不放过你。我们经过二十多天的联系才办理完了各种手续。

采景时我们登上了钟楼，楼上覆盖着厚厚的一层尘土。敲钟的钟杵没有可抓的地方，看起来更像是一条朽木。悬挂大钟的铁吊链儿也氧化成了"生铁蛋子"，锈迹斑斑。楼上的画廊破损不堪，早已没有了往日的风采，若想让它再次焕发历史的光泽还需要几天的整理时间。我们要雇民工清理打扫，文物局不干，他们要自己找清扫工和敲钟的人。原计划安排在晚上的同期拍摄肯定会涉及扰民的问题，附近派出所提出要想办法先通知一下附近居民。怎么通知？波及面积太大，派出所粗略统计了一下，需要通知十几个家属委员会才行。为了博得广大群众的支持，我提议送点东西给居民委员会。戴维宇说："从头到尾都是你联系的，你就看着办吧！"送什么呢？送糖果！我想着糖果可以分到各户去，即便不分给居委会，在召开通知大会时也可以当场送点。为此我购买了一百五十斤的各种糖果，分成几个袋子装上，和派出所的民警都分发完了。后来才知道，没有通知到的居民还是占了大多数，这才有了开头居民都打开窗户张望的景象。

  航拍那天我激动得一夜不眠，凌晨三点多就到了飞机必经之路，和警察一起先把六七辆洒水车排好队，每隔一千米一辆。我要求每辆洒水车上有一个警察，便于指挥。我们提前和警察协商好了：到时候没有统一指挥，只要听到飞机声就开始洒水。凌晨五点，南京大街灯火通明，飞机拍摄完了南京长江大桥后直奔南京主街道上空，各洒水车按照规定顺序洒完水。十点来钟戴维宇才回到宾馆，我忙问拍得怎样，老戴眉飞色舞："血好（大连话，意为非常好）！只是风太大，镜头有点不稳，咱们没有防震架。吕斌冻傻了，在飞机上拼命用手抓住我，只怕我掉下去摔'嗝儿屁朝西'喽，哈哈哈！"其实飞机上的保险带万无一失，摄影机固定得更是牢靠。吕斌解释说："身不由己。"两大项主要拍摄任务完成了，放松两天去补拍点外景吧！

  我们此次拍摄到了有着"天下第一碑"之称的南京阳山碑材。这个碑仅碑身就高五十一米，宽十四米，厚四米，碑身两边已拓开了深深的槽沟，底部也基本被拓空。这个万吨的大碑在今天看来也绝非人力所能及。

  我们又拍摄了些南京特产——"辟邪"石刻，都是歪歪斜斜的，多少年没有人动它们，也不知道下面镇着的是哪家大臣的陪葬墓地。南京的陪同人员说："那时的大臣死后能够葬在万岁墓旁是最大的荣耀。"我们一路上还拍摄到了真正的洪武碑，高六米，碑亭完好，但字迹模糊了，我依稀还能认识几个字。有段东吴孙权时期留下的城墙，在玄武湖北侧的拐弯处。我们采用同期的方式记录下了文物局同志讲述的历史，拍摄南京贡院时，文物局的人告诉我们，这个贡院直到清朝都是贡生们求取功名的场所。

  拍摄最困难的是洪武帝的宫殿——南京明故宫。那里残垣断壁，到处是横七竖八的石头狮子、坐地虎石像。因为常年被雨水冲刷，石桥上倒是干净得很，留下的是石桥下那一汪汪臭水。这就是明朝的见证啊，它们安静地躺在这里上千年，承受着一次次战争的洗礼，直到今天还是伤痕累累。

  老戴说："我要把机器架在一辆双轮小拉车上，车上下颠簸时就能拍出'歪歪扭扭'的画面，这样能更好地展现出战争的残酷！"这组用虚拟手法回顾历史的镜头标新立异，吕斌当即要我录制一段专题曲子配上，我总觉得光有音乐太抽象，不具体。我想去录点"古代战场"上的厮杀声，再加上混响，把古代战争的时空再现，如此更有渲染力度，但是要花些钱。老戴知道我要请演员配音，我俩在长白山上拍摄朝鲜歌舞团的节目时就用过此方法。老戴高兴极了："好好！报不了销我去和会计要！"

第二天我便联系了南京话剧团领队郑楚琪，让她给我组织二十个年轻力壮的小伙子在练功房里录音。听我说明来意后他们都很乐意配合。只见他们手中拿着木棍、铁刀片，一喊开始，舞枪弄棒地一边嘶喊，一边敲打出各种声音。一个个声嘶力竭，鬼哭狼嚎，只录了十分钟就够用了！即便如此，他们仍累得满头大汗，大喘粗气！完了郑楚琪说："不行再来一遍！"

"不不！够用了！"我混录时声音可以复制。而后我给他们每人十元钱，他们都说不能收，谁也不敢收，确实那会儿还没有酬劳这么一说。那么就照着这二百一十块钱请大家吃顿饭吧，他们热烈鼓掌。好家伙，二百一十元摆了三桌，连酒带菜好丰盛！每个人喝得东倒西歪，钱还没花完，餐厅又送了我们每人一只烧鸡。

还有一个十分不好拍摄的画面，是要在楼顶上拍摄太阳从东边出来，再慢慢从西边落下的全过程。这一过程需要严格的计算，几秒钟拍一格。定好机位，打开计数格自动拍摄，到天黑，就成了太阳从东方出来，二十秒钟快速走到日落的过程。

趁着休整的几天时间，我们安排去采访草书大家——林散之老先生。我们通过文化局才联系了上他，老先生平时不爱理人，听说电视台记者采访他，欣然接受。拍摄持续了一整天，同期我们还录制了很多讲解。老人的作品很多，我虽不懂书法，也是看得眼花缭乱。

在拍摄现场，书桌旁边总站着一个老太太，六十岁开外，身材瘦小。林老先生写完一幅，她就立刻拿起来锁在木柜里，这个奇怪的动作我早就注意到了。拍摄完成后，文化局的人提出："请林老给幅字留念！"老先生答应了，老太太却说："还没用印呢，等过几天你们再来取。"出门后文化局的人说："他不可能给我们，你过几天再来连门都不让进。但凡和林老打过交道的人，都在背地里叫他抠猴子！"

郑楚琪（左）曾经扮演过《西游记》试集的乌鸡国王后

三访黑龙江省省长陈雷

国庆将近，专题部主任朱景和约我去黑龙江驻京办事处，主要是汇报中央电视台将去黑龙江省拍摄一部反映省工农业发展状况的片子，而后还想拍摄抗日联军在东北战斗的情况。黑龙江省省长陈雷是抗日联军的领导，我们便约见了他，主要是沿着他的足迹寻找和拍摄当年战斗的场所，用实物说明在抗战时期的艰苦历程。片子的名字叫《金光大道》，拍摄需要三个月左右的时间，并且还要拍雪景。

陈雷省长指示："冬天拍摄雪地实景很困难。我们的宿营地很远，也很隐蔽，没有向导你们找不到。"

朱景和主任说："我们准备先拍摄工业，而后采访文艺界，下雪后再去实景拍摄当年的宿营地。"

省长说："可以！"

陈雷省长爽快地答应给我们的拍摄提供向导，并邀请我们在省办事处用午餐，而后把拍摄计划交给秘书。朱景和把计划交给秘书时，拿出了陈雷的手令，要求被采访单位大力配合！这个"尚方宝剑"在拍摄过程中很好用。

十月份时我们的摄制组集合完毕了，由老记者叶惠、广播学院老教授矫广礼、记者张长明（后来的中央电视台副台长）与我四个人组成。我们知道会很冷，我带的衣服有满满两大皮箱！秋裤一条，棉裤一条，从台仓库借来的皮大衣、皮帽子……事实证明，冬天我们去东北采访是真的不知道深浅，在哈尔滨一下火车就受不了了。车厢里预报温度是零下三十摄氏度，我们冻得气都喘不过来。虽说皮帽子可以保护到脖子，脖子还是像刀割一样，脚下的大翻毛皮鞋也好像没有穿似的。一行人哆哆嗦嗦地来到哈尔滨南岗区的国际宾馆，真暖和！但是腿疼得已经迈不开步了。我们进屋打开行李一看可傻眼了，机器上全是水！我赶紧借照明师的灯火一通烤，一千二百瓦的灯火足足折腾了两小时，机器才开始转。更麻烦的是服务员把热水龙头锁上，不让洗澡。她们说先吃饭，十点以后再给热水洗澡。原来但凡南方的客人进宾馆都要等三四个小时再供热水，防止被热水烫伤。老叶让张长明和我把摄影录音机连线试拍，明天采访省长陈雷时别出乱子。

转过天开始安排同期采访陈雷，来到省政府后摄制组又增加了一个画家刘志学和一个省电视台记者。陈雷讲述了抗日根据地的规模和战斗时的情景，讲述了牺牲的战士，更多的是讲述了他们怎样在艰苦的环境中和敌人周旋，有很多非常感人的事迹。我记录了共计十五分钟的讲述，这部分讲述后来就用在了专题片中。片中还呈现出大段实景拍摄的、战斗时的战壕，以及战士们的宿营地。最感人的是炊事班做饭的地方，那里生过火的石头都被熏得黑黑的，更有一些破碎的碗片散落在地。他们的烟筒不是直接把烟排到空中，而是顺山势把烟排到树丛里。我们撬开了几块石头，那里面存有大量当年的烟灰，还有一个很矮的小石屋，面积也就两平方米左右，旁边有一个木牌子，上面写着"陈雷指挥部兼卧室"。

再往山上爬是岗哨，离这里约有五百米。我们的向导介绍，岗哨一发现有敌情，就从山上往下滚石头报信。这五百米爬上去可不是开玩笑的，尤其是积雪被山风一刮，沟沟坎坎被全部填平，战士们掉到雪坑里是家常便饭。考虑到山路崎岖、坎坷不平，叶惠和矫广礼年纪又大了，拍摄的时候坚决不让他俩上山。我和张长明年轻，省台记者和向导更是没问题！我俩各自带着机器，张长明的小"艾格拉"摄影机都是在怀里揣着，我把我的小"SP7录音机"也藏在怀里，都准备好了从怀里拿出来就拍。一停机得马上揣起来，不然的话就冻得不转了。向导肩上随时背着两条绳子，以备解救"落难"之人。同行的还有个省台的摄影助理，他还真的掉进了六米的深坑，一喊叫我们才发现人没有了！循声找到时，那雪坑竟已被大雪填平！向导对此颇有经验，让我们把一根绳子的一头拴在自己的腰上，准备听口令一起拉扯绳子，并嘱咐我们千万别松手。而后他把另一根绳子的一头系在腰上，另一头拴在树上，顺着痕迹就下坑救人去了。还好这个家伙掉得不深，及时抓住了坑壁上的一棵小树。向导用手撑着他往上爬，我们在上面一起拉，反复了几次才把他俩拉扯上来。

我问他："到沟底了吗？"

他说："早呢，也不知道沟到底有多深，也许几十米。如果掉到底可就麻烦大啦！你们几个都不够用。"

我们一行人回到山下时天都已经黑了，汽车跑了一个多小时山路，冰雪路太滑了，稍不小心就很容易翻车，还好凭借着司机技术好没有出事。我们回到临时住的小镇里已经很晚了，屋子里又冷，没有办法，只能和店主人商量，在院子里点上了一堆火。大家一天没有吃饭，此时趁着用火，烤了面包夹香肠，更显美味！我们起哄让画家刘志学画个素描，他说手冷拿不住笔。"你在山上怎么拿得住笔啦？"他拿出个暖手炉给大家看，在怀里揣了一天了，此时早已没了温度。

几天的艰苦拍摄总算告一段落，回国际宾馆足足地休息了几天后，我们要北上呼兰县（今呼兰区）录制文艺节目——东北大秧歌。因为人手不够，又临时调派录音科的吴复久和照明科的高金卓带灯光奔赴呼兰县。当时选了四个秧歌节目，先录好乐队的声音，再使用"先期还音"方法拍摄。那天，县委宣传部组织了连演员在内共计二百多人参加了拍摄。天寒地冻，北风吹得漫天雪粒，不是雪天胜似雪天。零下二十七八摄氏度的气温，演员要求身着秋衣秋裤，外罩大秧歌演出服。腰鼓队则跟着我的放音节奏表演。我只怕温度低，会导致还音的时候"带速"不稳而走调。吴复久此时手持一个大铁喇叭，张长明早爬上了电线杆，准备抱着摄影机拍摄全景。吴复久大喊："开始！开始！"音乐响起了，人们却还在原地跺脚，连喊三次，演员们才跟上了还音节奏，反复拍摄了两遍才把大全景拍摄完成。这时候演员已经冻得连话都说不出口了，叶惠、矫广礼先让多数群众解散，演员们还要接着采拍近景。

　　我们先把演员带到一个温暖的屋子里休息吃饭，等待中午暖和些了再继续拍摄。吴复久和高金卓把饭送到屋里发给他们，大家用嘴一咬，咬不动，面包和香肠冻得比石头都硬！演员们提出先拍吧，经老叶同意后我们调整了安排，继续拍摄。于是演员们脱掉棉衣，换上演出服重新开拍。拍摄全景时我的机器还听话，轮到拍近景了，我得找到每段唱腔的段落进行还音。我的手冻得不听使唤，怎么也装不上录音带。大家都挨冻等着，没有办法，我拿过吴复久手中的喇叭，站上高台，对着腰鼓队喊道："大家跟着我喊的'四拍子'速度开始表演！唱歌的也跟着节奏唱！要求摄影师们自己抢镜头，我们只组织三次重复。"

　　矫广礼怕大家不听话，也要站上我所在的高台。他上了高台："大家听好！只重复三遍！谁丢了镜头谁负责！"

　　开始时张长明抱着一台机器上蹿下跳，三遍拍摄完了，张长明说再补拍几个近景。又留下了十几个演员拍了几次，工作完成得很顺利！你再看那些群众演员和其他演员，早就手捧着"面包石头"回家了。

　　晚上叶惠要拿自己的钱请我们喝酒，他给了我二十块钱说："你去买酒菜！"晚上大家都喝了个"五迷三道"……

　　我们向黑龙江省的伊春市进发时天正在下雪，几天的路程走得很不顺，汽车老是陷进积雪里。我们到伊春后住在伊春河北岸的伊春宾馆（也叫土窝宾馆），宾馆的窗户上落了厚厚的一层冰雪。屋里二十多摄氏度，地是潮的，被子更湿。还是用灯光烤吧，直到把被子烤干了才睡下。

　　第二天还是工作不了，本地向导介绍，山上有几个抗联时期的旧址，现在也上不去，雪太大！于是老叶决定拍摄雪景。雪景好拍，大家轻装上阵，也不用我录音。拍摄了几百尺胶片也够用了！雪小些后，叶惠要组织小分队上山拍摄当年战士们的宿营地，也不用录音。就派张长明、省台记者和四个民工上山了。两位摄影师拍了几次，素材也够用了。我们在宾馆里每天用灯光烤机器，等都烤干了用塑料布密封起来。这次的任务圆满完成了，成片剪出后却不叫《金光大道》，因为工业题材没有拍到。

转年在人民大会堂召开人民代表大会，陈雷省长坐在群众席南排第一排，而我每次都在大会堂左侧紧靠舞台直播实况，我俩离得很近。

我告诉老录音师杨美莲："我去见一个人！"

杨美莲说："谁？"

我指给她："你回头看。"

她说："不认识。"

我悄悄来到陈省长面前小声说："陈省长您好！"

省长急忙戴上眼镜："噢噢！去年见过！好！"

"首长，我也在工作，就在您脚下。"他点点头。散会时他从我身边经过，我起身和老人握手，并告诉他，我们拍遍了抗联的根据地，他显得很兴奋。委员们都走了，我告诉杨美莲，他是黑龙江省省长陈雷。

采访途中,曹力、李小兵和作者

作者第二次穿军装的照片

第四章 历史的天空

一、友邦访华

扎伊尔总统访华

　　一九七三年一月十日，扎伊尔（今非洲刚果民主共和国）总统蒙博托·塞塞·塞科的专机徐徐降落在北京国际机场，我们和往常一样早已各自找好自己的位置，等待总统下飞机时记录实况。机舱门开后先是一群记者走下云梯，这个倒也是惯例。谁知道这些人下来就抢位置！我们对外宾都很尊重，便主动让出一些空间，他们居然得寸进尺，把我挤出了拍摄的最佳地段。我仗着力气大，三冲两撞又重新挤了回去。有个家伙和我一样录音，他挤不过我，就把胳膊搭在我的肩膀上，把话筒举了过去，此时一阵阵的"汗香"袭来，熏得我直头晕！

　　这时候总统已经下了云梯，我忍着刺鼻的味道把握手的场景坚持录完了。回过头来我用肩膀狠狠撞向他，他没有防备，一个趔趄往前跑了两三步。这小子站稳脚跟后回过头来一看是同行，马上变成笑脸，点头哈腰的。我满脸不高兴，又恶心得想吐。录完军乐队的迎宾曲后我赶紧蹿上了车，老司机陈桂林师傅看我脸色不好，急忙给我口汽水喝。

　　晚上在人民大会堂设国宴欢迎蒙博托总统访华。请帖上我和那个家伙还挨着，真倒霉！我知道这几天都会碰到他。为了避开他，我记录好首长的宴会讲话后，准备去别的桌子上蹭点儿吃的。刚坐下来，摄影师于广华（后来的中央电视台副台长）喊道："这个是我的位置，回你桌子上去！"他说着顺手又拉了个椅子坐下来。

　　蒙博托总统在北京访问的两天，我和那个小子每天都会见面，倒也坦然了。去南京的专机上他拉一个翻译主动来找我，新华社记者老熟人李光由见状拍一拍我的肩膀："唉，冯哥们儿跟外国人打得火热哩！"翻译说他叫"C"什么，说他没有电池了，问我能帮助他吗？他在一旁直点头哈腰的，我看他可怜，答应帮助他。

　　翻译对他说："这位先生姓冯，你喊他'老冯'就好。"

　　他急忙喊："冯！冯！"

　　翻译对我说："你就喊他'老稀罕'吧！"

　　我指着他："稀罕！"他高兴了。

　　这几天在南京、广州访问时他成了"跟屁虫"，总能沾光找个拍摄的好位置。蒙博托总统发给我们每人一张亲笔签名的照片，和一支大铜管装的雪茄。"老稀罕"把这个礼物也转给了我，他说："你帮我转录了几个首长讲话，这也是个纪念吧！"在广州机场他们出境回国时，在专机口他专门过来找我告别，我只怕再受"刺激"。

共赴延吉

延边朝鲜族自治州的延边歌舞团将在北京市门头沟区演出，戴维宇和北京广播学院的老师田本相约我去门头沟看延边歌舞团表演。科长宋培福说："你就一同到延吉去出差吧。"节目看完了，老田把拍摄计划给了我一份。因为需要有大乐队录音，我约请了音乐编辑潘宝瑞同去，还派出播音员邢质斌一起去延边体验生活。

朝鲜族的男人们一般不做插秧等重体力劳动，老爷们儿是"至高无上"的。如果老爷们儿在街上聊天，绝没有一个女人敢从中间走，而是要从后边靠墙的地方走过。朝鲜族的草房大都是一个布局：大屋顶，进屋一条通炕，一米多深的炕锅坑，都是一口大锅，高高的蒸屉。男孩儿都在一间隔着木板的房间。吃饭时老爷子在上首房间吃饭，单独一个屋。唯有孙子和贵宾可以在老爷子房间吃饭，大家都在炕上围着一个大桌子，女贵宾也不能进老爷子的屋。咱们的播音员邢质斌可不管那一套，偏和我们在老爷子房间吃。老头儿不怪，说是最珍贵的客人例外。原来我们采访的是朝鲜族自治州龙山五队支部书记，早已有人通知他们北京电视台记者组要来采访，男女吃饭不许分开！邢质斌也不在乎，反正都在一起（后来邢质斌的爱人是个朝鲜族汉子）。戴维宇定下了要在龙山五队拍摄大场面歌舞，延吉市文化局在大麦场上搭建了舞台、秋千台。我们在延吉电台录音间录制了姜桂仙的独唱、金英的朝鲜族鼓等舞蹈节目的音乐。

拍摄那天组织了两个生产队的社员，五六百人，都穿着民族服装。一时间花枝招展，好不热闹。朝鲜族有个好传统，一有什么庆祝活动或节日人们都是盛装出席，学生们也放假一天。男男女女、老老少少兴高采烈。广场四面插满了彩旗，配上鲜艳的民族服装，连老人们都是一样的装扮！我也真体会到了朝鲜族的歌谣：尖尖鞋、狗肉汤、小棉袄、大裤裆。我们架好机器开始放录音排节目，现场的秩序一点都不乱，大队长在喇叭里怎样调整都很顺利。金英的朝鲜族鼓、歌舞、独唱拍摄得十分顺利，人们对这场歌舞表演充满热情！有几个老爷子干脆随着舞台上的音乐跳了起来，扭屁股、摇脑袋。一会儿孩子们也跟着跳起来了！场面乱了，戴维宇却不让制止，继续在表演的人群中抢拍着镜头。朝鲜族人民还真是节奏感超强。那天的拍摄持续了五六个小时，人们竟不知疲倦。龙山五队的村干部说："真是比过年还热闹！"

几天后，我们从龙山五队奔赴汪清县的长白山脉去拍摄一组歌舞。我要用外电网频和摄影机同步，这就需要从汪清县电力局拉一条将近两千米长的电缆到拍摄地的还音机位上。拉扯电缆的工作由十几个民工拽了一天，直到天黑了也没完成。第二天又拉了多半天才搞定。一试机器，摄影机和录音机怎么也不能同步？外电网频不稳，"艾格拉"三型录音机还没有内晶体自身同步设备。又因为电缆太长，影响了网频周率不稳。我急忙给北京录音科宋培福打电话，请工程师苏玉坤带"艾格拉"同步调速器赶来长白山救援。大家只能在汪清县等待几天，趁着这几天没事干，我商量着和大家去看天池，自愿报名，县委要求派出几个向导才能去。

天气很好，可报名同去的没有几个，演员们只乐得在屋里休息两天。我邀请鼓手金英一起去，他说："我不去，怕蛇咬！"我说他没出息，他便认怂了！

眼看着不高的山路却崎岖坎坷，我们爬了四个多小时才到山顶，要想下到水面还要两个小时。戴维宇早累得脸色蜡黄，只怨我出的馊主意。我笑他是老头子，得服老。谁承想下山时的路更不好走，我们几乎是连滚带爬地回到了驻地，上去四个小时，下来用了将近六个小时。带的水都喝完了，仍只觉得渴不觉得饿！老戴累得第二天睡了一天觉。演员们闲着没事就去县城喝酒，有三四个演员闹肚子。我问金英："你们吃什么东西吃坏了肚子？为什么女演员都没事？"几个调皮捣蛋的家伙说："我们的病好治，今天晚上你请两瓶酒，保证明天不耽误拍摄。"这些小子早都商量好，要让管钱的我"出血"买酒喝！我说："行！不过明天工程师一到，你们好没好，都得上山给我拍戏！"大家鼓掌。

苏师傅乘坐的火车在早晨到达延吉，延边歌舞团派专车把他接来汪清。晚上苏师傅把摄影机录音机一连线，经同步器调速后一切正常。我担心那两千多米的电缆因线路长影响周率，但是有苏老头儿在，我心里就有底了。

第二天早六点开饭，七点上山。在家化好了妆，大家背着服装道具开始爬山，爬上山顶都快十点了。戴维宇计划先拍姜桂香的独唱，后拍腰鼓。拍摄完了舞蹈近景、带山顶背景的中近景，待黄昏时再拍一个歌舞大全景就全部完成。这个计划很周全，我们按部就班开始拍摄。苏玉坤把连线调控好后交给我，拍摄进行得很顺利，午餐前拍了不少好的素材。

炊事员按照我的要求，今天的午餐给大家弄了几个凉菜，还带来两瓶酒，女演员每人一瓶汽水。演员们高兴了，大家一齐喊："谢谢！"我说："先别忙谢，下午还有很多镜头，到时候都利索点！"下午节奏确实抓得很紧，一个姓崔的姑娘崴了脚，拍摄完成了中近景后，大全景就不让崔姑娘参加了。拍摄顺利完成时天也黑了，大家一起下山。我留下来陪着工人收电缆，两个多小时才收拾完，回到驻地已九点多了。我们招呼十来个民工吃饭喝酒，嘿！这帮酒鬼，看到我们喝酒都过来要酒喝！我问炊事员："还有菜吗？"炊事员说："还有一大盆中午和晚上的杂和菜。"我让他都热来，再拿几瓶酒，明天我一起结账。菜热好了，端上来还冒着热气，好香！我叫上苏师傅："咱们去喝茶休息吧。"第二天一结账，他们连演员带工人一共喝了七八瓶酒。当天，完成了拍摄任务的演员，以及苏师傅、潘宝瑞和邢质斌收拾东西回延吉去了。我和老戴、田本相留下来继续拍参场、人工养鹿场等。待我们仨回北京时已是深秋。

又遇"稀罕"

一九七三年六月，马里共和国国家元首特拉奥雷携夫人访华。欢迎仪式还没结束，就看见有个外国记者向我招手："冯！冯！"我扭头看到了一个人正背着摄影机和录音机朝我走来，还在喊："冯！冯！"我看出来是上次的那个记者："噢！'稀罕'。"我们俩语言不通，又没有翻译，两个人打着手势交流，彼此还都能理解点。

这次国宴上我俩还被安排在一起，我没有躲避他，反而对他有了些好感。我的座位离中文翻译近，我偷偷说："你帮我给他翻译几句话！"

翻译说："好，你说吧！"

我让翻译问他："你怎么干两个人的工作？又摄影又录音，是不是挣得多？"

林佳媚（左六）和工作人员

翻译将"稀罕"的话翻译过来说:"挣不了双份工资,只能是多一些。我上次拍了点儿照片,也能卖点儿钱,够用了,就是不太富裕。"

好家伙!这一路他便和我形影不离,到上海后的记者招待会,因为限制人数,只邀请了几家大新闻单位参加,"稀罕"进不去。这次"稀罕"的身份和上次不一样,上次他是"皇家队",这次则是受聘于一家公司。"稀罕"让翻译表达他的意思是希望我给点资料。

其实招待会现场录制的资料也就是宾主一阵问候的情景,我问摄影师于学臣:"能给吗?"于说:"又没有正式谈话,可以给!(一般来说,到正式谈话时记者一般不允许在现场)我转给了他,我们觉得无所谓,可对他是大有用处的。"稀罕"说:"我比别人多份资料,也是钱啊!"

招待会上,我叫上摄影师王光龙、照明师高金卓,到各处走走。在这里看到了非常精神的林佳媚,会后我们合影留念。特拉奥雷在南京访问了三天后就从东北沈阳离境。

分别时"稀罕"比上次还热情,非要拥抱一下,我们俩互相说着对方都听不懂的话,连比画带打手势逗得大家哈哈大笑。

金日成访华

回台里制作晚七点的《新闻联播》时,我把非常热情的接机场景的声音全拉掉,用旁边另一队"欢迎欢迎"的喊声代替。晚上国宴后,人民大会堂举行欢迎晚会。晚会时,上海二胡演奏家闵惠芬和扬琴演奏家丁莲怡演出了《江河水》《送公粮》等曲目,演出很成功。再度返场时,由北京京剧院文武场乐队伴奏,演奏京剧《卧龙吊孝》,以及京胡曲牌《夜深沉》。

金日成在北京进行了为期三天的参观访问,而后计划去广州、上海、南京,再从北京出境。在"三叉戟"专机上,由外交部礼宾司重新下发了日程表:取消原来的行程,只去南京。专机抵达南京需要两小时四十五分钟。客舱里每次出访的就那么二十几个人,新华社、中央人民广播电台、中央电视台、北京新闻电影制片厂、外交部的工作人员。

记者们一般除了打牌就是睡觉,只有中央人民广播电台的老记者周环老太太守在专机的大中华烟盘子旁边一支接一支地抽烟。这些人打牌谁输了就自己往脸上粘白纸条,粘了满脸。老记者钱嗣杰要我拿出昨晚上晚会的录音,想听听《卧龙吊孝》,说他多少年也没有听到传统戏曲的味道了。好吧!我答应着打开机器,找到那段唱腔,放出来给大家听。

到了南京参观的还是那些传统项目：电子管厂、南京新农民区、长江大桥工程。第三天在返京的专机上，大家都纷纷猜测为什么访问没有按原计划执行。我们带着疑问向知情的人打听。他说："原来计划是三个城市，但因为没有达成谈判的目的而撤销了多半的行程。此次朝方为解决一些问题向我们提出了过高的物质援助需求，中央首长们看了援助清单后倍感压力，他们要的这些援助物资我们很难满足！"

当时我们国家的人民还没有那么高的生活水准，为此才临时改变了原计划。但是大家都知道，金日成来华时的接待规格是空前绝后的，包括朝鲜的随团记者组在内，我们都是提供大力支持，只要对方提出需求必须帮助！南京电视台提供了上千尺"富士"胶片，他们要的"乌合"五寸磁带我提供了两盘。其实他们采访时很少停机，而且不捞重点录制，浪费的带子太多了。我们朝鲜语翻译解释说："他们都怕漏掉重要的内容，所以不敢停机。他们真要拍了胶片，可录音没有记录就不好说了！他们也都是提心吊胆地工作。"翻译说："他们知道中国人对他们友好，所以凡事都求，包括要买的小零碎都求咱们帮忙。"那个时候，我们给外国人帮忙是经常的事。

闵惠芬在欢迎金日成的晚会上共演奏了三段二胡独奏曲：《江河水》《送公粮》《二泉映月》，尤其是阿炳的《二泉映月》拉得柔情似水、悲苦跌宕，弓法、指法娴熟到位，音色纯正，绝不拖泥带水。科里派出张超甲和我在大会堂重新录制了这三段曲子，大会堂在没有观众的情况下因混响太大，不适合同期录制，我们就在小接待室里录音，后期再还音拍摄，而后张超甲让我带双片剪辑画面，十多天就完成了。我一格一格地检查，一小节一小节地对位，身体是累了点，心里可甜甜的。

五七道路

一九七四年七月，科里希望派我去走五七道路，我也坚决表示要去锻炼一年。我来到河南淮阳干校，和段小常一起被分配到扬水站工作。在干校的这一年里还碰到了《西游记》的摄像师王崇秋。他可能是一九七五年十月份才回的北京！

这里离校部有一千米，在郑集河边有一个两间的"独立家屋"，里屋是我和段小常的卧室，外间屋子则是大水泵抽水机，我俩轮流值班。给稻田灌溉的机器整天嗡嗡叫，我俩的头发都立着。离大队太远恐怕有人捣乱不好收拾，为了减轻心理压力，我每天在泵房捕好多鱼，邀请刘效礼、贾志杰、杜长斌、顾守业晚上吃鱼。每到星期六晚上我们就玩到很晚，这样时间还能过得快一点儿。白天我和当时还是小朋友的王雪纯（现在是央视节目主持人）一起玩，我常常抓个小青蛙、小活鱼儿逗她。

秋天到了，我们俩给冬小麦灌溉了头水，就回班干活儿。冬天地里上了冻，要装车拉粪，几个班比着车数每天上报评先进，基本上每天每班能拉十几车。我们电视台一个班，因为壮劳力多，出工也多。剩下几个女劳力有老记者邓勤、编辑王佳玲、卡美谨。我让她们在家打扫卫生、写稿子。我和贾志杰、杜长斌、段小常、刘效礼、顾守业几个人每天能装四到七车，于是乎干校的墙报、广播的喇叭大多是我们班的稿件。当年真是疯了似的干活，大家都叫我们"疯子班"。来年春天，干校要打乱现在的编制，重新组班下农村插队，接受农民的再教育。这样做是把男女劳力合理搭配使用。电台苏东部世界语组的女劳力太多，播音员部也是女同志多，打乱以后都愿意在我们班。结果我们班三男四女：段小常、电台翻译王连希和我三个男的；朝鲜语系崔芬怡、电台播音员鲁婧、我们台卡美谨和王佳玲四个女同志。

我们参加劳动的小队叫"郑庄"小队，队长每天给我们分配的工作都是最累的。给地里抬粪便、担水、撒粪……想一想鲁婧、崔芬怡她们都是些肩不能担担、手不能提篮的人，哪能受得住？我们住老乡家的土炕，炕箱连个软草都没铺，上面就是一领席子，睡觉硌得腰疼，连翻身都困难；每天早晨

作者在五七干校

就是一碗切碎的老腌菜，一碗"插筷子不倒"的粥；每天晚上还要谈锻炼体会。最初她们还能坚持，后来实在吃不消了，我们仨男人挑粪、担水（实际是粪汤），让她们在地里撒。晚上回宿舍吃饭，鲁婧吃了口菜，嚼着咯吱响，借助煤油灯一看全是蚂蚁，这顿饭算是又给东家省了！我本就是农民出身，当然比他们好些。二十天终于结束了，队长给我们做鉴定，每人鉴定书上都有一句"缺乏锻炼"！

一九七五年六月是我走五七道路的第一个"麦收"，干校前面一块麦田就八百亩，金黄色的麦浪看着真是喜人！尤其是农民，对于这种风景总是有特别的感情。想起了老家也快收割了，只因河南河北的地理位置有偏差，河北老家比河南晚收麦半个月，家里的弟弟们又快开始割麦子了。我想起老家，便更加喜欢这个"麦收"。割吧！于是乎全校"战士"齐出动，开镰，两千米长的"地头儿"每人分到三个垄儿。我把镰刀磨得快快的，半天时间就收割了一半。再看看其他人，镰刀也不知道磨，说他们是割麦，还不如说他们用手拽。才半天时间，大部分人的手都勒出了血泡。最可怜的是老记者左耀东，我们都叫他"大肚儿左"，几乎是趴在地上，肚皮贴着地，用小胖手往下拽。他拽了一个上午，只前进了二十多米。

"小左走吧，吃饭去！"我问他，"怎么样？"

他爬起来，爽快地答道："不怎么样！"

地里的人们都没精打采地陆续往校门口走，下午到麦子地里去的人数还没有上午的一半，都累趴下了。下午才来了小麦收割机，解放了劳动力！

泰国总理访华

一九七五年七月四日，泰国总理克立·巴莫，以及随同来访的泰国贵宾们乘专机从上海飞往昆明进行国事访问。泰国总理克立的随团翻译之一喜欢喝酒，尤其是在访问的四天里他特别喜欢和我一个桌用餐。他说："酒桌上的朋友都是汉子！"我们俩每次都是不动声色地较量。这次访问昆明后他们就回国了，很难说未来能否再有机会见面。他说："今晚咱俩好好地喝！"我爽快地答应了。

新闻电影制片厂的吴怀民录得倒是比较全，我约他晚上到昆明宾馆后转些资料给我。回昆明时我所在的车上少了一个人，领队要求等等再走，这一等就误了和大部队出发的机会，十多个人都急得很。半路上没有警察管理很容易堵车，我提议能否直接去宴会厅？大家同意！

到了会场后，宴会已经进展到云南省革命委员会主任周兴致欢迎词了，录完了周兴的欢迎宴会词和克立的感谢词之后，我和那位翻译便有了时间。

那个人来到我桌前，并且要求服务员拿两瓶茅台酒来！大家起哄："一个人一瓶，谁也不欠谁的！"我小声对服务员说："我那个瓶子要矿泉水。"两位服务员把我俩的酒一起端上来了，我的在左边，翻译的在右边，正好拉开了距离！

我说："今天晚上咱们都没工作了，你说怎么喝就怎么喝！"两边服务员给我俩分别倒了酒。过了五杯那个家伙察觉到有些不对劲了，要换酒！我刚举起第六杯，他就要抢我的喝！大家都笑他不实在，他也做出个手势："让我闻闻老冯的酒。"这时候人们都知道了这里的秘密，趁着碰杯我把酒洒在衣服上，他要求再倒一杯。这时候的服务员十分机灵，早把假酒换走了。倒酒的时候我也知道换了酒，大胆地举起了杯子！他闻我的杯，我不让他闻，他笑我不实在！我说咱俩换换吧，他高兴了。服务员又拿来两个新杯子把他的倒入一杯递给我，这样一来真对真地喝起来！这时候听见主持人宣布："宴会到此结束，谢谢大家！"他立刻换上一个大杯一仰脖子灌了进去，大家都夸他好酒量，他也兴奋了，搂着我拍照片。

临走时我悄悄地冲服务员伸出大拇指表示感谢。服务员说："早就习以为常了！"而后哈哈大笑。这个翻译刚好走到我们身边时才恍然大悟说："冯！冯！不实在！哈哈哈！"

我直言不讳地告诉他："这是老冯的'小妖术'，久用不衰。"

这人美美地走了，送他们出境后，在回北京的专机上老吴抓紧时间给我转了资料，因为昨晚时间仓促，不知道录的革委会主任周兴的讲话全不全。

二、在您身边工作的最后日子

一九七六年寒冬

一九七六年一月八日，噩耗传来，神州震荡！中国人民惊呆了，全世界震惊了，这让本就寒冷的冬天更是雪上加霜，人民心里冷啊！怎么办？大家都有一个解不开的心结！国家怎么办？将来会是什么样呢？寒风凛冽的早晨，人民从四面八方拥向北京医院，长安大街上人山人海，脸上挂着悲痛的泪水，毫无声息地向前走着。警察们忙碌地维持着秩序，也不说话，只是打着手势,心情沉重地疏通着道路。三列群众队伍从北京医院告别厅一直排到东单路口(都是单位组织的),我们从天安门西侧走了一个多小时,终于在上午十点到达告别厅。

此时,这个本就不大的告别厅显得更加拥挤了。人们的哭声弥漫在这个小小的告别厅中。到了下午三点,我们三个记者早已哭成了"熊猫",摄影的师傅直擦取景器,喉咙沙哑得说不出话来,只能通过打手势互相沟通。我记录的声音里只有哭声,没有任何其他的语言。

晚上八点我们回到央视录音棚做明天的《新闻联播》,棚里挤满了本台的职工。放样片时哭声一片,录音棚里根本调不了音。赵忠祥的声音也听不出来,怎么办?只好把样片都放完了,等职工走了再混录。

十二号早上八点,灵车从北京医院缓缓地以每小时二十千米的速度向八宝山驶去。早晨很冷,东北风吹得我什么也记录不了,十里长街却人山人海。

九点追悼会开始,默哀三分钟后国家领导人致悼词,受到人们的情绪和哭声影响,致悼词的领导几次泣不成声!回家做片子时有五处根本不能用,不是听不清就是句子不连贯,晚上七点上《新闻联播》肯定不行。

大连军港

在沈阳杂技团我们拍了一部舞台艺术片叫《花儿朵朵》,着重介绍沈阳杂技团培养小杂技演员的经过。孩子们在表演时我不让乐队配合拍摄,要求他们按照演出时的节奏拍摄画面。我告诉演员们:"拍摄时的表演和舞台演出一样,不要过多地顾及乐队,完成好自己的表演就行!"

镜头的推、拉、摇、移都在演员的表演上变化机位,摄影师李绍武、编辑康征精细地安排了镜头的应用。拍摄时摄影师也没有音乐节奏做依靠,就是玩他的"摄影技巧"。李绍武问:"后期剪辑时候按照什么样的音乐节奏剪?"我说后期我自己剪辑画面,音乐节奏按照实况演奏节奏剪辑画面。于是我就录制一场实况演出,回到北京后把实况音乐转"宽磁"对位套画面剪辑,这样音乐、画面都有了依靠。而后把实况录音全都舍去,只留下按照实况节奏剪辑的画面,录乐队,让乐队跟着画面演奏。我们往返北京和沈阳,完成了舞台艺术片的拍摄。后期录音时,高二林从科里挑选了一台噪声小、片速稳定的放映机,录音时乐队指挥很自然地和高二林的放映机合拍,这样用后期工艺流程完成了一部舞台艺术片。我们录制完成了舞台片后要去乡下、城镇拍摄各种形式的演出，我负责经营剧组一切的财务开支。乡下拍摄条件艰苦，可谓是拉练形式的拍摄。我们在山区、海边都选择了很多环境。在此期间，编辑康征给摄影师李绍武出了很多难题，但正是因此，画面截取得也非常完美。

后来沈阳杂技团要出国演出，团里的工人宣传队和军管会要求我们尽快拍完，团里马上要为出国演出做准备了，因此我们的拍摄工作计划到十月底完成，而这期间出现个突发事件。

一九七六年九月九日这天，毛主席逝世了！新闻里的噩耗使组里一下"炸了窝"。领队老于听到消息后直接瘫软在沙发上昏了过去，这可把我们吓坏了！急忙打急救电话，对方说救护车都派出去了，情况十分紧急！我和杂技团演员孙刚把老于的腿盘起来，又掐又摁，一会儿老于还真"活"了！他长长地出了一口气，闭着眼睛不说话。

第二天，我们商量先休息一天看看情况再说，本来也拍摄不了！这个时候谁还看节目呀？李绍武提议先回沈阳，于是大队人马回团待命。

刚回到沈阳，录音科宋培福就打电话要我去大连军港，录制追悼会的三分钟鸣笛。我连夜带好各种证件，马不停蹄地坐车去大连，而后辗转到了旅顺口水师营。到达军营时已上午十点多，我和部队大院警卫室说明了来意，拿出杂技团开的介绍信和我的记者证、北京电视台的工作证，要求去码头录制下午三点鸣笛三分钟的实况。部队领导派出一个干事来见我，干事问我有什么要求，我说："希望部队派辆军车和一个联系人陪我去码头，录音完成后让军车送我去车站，我好回沈阳。"

经过那个干事请示，部队首长同意了我的请求。到了旅顺口老虎尾已经十二点多了，我请那个干事和车上的司机吃过午饭后来到现场，找到了最佳录音位置，支好录音机等着录音。我告诉那两位军人，我录音时千万别说话。他们好像很懂行似地答应了！

下午三点准时响起了长时间的鸣笛，录制得很顺利！他们把我送到大连车站

作者第三次穿军装的纪念照

时已经是下午六点多了，回旅顺还得跑三个多小时。因为绕了一个大圈，我千恩万谢地表达了感激之情。那个干事说："你找对路子了！我们首长很支持你完成任务。咱们都是军人，一家人不说两家话！"我请二位回去代我向首长问好！感谢部队大力支持，我才完成了任务。回到沈阳，杂技团派车送我去沈阳机场，把录音带封存好，运回了北京，以备晚上《新闻联播》使用。

三、小城故事

巧遇黄婉秋

一九七八年是广西壮族自治区成立二十周年，中央电视台决定派出大队人马和广西壮族自治区政府共同拍摄一部能够反映这个多民族地区人民生活的专题片。广西壮族自治区各民族分布广泛，居住分散，各有不同的生活习惯。文化教育方面也是各有千秋，表达形式多样化且朴实大方，尤其是桂林的彩调，更是誉满全国！芦笙表演、南宁歌舞，缤纷多彩！少数民族的歌舞随唱随舞，壮族的赶街对歌更是精彩。

在桂林采访时遇到了大雨，我们很多天不能开机，只能窝在桂林甲山招待所里。甲山招待所是军阀李宗仁的行宫兼军事指挥部，临山靠水，雨季山水横溢，招待所院子里都有鱼。闲得无聊，我就约上自治区车队司机马进军去抓鱼。我问招待所炊事员要了几块纱布，用木棍拴起来当网用，在浅水边捞了

刘三姐的扮演者黄婉秋

左起何有才、黄婉秋、李美莲、作者和陈满新

不少小鱼虾，再花点钱让炊事员油炸了就酒！雨下了六七天，天不晴也拍不了。司机马进军特别会变着法儿找乐子，他叫上我和摄影师吴明训一起去抓蛇。他说蛇肉可以吃，蛇胆泡酒。南方天气潮湿，喝蛇胆酒祛湿。老摄影师屠国壁来精神了，我们几个顺河往山上走，不远处有一片灌木丛，小马说这里就有。我们折腾了半天，只看到了几条被洪水淹死的蛇。马进军拿条柳枝乱捅乱捣弄，果然抓住了三条，装进麻袋里。回到甲山招待所，小马先用木棍敲碎蛇头，再从布袋里掏出刀挖苦胆，还从小卖部买了两瓶酒泡上。我们让炊事员加工蛇肉，他说："今天有两桌客人。"

"什么客人？"马进军是车队里横不讲理的主，他们都熟悉！炊事员说："有人请刘三姐黄婉秋！"

屠国壁一听，叫我们回屋看看计划，计划里面有拍摄黄婉秋的安排！老屠和吴明训商量改计划，趁着天不晴把彩调剧团的舞蹈音乐和歌儿先录音后拍摄。晚宴后我们拿出介绍信，要求通过文化局的领导联系他们一起谈话。黄婉秋听说中央电视台记者采访她,毫无准备。我们向她说明了来历,原准备下旬拍彩调剧团,因天气原因而改变计划,我们和文化局很快达成协议。

彩调剧团派了一个姓于的女干部负责联络,我在剧场小乐队录了三天,一共两首歌。晴天后我们从杨堤下江,一路上拍摄歌儿片段,拍到阳朔整整用了一天!

之后连舞蹈带歌儿拍了十多天,我们和黄婉秋、舞蹈演员李美莲、陈满新、徐红等也都混熟了。闲暇时间我问了黄婉秋很多事情。黄婉秋在特殊时期曾被关进小黑屋,不知待了几天,更不知道外边什么情况,差点饿死。正发愁时,只听有人轻轻喊:"黄婉秋!"声音小得恐怕别人听见。"噢!没事!"黄婉秋无力地答应了。一会儿,从天窗上用绳子送下一盒饭菜,饭盒用猴皮筋捆着。她虽然不知道送饭的人是谁,但肚子饿得紧,急忙打开饭盒吃了。接下来几天也天天如此。又不知过了多少天,门被砸开了,黄婉秋被救了出来。后来才知道,天天给她送饭的是舞台上演"酸秀才"的何有才。我问:"小何现在干什么呢?"婉秋笑着回答:"他是我爱人。"

拍摄将近尾声,她邀请我去她家做客。我到了剧团宿舍,用一个小破铁梯子爬上二楼,黄婉秋和两个孩子都住在一间十八平方米的小屋里。我笑着问何有才:"原来全国知名的大演员也住得这样寒酸!"

以后我们几年书信未断,黄婉秋来北京开会、出差也都和爱人何有才来我家做客!

勤劳勇敢的苗族女人

广西壮族自治区是一个多民族的地区,三江侗族、融水苗族、罗城仫佬族、瑶族,还有环江的毛南族。为了拍摄进度,摄制组央视音乐编辑潘宝瑞,广西歌舞团的作曲家杨通八、李西微,央视国际部文字编辑王雅敏必须赶在广西壮族自治区成立二十周年纪念日前做出两部大型纪录片,向庆祝会献礼。

摄制组首先从柳州出发去融水苗族自治县、罗城仫佬族自治县采风。到了苗族自治县境内我们看到了一个耐人寻味的现象:稻田、庄稼地里干活的都是女人。我问杨通八:"男人们都干什么活呢?"通八说:"这种习惯是祖传的!"

到了融水县,作曲家们首先去找歌源。他们打听到一个"赶圩"的日子,这个"集上"

往往都是对歌的场面。趁着"赶圩"日子还没有到，我们抓紧时间去拍农村！我们没有向任何人打招呼，直接到农村，这样才能反映真实的少数民族农村面貌。

在农村小路上，我们碰到了一个三十来岁的女人——她肩上扛着一个弯弯曲曲犁地用的犁耙子，牵着一头老水牛，光着脚，背着一个用布兜着的小男孩。她好像从来没有穿过鞋袜一样，走起路来那么自然！

我们把她拦住后说明了来意，这个女人很大方，瞅见我们直笑。王雅敏问她："大姐！你笑什么呢？"

她说："哪有像你们这些人，大热天还是这般打扮，热不热？"

王雅敏说："大姐！你汉语说得不错。"

她说："我们都会两种语言，说我们当地话恐怕你们听不懂。"

小孩直闹，雅敏拿出自己带的糖果给孩子吃，又问她："你们家男人呢？为什么不出来干活儿，女人不是做家务吗？"面对一连串的问话，她有点不太理解似的，怔怔地看着王雅敏。

我又问："你男人呢？"她用手指了指苗寨，意思是在村里。

我接着问："我们打算去你们寨子上看看行吗？"

她说："行！"这一段对话，我们拍了个全过程，是很自然的一段同期。

到了寨子里，树荫下有男人躺在竹椅子上，悠哉悠哉地喝着茶。我们想采访他，那个汉子一看我们支机器，拿起茶壶一溜烟地跑回了屋子，逗得那位农妇哈哈大笑。她说："到我家吧！"她家竹楼下有一棵大玉兰树，荫凉儿好大，农妇的男人和两个邻居男人在聊天。

王雅敏说："我们是中央电视台的，想和你们聊聊。"这几个人倒也大方，不像那个见我们就跑的人。雅敏问他们："为什么你们不下地？"

他们说："我们比她们累！种庄稼倒不累，家里活儿干不完！扫地、喂牛、做饭、洗衣服、晒晒粮食，都是男人的活儿。"他们滔滔不绝地讲着，雅敏打断他们说："她去地里干活还背着孩子，你怎么还留在家里？"

他们几个都说："最小的带着去地里，你们看这几个没有上学的都是我们看管。"

我们达到了此行的目的，临走时王雅敏把带的糖果全都给了那些孩子。这就是人家祖辈传下来的习俗，和一般习俗不大相同：女人成了种庄稼的主力军，男人们在家干家务！

逛歌圩

作曲家们在融水县录到了一些资料，文化局的人介绍我们往南走，去一个叫澄江镇的地方，那里多居住着瑶族。每月农历十六是"赶圩"大集，我们翻开日历看看还有几天。

第三天是大圩日。我们到那里一看人太多了，在高处一望有几千米的大集，大部分是农产品、农具、民族服装、妇女们的头饰、各种腰刀、中药材、野生皮货，应有尽有。卖小吃的最多，我买了一块腌鱼，闻闻挺香，吃起来却是馊味，不好吃。

当地向导说下午就有对歌的，我们早早就到了对歌场所。在圩上大家各自胡乱吃点东西就等着拍对歌了。下午两点多就有三三两两穿着整洁民族服装的男女向这里集中。四点钟左右，一群一群集对唱，一群群姑娘答唱。原来他们在群体对唱时候挑选各自的心上人。我在他们身边录音，他们根本不在乎，还唱得很来劲！我问向导他们什么时候分开各自对唱，向导说一会儿慢慢就单独对唱了，一会儿一大群对唱变成一小波一小波的对唱，这时候天都黑了。不知道什么时候点起了很多火把，到处都有，慢慢地都分散了，我们在向导指引下找到了一对对歌的情侣，问他们："你们唱的歌词是什么意思？"男孩子说："我唱的是我家的情况，我多大年龄，家里有什么人，有多少幢竹楼！"

我们问："你再往下进行还唱些什么？"

他说："女方要问起以后生活怎么办，就是有希望了！再往下就不唱了，进行对话，并且约定明年哪天再见面！"

我们又问："定下来以后怎么办？"

男孩子说："定下了日期，在约会时间里男方、女方都不准再来对歌。要想再重新和别人对歌，除非双方约会后不同意这份亲事以后再唱。"

王雅敏又问："一般来说最多的对几次？"

男孩子说："对几次的都有，也有的对三番五次不成的，就要费上几年工夫了。男的女的老对不上的话，二十四五岁父母包办了。"

最后我们让他俩重新把他刚才对的再唱一遍，他们爽快地答应了。王雅敏问他俩："你们俩成功了吧！"

女孩子说："明年才能定下来。"

渐渐地人少了，火把也不多了。我们赶紧趁着有火把照明，收拾东西回招待所。收获最大的是那几个作曲家，民歌、俗调都录了不少。

靖西县的蚂蟥和白斩鸡

歌圩赶完了，摄制组要"精兵简政"，三位作曲家便回了南宁，接下来我们要在靖西县（今靖西市）拍一场南宁歌舞团的歌舞。靖西县的山水很有特色，山间溪流中间有个花草丛生的小岛。岛上生长着带刺的花丛，一堆堆，一簇簇，开着各种不同颜色的花朵。水里长着很多野白荷，清澈见底的小溪里鱼儿群群。

从南宁来了二十个男女舞蹈演员，这群孩子看到如此秀丽的风景高兴得直跳。在岛上拍摄都要蹚过没膝盖的溪流，水宽三十来米，孩子们也脱掉了长裤子蹚水，靖西县文化局派出四个穿着大长筒皮裤的男人护送演员过溪。

爱打爱闹的孩子们刚刚上岸，就有人大叫起来："蚂蟥！蚂蟥！"孩子们的腿上多的有五六只蚂蟥，少的也有三四只！女孩子们吓得直哭！

王雅敏叫男孩子们："赶快帮助她们往下拽！"那几个民工不让拽："用手自己拍打！"噼里啪啦，噼里啪啦，好一阵子才缓过神来。很多人腿上都有血迹，我拿出几袋工作用的创可贴让他们把伤口贴上。雅敏叫演员们穿好演出服，把眼泪擦干净了，修妆，折腾到十一点才拍上，孩子们把被蚂蟥咬的事情早已抛到九霄云外了，急着拍，直到三点多才拍摄完成。

我们还是和来时一样，用竹筏子把机器都运上了岸。这时候这些孩子们也要求用竹筏子接上岸，怕再挨蚂蟥咬。王雅敏几次过河也都没穿长裤，蚂蟥为什么没有咬她？她笑着说："我有点'凡士林'抹上了。"等到把演员们都接上岸快五点了。

大家一天没吃饭，我看菜不多，和炊事员商量加两个菜。一共五桌，可以加个炸粉条或油豆腐，再加个白斩鸡。加个鸡什么时候能做熟呀？师傅说比粉条还快。果然，二十分钟白斩鸡就端上了桌子，演员高兴坏了！我们桌子上两个盘子，翻开鸡腿一看盘子底全是鲜鸡血。我问炊事员："这能吃吗？"炊事员给我"打诨"："你把那个'能吃吗'的'吗'字去掉，能吃！"我说："够呛，我们吃不了。谁桌子上要白斩鸡，端走！"呼啦来了两个男孩子端走了。

另一个演员起身来到我身边说："再给我加一瓶白酒吧！"

"一桌一瓶哪里够喝呀？"我让他们看看别的桌子有女孩子喝不了的拿去喝，没有想到那几桌都举起了空瓶子。我让他们去叫管理员，顺便再要几瓶白酒，大家一阵欢呼！我说今天不能喝醉了，明天还要拍节目。管理员来了，我顺便问："这种做法是故意不让我吃是不是？"管理员大声地问大家："白斩鸡好吃吗？"演员们也随着喊道："好吃！"我说："这是什么'民俗风情'，我看是'吃俗风情'！哈哈哈！"

四、访日

访日打前站

一九七八年十月,中日两国人民之间有了频繁互访的势头,官方和民间互动已经形成常态,我们跟随领导访问日本。

我们提前十天去打前站,由新闻单位和外交部工作人员乘坐专机经上海飞往东京,下午两点到达羽田机场。日本各接待单位都把汽车开到停机坪上,警视厅车辆在专机周围围了一个半圆,警察全副武装!东京大街上凡是车队经过的路口,两边都有警视厅车辆,警察当面拦截车辆和群众。

到了杨贵妃酒楼更加森严,警察在我们房间的楼梯口有值班室。只要我们一出入,马上从另外一个值班室出来四个警察,前边两个,后边两个。

我住的这一大套房子旁边有一个昼夜值班人员,她既是服务生,又是报告员。我去隔壁曾文济房间,也有警察站在门口,等我回房间后他才离开。

第二天开始正常采访。我们计划八点整出发,几个警察早已等待着,我们几个跟着下楼,上楼下楼开、关电梯都是由警察操作。上汽车时,他们好像知道你乘坐哪辆车,早已打开车门向你招手。我们头天拍摄超市,一路上警车闪着警灯开路,到拍摄点警察已经面向外站。到了现场,我还奇怪摄影机怎么拍警察都不会"穿帮"。摄影师李绍武说他们早准备好了,他们留的摄影角度就这几个,当然他们心中有数。

一连几天都是一个程序,我只是记录点全景声音,没有具体内容。到了松下公司我们拍摄了大全景,松下工作人员介绍了本公司的生产情况和特点,同期录制了三段解说。公司向导带领大家来到了声响试听间,大概有一千二百平方米。向导要求我们站在中间十米见方的几块地板上,打开松下十六组喇叭,播放了一曲协奏曲《梁祝》。小提琴拉得婉转动听,小提琴和大提琴交响时,你好像能听出它们在说什么,出神入化!《英台抗婚》那场大的三管乐队托着小提琴和大提琴的对话,惟妙惟肖!这就是高档音响匹配的效应!我通过中方翻译苏克斌问日方领队:"小提琴独奏是否由中国小提琴演奏家盛中国演奏?"他点了一下头后又使劲摆手!我问苏克斌这是什么意思,翻译也不知是否。一会儿松下来了一个青年人,笑容可掬地要求和我对话,我急忙叫来翻译,他说:"这位先生请你听听这两段的配器,你就知道是谁演奏的了!"

我立刻知道这家伙没安好心,于是我反驳道:"我听着像我们盛中国,但是我听我们盛

中央电视台记者组抵达日本

东京街头采访（左起播音员吕大渝、摄影师马清华和作者）

中国的十分入耳!"那个家伙听出了曲中曲,和我又握手又伸大拇指。我问苏克斌:"你怎么翻译的?"苏笑笑说:"我翻译得比你还尖刻。"

异国遇同胞

我们在日本君津钢铁厂拍摄大部镜头,从炉旁、轧钢、检测,以及运输多方面反映真实的君津冶炼厂。在炉旁边的工人讲述了技术指标、质量保证、程控化的规模,讲得头头是道。

我当时看到这个工人文质彬彬,嘴皮子这样利落倒也不像个炉前工。我台记者金德贤又问了几个数据后,他答复得很有逻辑。

"你是炉前工?"老金问。

他答道:"我是科员!"我们又同期录制了轧钢工段的负责人,工人们还通过翻译介绍了一些情况。午餐前工人们都该下班了,我们刚出厂房,对面有三十多个工人穿着工作服,拿着几面小国旗向我们这里快速跑来,边跑边喊:"记者同志等一等!"警察要上前制止,

左起音乐编辑曾文济、作者和编辑王云

我们的领导李华上前和警察带队交涉。原来咱们的工人趁我们拍摄时早和李华见过面，想和祖国同胞聊两句，李华当然同意帮忙，他们和我见面后好热情，问这问那！

我问小伙子："在日本多长日子了？"

他们答："都快一年了！"

我们问："你们想家吗？"

"好想！好想！但是一干工作就累得够呛，晚上也就不想了！"他们七嘴八舌："我们听说领导就要访日，不知道日期。我们在院里看到了插着祖国国旗的汽车感到非常亲切。我们只怕你们走了，看不见你们！"

我问他们是哪个单位的，他们说大多数是"二冶"的！我问："你们有内蒙古钢铁厂的吗？"

有个小伙子说："我是'包钢'的！"

我一听高兴地问："'包钢'有我一个战友叫何明堂，他和我一块脱下军装转业了！"

那个小伙子说不认识，我很失望。他又说帮我打听打听。

我说："好！谢谢你！我叫冯景山！"小伙子们在异国他乡见到同胞的那种亲切真实得感人。

受罪的午宴

接下来安排的是农业方面的采访，由中央电视台记者和NHK（日本广播协会）记者联合采访了东京一个最大的农业基地——一个地主庄园。庄园有五千平方米的大片可耕田，自家住有五栋别墅式的宅院，几十个圆圆的铁皮粮仓，一间四百多平方米的待客厅，也是一家十几口的饭厅和厨房。客厅走廊里陈列着古代马鞍、甲胄、刀、枪、剑、戟，古铜色的战将雕像林立两旁。从田间引进的小溪潺潺流动，绿竹花丛错落有致，蛮有情趣。

一女解说员用流利的汉语向我们介绍这些陈列品的来历。李绍武示意我开机，录制了几段精彩的讲解。这个庄园主是个瘦小的老头儿，精神焕发，说起话强悍有力，讲到深情处就打着手势站起来。这个老人家是个中国通，已无数次访问过中国，在中国南方学习过水田种植，也参观过北方的水稻种植方法，和中国人民有着深厚的感情！与其说是老头儿滔滔不绝地演说，倒不如说是在惟妙惟肖地演戏，李绍武拍摄了一点儿就示意我停机。

我们十几个人再加上日本 NHK 电视台记者共二十多人走进餐厅，从里间屋子里走出二十来个穿着和服的小姑娘，从她们的头饰来看好像是歌伎。每人各自搀扶着客人步入餐厅就座，她们好像知道我们的姓名一样直接把我送到有我名片的位置上，跪在我身边给我倒酒。她先用嘴贴一下酒杯，再把左手伸展开，五指并拢，手心朝上，右手用两指夹住高脚杯送到我嘴边，我双手接过酒杯一饮而尽。而后她用小餐盘给我一样一样地夹菜，当你把餐盘里的菜吃完，又早已换上了另一个餐盘。旁边的女招待趁着布菜时把我换下来的小盘拿走了。他们的餐桌很矮，我们双膝跪下，屁股坐在腿上着实疼痛，腿酸麻得好像不是我自己的了！十几分钟以后，我就实在坚持不住了，只好来回扭动身躯，调整姿势。那侍女问："先生您怎么样了？"我用手指指腿，她明白了，和一个女服务生说了几句什么后，那个女孩子抱来了一个绣墩让我坐下，我才舒服多了。四十五分钟的午餐把我折腾坏了，饭后我慢慢站起身来，背好机器，让血脉流通以后才走动。那个女孩子殷勤地送我出了餐厅，握手告别。上车后大家都笑我出洋相，我说："奶奶的！你们屁股底下早都有垫子！"大家笑得前仰后合。

采访二三事

在日本期间我们还采访了日本东京的大学、工矿企业、各民间友好团体，也参观了一些名胜古迹。我们几乎都是白天拍摄，晚上有些进步、友好团体邀请中方工作人员参加晚宴、晚会、舞会，每天我们各自的房间里都会有几十封请柬，经过请示外交部礼宾司，才答应他们每天安排出席的各种民间组织的邀请活动。一般来说我们都是两个人一组，下楼后有警车接送。

白天在大街上抓紧时间拍摄街头外景，我们的播音员吕大渝出现在东京街头时引起了不小的轰动。吕大渝穿着一身合体的白色套装站在街头解说，日本人民也希望和吕大渝合影留念，警察坚决制止靠近，人们就用相机胡乱拍摄，出现了这样的美女使得他们感到新鲜。只要遇到我们拍摄，许多东京人都会围着驻足观看。日本别家的新闻媒体也是每天跟着我们中国记者的采访活动，每晚都播出我们的消息。

奇怪的是有一天摄制组被安排喝午茶，央视记者领导宣布今天下午不采访就参加此次活动。这个茶话会非常隆重，是一个民间团体组织的，几十套茶具井然有序地摆放，众多穿和服的舞伎、歌伎云集，好不热闹！我吸取那天午宴尴尬的教训，到我的名片处先跟服务生要

在东京羽田空港（左起中央电视台记者总领队李华、翻译苏克斌和作者）

摄影师马清华、作者、播音员吕大渝和翻译武男义雄

了一个大方蒲团，美美地坐下吃茶。这种高档茶话会有多种精品糕点，因为中午没有人管饭，先弄几块点心垫底再去喝茶。两个服务生为一个人温茶，小小的茶碗用竹签夹着，很准确地送到嘴边，吕大渝的茶座边总有一些知名人士光顾拍照。

  机场里没有那么多记者，只有日本 NHK 电视台记者和中国中央电视台新闻媒体可以靠近，其他不准近距离采访。日本国家车队行驶在东京的大街上，比我们来时更加戒备森严。我想：坏了，到举行欢迎仪式时如果这样乱可就糟糕了，果不其然还是如此这般。仪仗队的指挥口令因为离得远，噪声太大，曾文济在 NHK 转播室向国内发回的声音肯定不能用，仪式完毕后我把日本仪仗队指挥留下来，找个安静的地方补录了一遍，待我满意了才示意仪仗指挥可以散了。

  晚上国宴前我们从杨贵妃酒楼搬到了东京新大谷饭店，离首长下榻处不远。回到新大谷饭店房间里，发现我的电源插座盒子落在了杨贵妃酒楼四十二楼高层。警视厅一看我一个人去找东西，索性用警车带我去拿，等我到了楼下，他们已经拿着我的东西在等我。

  会务组规定只允许中国中央电视台和日本 NHK 电视台在会场后几排直播。前一天晚上 NHK 和央视记者共同商定了直播方案，NHK 负责装备全套直播设备：从 NHK 插转声音、画面、解说，然后送给中国中央电视台直播。只有我一个人负责管理领导人面前的主话筒和女翻译小段的话筒，并且具体负责前两排的记者提问话筒，后面几排的记者提问由 NHK 方面负责递送。

  这天早上九点，招待会准时开始。八十多家媒体记者到场参加采访。我先和 NHK 电视台直播的曾文济试通了电路，又从现场直播导演那里接通了国内的反馈讯号，这才开始装我的设备。

五、国庆大阅兵

大阅兵

  国家领导人要在国庆节阅兵！这次阅兵仪式办得非常隆重，是为了展示当时中国的军事力量、先进的武器装备和现代化的军事训练成果，着重展示中国军人的精神面貌。为此，部队将组织各兵种精英聚集在天安门。中宣部三令五申要求电视台务必完成好这项重大的直播任务，电视台总编室召集各部门负责人开会制定工作方案。录音科曾文济、杨美莲、我，还有吴复久、张建民，播音员刘佳共同参加协调会。总编辑负责人王传玉要求大家为此做好充分准备，有问题现在提出来好想办法解决。摄影王喜茂提出需要摄影防震架，总编室说我们台目前不具备这种设备。

我是西华表总调，接着录制金水桥以西的两次问答。烟火晚会时我还负责直播三组人民代表委员的对话，这也是央视记者采访时首次通过卫星定位向新疆人民直播烟火晚会的实况。张建民负责在广场直播军乐队实况，这四组讯号将通过现场转播车直接送达十层曾文济总调。科里明确责任到人，对各组都提出了要求。

最后我对宋培福说："我的任务最重、最多，还是整整一天。"

老宋急忙打断我的话："你必须在你的'老根据地'。"

我说："我知道，但你必须给我派四个助理帮我工作。"

老宋一听就乐了："你要几个都行！你挑人吧！"

我说："左金财、杨小平、姚文、汪越。"科里满口答应了。

广播电台大楼上十层的"微波"共有五路讯号线路供给：一路来自天安门城楼；二路是张建民的军乐队；三路是邓小平检阅车上的无线话筒，直接对十楼；四路是东华表吴复久；五路来自我所在的西华表。我准备了四路话筒，每人一支。两个人一组，一个主话筒，一个备用话筒，现场采访时都要在开机状态，这样话筒本身就能增加一倍的音量。我的想法是宁愿声音的质量不好，也要保证不断播。

十月一日九点阅兵式正式开始。军人的喊声军威震天，在宽阔的广场上空弥漫着自带混响的回声。接见完毕，国家领导人登上天安门城楼，解放军总指挥部随即宣布："开始检阅！"这时候广场上响起了振奋人心的军队进行曲。迎面走来的先是解放军方阵，威武的气魄、铿锵有力的步伐、整齐划一的口号声混合着，彼此起伏。女兵方阵通过天安门广场时，广场乐队正演奏着解放军进行曲。广场、观礼台、天安门城楼上响起了雷鸣般的掌声，女战士们的飒爽英姿震撼了所有人。长长的军车拉着我国当时最先进的武器整齐地通过天安门广场，人民沸腾了！欢呼声把我的耳朵震得都麻了，我极力控制着调音台，使之输送出的讯号不致失真。

台长的嘱咐

　　天安门广场上人山人海，手持鲜花的"标语方阵"不断变换着各种标语图案。整齐的步伐落地有声，那力度似要一脚把过街石砸出个大坑。观礼台上的掌声、欢呼声和我话筒前的步伐很不好叠加，我让杨小平把话筒尽量降低，靠近方阵。四支话筒同时采录脚步，如此便形成了大场面的、震撼人心的步伐声音，与观礼台上欢呼雀跃的声音自然平衡了。

　　阅兵仪式刚刚完毕，台长王枫、总编室主任王传玉就来到了我的工作现场。

　　王枫说："今天咱们直播出了大问题。"

　　我紧张地问："是我这路送出的讯号不好？"

　　"不是，"他接着说，"天安门城楼上杨美莲的现场直播没有调出刘佳的解说，首长出来后，刘佳光张嘴没有台词。刚才中宣部已经对我台提出严厉批评，今天晚上你这里是直接送定位卫星发射讯号的，务必要保证万无一失！"

　　我向台长保证不出问题，他俩放心地走了。吃完自带的午餐后我们移动机位，到西观礼台东侧按照事先划定好的被采访方位组装设备。我们五个人研究了录音方案和应急预案，为了降低采访时广场上的礼炮炸点声音，四路话筒一律面向北，躲开炸点响度。傍晚，晚会广场上的节目应时登场，东华表吴复久高举话筒杆直播礼花动效，我这里送出的讯号也十分顺利。

六、即将远去的背影

葡萄沟里的葡萄熟了

　　第四届全国农民运动会即将步入尾声，北京广播学院的教授兼总编辑矫广礼想要拍摄一组在运动会现场的解说镜头。他主要想让画面上出现科学家夫人陈晓丽，这位夫人是我们摄制组的翻译兼文字编辑，二十天来我们的关系处得很好，一些重要方案都是在集思广益后定下拍摄目标再进行。

　　矫广礼提出让陈晓丽直接上镜的思路在纪录片不多见，我建议选择北京老山的摩托车比赛为拍摄背景，因为那场比赛竞争激烈，有一定的危险性，在争夺战中很容易出现失误！矫广礼说:"方案和文字稿都要提前做好准备。"所有准备工作就绪后,我们来到老山踩点。矫广礼选中了第一组拍摄点,在烂泥坑和水洼的连接处解说第一段台词,在陡坡处拍摄第二组。这样陈晓丽面对画面、背靠现场就要格外小心。野外摄影不用照明灯,矫广礼让我台照明李小兵保护陈晓丽的安全。那天我们把设备摆放好了位置,大队摩托车一过,噪声太大,根本听不见解说。没有办法,我就把 MK816 超指向话筒换成 KM760 话筒,要求镜头推进,只要能带上摩托车背景就行,用这个方法拍摄录音还算顺利。

到了水洼、泥浆处还是使用如此方法,摄影师要求陈晓丽尽量靠近现场。矫广礼把什么都想到了,就没有想到水浆会溅到人。所有环节都安排好了后,李小兵就蹲在陈晓丽旁边,做好了充分的准备后开拍。等到车队过来一加油增大了冲力,污水和泥浆溅起了三米多高,直接泼向陈晓丽。再看晓丽、小兵,满脸、满身往下流泥浆,陈晓丽的两句解说还没说完就弄成了这个样子,我的录音机也糊上了一块泥巴,耳机和脸上都是水汤子,唯有摄影机没有受到损害。矫广礼让我们先回宾馆,整理好后一检查,发现我们录音的第一段同期磁带被水淹了,矫广礼准备明天重新拍摄。

第二天我们吸取教训,顺利拍摄完成重补的那组后我们在昨天的拍摄点搭建一个高架子,从上方俯拍比赛实况画面。解说员离开原位置两米多,这样既有画面背景又有解说员近景、全景、小全景。

一九七九年第四届全运会结束后,国家体委成立了以来自中国台湾的巴西籍公民为主的观光团去新疆旅游,我们随团采访。当天晚上宴会厅里来了各界人士,陈晓丽刚进餐厅,就赶紧往外跑。

我以为出了什么事,紧跟着出来了,只见她不断地恶心呕吐。我问她怎么了,她说一股羊膻味直顶脑门。矫广礼出来告诉她:"你再进去保证你就出不来了。"李小兵从里面拿来了一大串烤羊肉说:"晓丽,你吃了就好了。"她将信将疑地接过来就啃。矫广礼问:"还想吃吗?""还想吃!"晓丽说着便走进餐厅,其实刚一进大厅谁都一个样。

天山天池和长白山天池不大一样,长白山天池要想下到水边,没四个小时下不到底。在天山天池汽车就能直接开到水边,平坦的堤岸绿草如茵,岸边早已摆放好了烤羊排、烤串、大馕饼、羊汤等美食,应有尽有,代表团的午饭就是这个了。我们拍摄了一些大家就餐过程,几十个人的大团野餐实况。陈晓丽吃得满嘴是油,也不恶心了。

在乌鲁木齐参观了三天后,我们要去吐鲁番葡萄沟赏月过中秋节,六百千米的鹅卵石路把车上的人们晃得直吐。司机天黑前一定要赶到吐鲁番,不然的话会有危险。路过火焰山时人们也没有精神观景了。汽车从早上六点跑到下午四点才到吐鲁番,中间只加油耽误了一会儿,各自带的干粮谁也没有吃。十几辆汽车的司机可来神儿了,边吃边开车,和平时一样无所谓,他们跑惯了。大家入住了吐鲁番国际宾馆宽敞的大房间,床上、地下都是厚厚的毛毯,茶几上有各种水果,葡萄酒、点心摆放得很整齐。从外边看,这座国际宾馆就是土屋,全部是"干打垒"的土墙,用土夯得厚厚的墙壁,住得倒也温馨。晚饭几乎没有几个人吃,只有我们几个不晕车的凑在一起喝酒,配着手抓羊肉。

葡萄沟绵延十几千米长,串串葡萄散发着扑鼻的清香。矫广礼拍摄得兴起,一组又一组。气氛很快活跃了起来,大家在葡萄沟自发地跳起了舞!新疆维吾尔族姑娘翩翩起舞,身轻如燕。那些观光团的人也和着手鼓的节奏跳了起来,旁边摆放了好多筐各种葡萄。人们喜不自胜,玩到下午三点,一行人才恋恋不舍地回到宾馆。

晚上赏月晚会,水果点心摆满几桌子,新疆的小伙伴们用生硬的汉语说起了相声,还表演了杂技,宽敞的场院立刻变得五彩缤纷,巴西籍姑娘们也唱起了歌:"高山青,涧水蓝,

作者在新疆的清真寺

阿里山的姑娘美如水呀，阿里山的少年壮如山……"这首中国台湾民歌激起了来自台湾的观光者们的思乡之情，一时间现场气氛越来越热烈。新疆小伙子的手鼓队很有节奏地在场地上跳跃着，一群小姑娘翩翩起舞，旋转身躯，头上梳起几支小蝴蝶发结，边舞蹈边弹着冬不拉，歌声充满了这个大院。人们唱呀、跳呀、喝呀，一锅锅新鲜羊肉用大盘托出来，玩儿到凌晨两点多还意犹未尽。矫广礼今天拍摄得高兴，举起酒杯一饮而尽，而后扯着破锣嗓子："马儿啦，你慢些走，我要把这美丽风光看个够……"

远远淡去的录音记者身影

随着社会的发展，采访设备的飞速更新，录音记者的身影渐渐远去了，但是他们并未消失，而是将肩膀上的录音机换成了录像机。"一根绳子拴两只蚂蚱"，一头儿是摄影机，一头是录像机。他们把长线用高杆挑起话筒直接插入录像机输入端，耳机还是戴在头上。过去多少年的传统采访方法是：摄影机是体积较小的"保莱克斯"；手摇把儿上弦，一把弦拍摄二十秒钟；录音机是"艾格拉"三型，采访时"各自为政"。中央电视台进口了全套设备以后，我和王光龙随菲律宾总统马科斯和夫人访华时，在南京国宴上的讲话和祝酒词就是第一次用这套新设备录制的。这样摄、录又可以分体工作了。又过了好多年有了"录像机机头"，有了录音功能，就抛弃了笨重的摄影机尾。摄像机镜头前有了话筒，录音记者这个行当彻底消失了。

作者在做录音工作

第五章 影视风云路

一、拍摄《长流不息》——琉球之风在中国

中方导演坚持同期录音

由中日合拍的二十集电视剧《长流不息》在北京建组，制片人是廉振华。廉振华是中国电视剧制作中心生产处的专职制片人，后调入中国电视总公司。我们俩从中日合拍的这部剧认识后一直合作了二十多年，从没间断。我承担廉振华录音的片子有《长流不息》《琉球之风》《西藏风云》《红领章》《我们的连队》《女子戏班》《关东金王》《军歌嘹亮》《走西口》《希望的田野》《地火》《小康农家》《沸腾的群山》，等等。

几十年来我们互相尊重，互相信任，一般在剪辑完成后廉振华把片子交到我手里，我就一把抓到底，从租赁机房、选择配音演员到拟音合成、后期经济核算，他都放手让我去做，这样一来我反而处处为节省开支精打细算。我在临退出这个"舞台"时给老廉发了一段短信说："老廉！咱俩合作几十年，你连我一杯茶都没喝过！像咱们这样干干净净地做人、做事，在良心上得到了极大的安慰。"老廉回的短信内容很简单，说："咱俩人合得来，业务合得来！多少年在一起，足矣！"老廉用质朴的几句话总结了我们的半生。

记得有一天廉振华给我家打电话，希望我能参加《长流不息》这部剧的录音工作，任务是前期拍摄时给日本 NHK 电视台的录音师小林建一举杆（收录声音），并担任业务沟通，后期录制中文版播出带。

廉振华给我介绍了中央人民广播电台日语组的翻译王民，还有一个福建宣传部负责录音的联系人张英女士。她长得非常漂亮，和日本人的联络也很顺利。拍摄中我对日方提出的要求，经王民一翻译就有些"变味"了，变得是那样的不可侵犯，又由于小张的办事能力强，录音组的流程一切畅通。几天的工作接触下来，日本录音师小林建一慢慢地离不开我了，不管什么事就喊："冯桑（日语中"先生""同志"等尊称的发音近似"桑"）！这个问题怎么解决？"翻译王民就一句话："冯能解决的，明白？"小林总是频频点头："明白！刚明白的。"

我们在北京郊区的一个村子拍摄一个大全景的遥移镜头时，两分多钟的大镜头里，只有一个演员在全景里的一句"抓住他！"日方导演不让装无线话筒，怕穿帮，回头还得再补录，

前排左起制片主任廉振华、郑旭和导演杨阳

《长流不息》主演周海媚、周里京

中方导演袁牧女却坚持同期拍摄。事虽简单，联系却困难。我提议搭一个高平台，用MK816超指向话筒指向录同期。双方导演同意后，剧务主任王旭平立即着手联系剧组木工完成一个高约四米的台子。王旭平跑前跑后，用车用料都需要协调。平台搭好后我爬上去，双手举起长杆话筒，对准话区。日本现场总指挥大声吆喝："开始！"画区西北角跑出十几个日本浪人，腰挎长刀，到了话筒区域就大喊大叫："抓住他！"喊叫声惊动了村里的狗，几条狗狂吠起来！

镜头完成后，日方导演从工作车里探出头来，冲着中方导演袁牧女稀里哗啦一通喊，并伸出大拇指，看样子很满意。这一简单的事情表明了日本的现场组织原则：除了现场总指挥，不许任何人越级提要求。如果此次不是中方导演提议，卢沟桥拍摄七七事变这场同期录音不可能拍成。

卢沟桥实景拍摄七七事变

剧组在卢沟桥实景拍摄七七事变的场景时，美工师们已经提前几天在这里加工场景了。日本人把桥上的布景草图按照他们的资料施工，桥上要安装许多的炸点和弹着点。草图出来后，文物保护单位坚决反对在桥上布置炸点。一旦破坏了桥上的文物，谁也负不起责任。中日双方在文物局的监督下，拿出并实验了几个方案，都不理想，不是炸点不够力度，就是恐怕炸药多了伤害到文物。最后经过协商，我们尽量减少桥上炸点，为了制造气氛效果可以多装枪弹点，枪弹爆点要小得多。最后双方决定：声画表演区向东移到"卢沟晓月"的碑前几米位置，再把景深往西放，这样美工设计师们就可以在炸点的安排上做手脚了。他们把所有炸点底下都用薄薄的铁板刷上和大桥一样的颜色，然后放上炸药包，把引火装置藏匿好。我们的录音位置在草图上也标示得很清楚，我的话筒杆位标在"卢沟晓月"的石碑西侧，四台摄像机镜头向西同向拍摄。调音台将一条音频电缆直接送上总导演的车。一切就绪开始实拍：四十多个日本兵边打枪边向东冲，两军交汇点设在石碑下，离我的位置只有三米，是一个最佳的声音收录点！大全景拍摄完毕，接下来要拍"肉搏"的中近景。这场近战反复拍了三个多小时，我的位置丝毫不动。拍摄完成后，日方录音师小林建一叫来翻译王民说："很好！很成功！"并做了一个"拼刺刀"的动作，而后冲着我们大笑。我告诉王民："我说你翻译。"王民说："好。"我也从旁边捡起来一支道具枪，对着小林大喊："看枪！"他吓了一跳："冯桑，你这是？"我和王民哈哈大笑，说："林桑，如果你我都早出生二十年，咱俩也在这里'刺

卢沟桥拍摄现场，作者和日方助理们

刀的干活'！"王民添油加醋地翻译给他听。这个日本人一把抱起我来抡了两圈。"哈哈哈！冯桑，中午，酒的，明白？我的，请客！"这句半通不通的中国话也不用翻译了！仨人拉着手大笑一场。

《长流不息》剧组在山东大鱼岛村

荣成的大鱼岛村位于山东东南端，三面环海，一面靠山，靠近海边的地方七零八落地摆放着许多被渔民抛弃的渔船。剧组将在这里拍摄一场枪战场面。双方导演商定：大全景只录气氛动效，等待水中木筏被冲上沙滩时再拍中近景。总指挥下达命令后，十几条海盗木筏从全景冲向沙滩。录音师小林建一用手招呼我靠近画区，我举着话筒大胆地靠近。完成拍摄后小林叫我到录像车上看回放，全景镜头里我整个人都在画面里，而中近景的两部摄像机已经巧妙地避开了我，总导演命令剪辑师让我回看剪辑好的大全景，在我站的位置上竟没有我的身影！

导演笑嘻嘻地让王民翻译给我说:"剪辑的同时就把你穿帮的身影用高科技抹掉了。"我忽然想起在拍摄皇宫时,有一场上百人的文武百官送行场面,为了记录前面两个人的对话。我离声、画区域只有三米!我和摄影师平行往后退着拍摄,平移的大全景摄影、录音、灯光都在同一线上,回放时我们这群工作人员也都已被抹去。我当时就问小林,小林说有机会向你解释。所以,我今天抓住个机会,请示总指挥批准让我看剪辑的过程。日本人的工作程序很严格,在现场只要有人提出要求、建议,都会被记录在案。

周里京耍大牌,我变成了"日本兵"

我们在渔村拍摄周里京脱险的一场戏,当时刚刚下过雨,石沙路面上积了很多水洼。按计划,他将从远处开着吉普车进入中景画面,此时摄、录、灯都已在画区准备就绪。开始时他还没有到达指定区域就下车了,他的对话演员紧赶了几步才走到周里京对面,我还没来得及到位,他们的对话已经开始,因此前面的几句台词都没录好,摄影师也对导演说镜头不理想,通过双方导演沟通,请示总指挥重新拍摄此段。周里京问总指挥:"谁的责任?"对方说:"你表演时没有到达规定的演区。"周里京一下火冒三丈,踹倒了一旁的临时化妆台,脱掉衣服要罢演!总指挥叫来双方协调人后,请他到车上先去喝茶。经过半小时的协调,周里京

周里京和作者

同意只再拍摄一次,指挥要求他这次一定要到位。这次开拍他的车速过快,前面一洼脏水全泼在我身上,我咬着牙,闭着眼睛举完了这场杆。指挥刚一喊停,小林建一不顾一切地冲到我面前安慰我,并用矿泉水给我冲洗眼睛,此时的我浑身往下淌脏水。

这时候周里京见我弄成这个样,也过来说:"冯兄,对不起!"我的衣服都湿透了,日方服装师给我拿出来一套干净的日本军人服装,我穿着倒是很合身,这身服装我一直替换着穿到剧组"杀青"。

累倒在风雨里

《长流不息》剧组在丹东选择了一个古老的小院,集中拍摄二十场雨景戏。七点到达拍摄现场后,日方总指挥破天荒地要开个动员大会,通过翻译说:"我们今天二十场雨景戏要用二十四小时完成,因为明天拆景,对今天的伙食有什么要求,希望你们提出书面申请,我们照办。"大家都要求深夜买点巧克力补充体力。这里场景不大,剧组只好重叠用景,也就是说"借角度"。从机位图上看,我只有三个杆位,动态范围不大,调音台可以设置在屋子里,同时四个机位拍摄,只有我需要来回调位。五台大型喷水车高低分工明确,全覆盖在小院上面。那天阴天,可能也是天助我们成功,拍摄到下午四点多钟下起了大雨。天公神助,剧组立刻把洒水车停下来,用实景拍摄!我的杆位虽说有个遮阳伞,但是雨水顺着话筒长杆一点都不浪费地斜着灌到我的全身。裤子湿了,脚在鞋子里踩着水,我咬牙坚持着!王旭平给我送了两次巧克力,还是冻得不行。我说:"旭平!你给我买瓶小二锅头喝。"旭平点点头,叫上翻译王民就走了。一会儿王民拿来了两个矿泉水瓶子,里面却装满了二锅头。我抽空儿就来一口,挺好!在拍摄空隙,小林建一要和我换一会儿,让我调会儿音,被总指挥骂了一顿。我通过翻译才知道,总指挥说人家中方没有挣录音师的工资。小林来到杆位向我表示对不起。我说:"没事,我顶得住!"小林也骂了一句指挥,王民不给我翻译。小林无意识地拿起矿泉水瓶子就喝,一口酒呛得他大声咳嗽。他指着我的鼻子大叫:"冯桑,你……"王民翻译说:"你真坏!""小林,你不是会喝酒吗?"王民翻译后,他拽着王民的耳朵不依不饶地要他也喝。

凌晨三点多钟,雨越下越大,日方导演高兴得大叫。我实在是坚持不住了,平身倒在水里。我一点儿知觉都没有,只听到人们乱喊乱叫,也听到王旭平在发火。他们赶紧把我抬进服装室,给我裹上了一个日军大衣,一会儿我就觉得暖和多了。我睡了一会儿,王旭平给了我多半块

《长流不息》拍摄现场，马羚和作者

巧克力，是从导演袁牧女处要来的。我精神恢复得很快，出去看到小林建一，他脖子上挂着调音台，双手举着话筒，雨水顺着他的雨衣往下流，他抖动着双手，也快支撑不住了！我急忙抢过大话筒杆，慢慢地把线顺好，送他去里面调音。王民说，他已三个小时没有换过姿势了！我小声责怪翻译为什么不早叫醒我！王民说："小林不让叫！说你举的时间太长了。"

  早晨七点，拍摄完成，我们吃过早饭刚要休息，日方总指挥便和小林建一到我房间来，此时我和王民还没睡，他们说了好多客气话，临走时告诉我，下次拍摄《琉球之风》希望还能合作。还真没想到，我刚把《长流不息》做好了中文版，《琉球之风》剧组已到北京！日方点名要求我参加剧组，制片人廉振华在电话里告诉我，《琉球之风》由我做录音总协调，并且待遇将会提高！

上海大街上的九分钟

我们要在上海的浦东新区利用东昌路拍摄几场学生大游行的场面。为此这里要执行交通管制两小时，任何车辆在此期间都要绕行，另截断浦东南路的南北交通，由陆家嘴公安局承担全部警戒任务，他们清理现场时特别费劲。

在拍摄现场，几十个游行队伍中的工人、行人和日本兵都准备齐全，中方演员及工作人员也已提前到位，计划上午九点开机正式拍摄。按照机位图，我们装置好机器就等准时开机，可是过了五分钟，总指挥还没有下达开机的讯号，大家感觉奇怪，我也把大长话筒杆放下来，不知所措地看着指挥台。这时中方剧务主任王旭平拿着秒表来找导演袁牧女，一看时间已过，马上到指挥台边提出异议，并拿出"卡表"向日方指挥举起手来示意。再看这位平时耀武扬威的总指挥，对着我方导演又鞠躬又作揖，满脸堆笑。平时拍摄时因为我们偶尔的误场没少受日方的气，中方制片人廉振华、李清水也没少提醒大家注意时间。这次被王旭平抓住了"理把子"，不依不饶地提出交涉。九分钟后，日方演员才到现场！这时候总指挥才重新组织拍摄，并且问日方演员因为什么误场。演员说化妆师耽误了点时间。王民翻译给我后说："一会儿定有好戏看！"游行大全景拍摄了两遍，洒水车里也没有多少水了。因为实拍时水喷得过猛，所有演员的服装都湿了。拍摄中、近景时演员的衣服都沾在身上，紧紧巴巴的不好看。袁牧女建议近景演员换上一身同样的衣服，因为日方的备用服装不够，因此只换了少数演员，在身上洒了一点水，凑合着往下拍！几个拉洋车的演员没有服装换，服装师胡乱给他们换上了几件相近的服装，双方导演都不满意。总指挥把服装师叫到跟前，二话没说上去就是一个大嘴巴！一会儿也把化妆师叫来，王民告诉我："快看！有戏了！"化妆师知道服装师挨了打，小心翼翼地挪到总指挥面前。只听"啪"的一声，一记耳光狠狠地落在化妆师脸上，他站着纹丝不动！他肯定知道这个"三宾的给"（意为抽大嘴巴）早晚是跑不了的。而后总指挥发了一顿火，叽里呱啦地说了一堆。王民告诉我："他说为什么不备另外的服装，以致今天连连出错！"在场只有王旭平兴高采烈，因为之前他受的气最多！

《长流不息》拍摄现场，作者和工作人员合影

拍摄《琉球之风》时作者和剧组的日语翻译

《琉球之风》剧照

六声轨同时并进的同期录音

剧组在涿州拍摄基地要拍一场特大场面的多声道同期录音。在协调会议上，日方录音师长仓一郎提出：以摄像机为单位各自分片拍摄，完成拍摄后再各自声、画对位，然后进行六路声轨大合成，这样也能完成总的录音合成。各台摄像机可以各自为政，录音拍摄，但是三台摄像机六个声轨的背景声却无法同步。背景声音肯定会出现多次重叠，使得多场面的背景声互相干扰，后期声音就无法剪辑。日方录音师让我拿出一个方案进行讨论。在协调会议上我提出散会后我和长仓一郎单独讨论方案。日方总指挥要求我们双方今晚必须拿出方案，记录好这个大场面。可是还没等到散会，日方总指挥就要中、日双方录音组先退场，去商量并拿出可行的方法，一会儿在会议上确定拍摄方案。于是，录音组几个人加上翻译到了一间小会议室。

我首先提出要三台摄像机在同一板声的指令下同时开机，并且提出具体要求：一是三台摄像机在听到总指挥部的"拍声"讯号时各自同时在本机打个"千周"做开机点；二是三台摄像机严格分工各自的演区；三是每台摄像机再配置一台调音台，在调音台上分 L 声轨和 R 声轨，再分别送给大录像车上的多轨数码录音机。这样录音车上就能分六路记录三台摄像机送来的各种声音，这六路声音都是"并进"的同步讯号。这样一来，后期合成时录音师可以随心所欲地调整主声场和背景声音了。四是开机后不管有什么情况摄像机都不能停机，以此保证三台声音和画面同步，然后和总指挥部协调三台摄像机的机位和话筒杆位。长仓一郎同意了我的方案并做了详细的分工。

录音组把录音方案归整好后，又来到还没有散会的协调会议上，向导演和总指挥提出了我们的录音方法。双方导演听后十分赞许这种方案，便要求总指挥统一调度。

八月的涿州拍摄基地，在经美工师们点缀后，千姿百态的"明朝大街"上早已摆上了几十个摊位，两千人的大场面戏在这里也摆好了架势。面对如此大的场面，我们采用了三台录像机同步输出六个声道的记录方法，记录了不同场面、不同角落的不同声音。

按照导演的机位图和摊位布置图，我把现场各种声音的声源分成几个区：东北角武把式的锣鼓场地为 A 区；东西大街的北面一溜小商贩为 B 区；东西大街南面是唱布头儿的和卖五香面的，都是唱卖，为 C 区；东南角上抬轿子的、吹打耍猴儿的、拉洋片的为 D 区；从正东边入画的马车、商贾骆驼为中间区；两个日本演员在行进中的对话为核心区。在方位图上标好区域后，我又对声道分配和话筒做了详细的安排：长仓一郎的一号机为主机，L 声道用两支无线话筒记录核心区日本演员的对话，R 声道用一支话筒记录 A 区武把子的锣鼓，用另一只话筒记录中间区入画的车马和骆驼队；松本恒雄为二号机，L 声道记录 C 区卖布头和唱卖五香面的，固定伪装好无线话筒，R 声道手持活动话筒记录 B 区的小摊贩的吆喝声。在 D 区也固定了一支无线话筒记录拉洋片、耍猴的声音，过路的轿子吹打声源随其便利；助理录音师冈本轩彦为三号机，要求他穿好古装衣服，随两个演员同步记录主观镜头用的音效。另外在这个超长度的镜头里规定：一是不许中途停机；二是当听到大喇叭里指令板"啪"的一声响，需要同时记录一声"千周基准讯号"，为后期多路合成时提供对位依据。这种多机位、多声道的记录方法大大提高了录音机的宽容度，扩展了素材本身的动态范围。其优点是：（一）主动性强，可随意插接画面，机动性很强地去声画对位；（二）层次清楚分明，面面俱到，不留下声源的任何死角，在高清晰度的摄像机画面上尤其是这样；（三）后期多路合成后气势大，厚度可以根据画面充分调整。长仓一郎讲："这种多方位、多角度的同期录音，这样大的拍摄场面在日本也是不多见的。"拍摄现场的组织联络是不可忽视的一环，如果组织得当，对于各工种的协调性、严肃性及演员演技的发挥都会起到很好的促进作用。

现场的"严肃性第一"是总指挥的尊严，他手里的指令板是至高无上的，只要板声一响，现场所有工作人员都必须遵守严肃、安静的纪律，在表演区不许有干扰。工作人员有建议不能提给总指挥（我们叫执行导演），而是要通过导演去和总指挥商量。各工种一般不和总指挥发生横向关系，录音师要求补录台词和效果都要通过导演确认后，由总指挥去执行。补录时由总指挥提醒大家注意安静，这种严格的组织形式在同期拍摄时发挥着巨大的作用。这个大场面完成拍摄后，导演把我和长仓一郎叫到录像车上，早已备下了三杯葡萄酒："冯桑，十分感谢你！"碰杯后他紧紧拉着我和长仓一郎的手摇啊摇。

在中日合拍电视剧《长流不息》《琉球之风》的日子里，我和日方的小林健一、长仓一郎两位录音师合作，对于同期拍摄电视剧的工作方法和手段，以及在同期录音时严谨的组织方法等问题进行了广泛的交谈。

当时中国电视剧的声音制作方法大多数为后期配音，同期声拍摄工艺流程不多。同期录音是更好地再现"现实空间"的最佳手段，对于真实的反映生活节奏和艺术结构的声音，录音方法是极其重要的。录音时尽可能地记录好每一种声源，是我们所希望达到的最佳效果。当时我们的录音原版还是没有脱离录像带的记录，而日本 NHK 电视台已经采用了立体声多轨数码录音机直接在磁带上记录的工艺流程。

调音台输出到录像机的信号在后期制作中只作为参考声，这个参考声并不全是为画面剪辑用的,而是在声画对位时做出入点。通过多芯电缆输入到大剪辑车上的数码录音机才是制作时要用的声源。如果一场戏都是对白,则采用中间声道记录。如果有大场面的台词和效果,他们会采用L声道记录对白,R声道记录场面效果。我们特意把两个话筒摆开使用,各自记录不同的声源。同期拍摄对于声道分配要严肃,要事先安排妥当,做到心中有数。在拍摄过程中,要求录音师和导演紧密配合,不管记录的内容是否可用,都要按程序进行到底。

二、《西藏风云》录

《西藏风云》的导演翟俊杰

我和电视剧《西藏风云》导演翟俊杰的结识是因为他的女儿。

一九九七年八月,中国人民武装警察部队政治部电视艺术中心拍摄了三集根据真人真事改编,反映密云水库守水部队干部霍山生因操劳过度牺牲在工作岗位上的单本剧《霍山生》(播出时更名为《情感的守望》)。剧组的专职场记正是翟俊杰的女儿翟小乐,经她推荐,我和翟俊杰导演才有了《西藏风云》《山东六十集小品》(其中的二十集),以及《冰糖葫芦》等戏的合作。

翟导喜欢训人,也喜欢自导自演。执导的《冰糖葫芦》是老演员非常多的一部戏,有林连昆、陈述、管宗祥、斯琴高娃、许还山、王澍、沙玉华、周琦、林默予、冯恩鹤、吕中、颜彼得、王夫棠等艺术家。

那天在八一电影制片厂摄影棚里拍翟导(饰周子平)和斯琴高娃(饰顾大妈)的对手戏,翟导三番五次说不完台词。这段五六分钟的台词是说石家庄战役中牺牲的战友,要求语速快、带激情,他的"舌头拌蒜"总不成句子,大家也不敢笑出声来,斯琴高娃安慰他别着急!他好容易说全了一遍台词,导演觉得不满意,我说:"见好就收吧!我回去把这几遍最好的剪辑在一起吧!"

导演说:"景山麻烦了!"

我回他:"我才不麻烦呢,恐怕是你想和斯琴高娃老师多拍几遍,过戏瘾吧!"大家一笑,许还山说:"别笑!你以为演员挣点儿'挤鼻子弄眼'的钱容易呀?"听了许还山的"口头禅",

巴基斯坦火车站，作者和导演翟俊杰

我们笑得更厉害了。

陈述老师接着许还山的话茬儿说："我虽说是老演员，拍戏这么多年，也没有多少积蓄，只有两间房，我死后留给我的'小老伴'李波，她得过日子呀！"他接着说："我的遗嘱和碑文都是用欧体自己写好了。"那年陈老师已经六十多岁了，写一手漂亮的欧体字，晚上我最爱和他侃大山。陈老师在上海逝世后，家人为家产发生了矛盾，网上还发表了文章。我看到后在网上回复他们："陈述老师给我说过他的安排。"网上问我："是演员吗？"我说我是央视录音师，如果李波老师需要我写证明，我义不容辞。

拍摄中途颜彼得于二〇〇〇年十月六日突然去世，我和翟导参加他的追悼会，翟导因痛失一名好演员情绪非常低落，后来颜彼得的戏份由相声演员李国盛接棒补拍。

翟俊杰导演有个藏族名字"仁青"，十六岁的时候到过西藏，西藏也是他的故乡。高原强劲的风将花季少年吹成了一名强劲的战士，在那里他曾目睹过无数英烈深埋忠骨于高原之下。一九九八年，面对诸多剧本的选择，他再三思考，决定拍摄《西藏风云》。作为一部西藏题材的电视剧，剧组也是名副其实的民族大家庭，前后参与工作的创作集体是由汉族、藏族、蒙古族、壮族、回族、满族、土家族等多个民族的同事组成。

川藏线上

剧组在川藏线上艰苦地拍摄了几个月,才完成了"前藏""后藏"的大部分镜头。在四川大邑县刘文彩的地主庄园休整了几天后,我们开始向川西南藏族自治州(甘孜)进发。一路上"山高水低",好在经过几个月的锻炼,这点困难已经不是困难了。到了康定县(今四川省康定市),大队人马驻扎在炉城镇一个招待所里,人多地窄,十分拥挤。二百多个解放军战士住在一个四面透风的特大厂棚里,没有床板,他们只好席地而卧,在冰凉的水泥地面上只铺了薄薄的一条褥子。五月的高原气候十分寒冷,战士们都和衣而卧。

晚饭后,导演翟俊杰带领我们去那里看望战士们,战士们情绪很高,坐在背包上就咸菜啃面包。导演感谢战士们在这种艰苦的环境下和我们同甘共苦,战士们也用热烈的掌声回应导演的问候。导演讲:"我就是当年十八军张国华,是谭冠三的文艺兵。那个时候部队进藏边打仗边前进,我们都是迎着枪炮进发,几乎天天有仗打。我们文工团有些战士走得靠前就牺牲了,这次在拍摄路过那曲地区那曲县(今色尼区)时我还特意去牺牲的战友温淑琳墓地献上了一束野花。墓地杂草丛生,我好不容易找到了当年的墓碑。她牺牲时不过二十一岁,当时的艰苦环境是用语言表达不出来的。如今我们胜利了,今天我们就是沿着他们走过的路拍摄他们的英雄事迹。过几天我们要拍摄过雪山的场面,希望战士们配合我们工作。我今年六十岁,我们的录音师今年也近六十岁,他也是《西游记》的录音师。"战士们掌声热烈,情绪高涨,让我也和导演站在一起。导演的鼓励为后几天拍摄雪景起到了重要作用。

第二天在甘孜南拍摄几场偷越"嘎玛红线"的戏时,周围有上百个甲根坝地区的藏民看拍戏,我们组织了几次都完不成同期录音,现场一片混乱。导演没有办法,只能请来当地甲根坝的村干部来维持秩序,勉强拍完了几场戏。当解放军一出场时,当地的藏民夹道热烈欢迎,鼓掌并喊着口号。虽说我们听不懂喊的是什么,但在情绪上肯定是正面的。导演马上示意摄影师卢学平和我开机,整整齐齐的解放军队伍和夹道欢迎的人群就这样未经组织地完成了拍摄。

下午两点多我们拍完了所有的戏,午饭时导演叫场记翟小乐从提包里拿出来一瓶酒,也招呼卢学平来喝一杯。

从甘孜藏族自治州经过三个多小时的车程,往南就是九龙县的九龙山藏佛寺,这座寺庙历史悠久,建筑宏伟,香火鼎盛时期每天都有成千香客前来。大殿里佛灯闪闪发光,一排又一排,显得十分威严、神秘。剧组从木里藏族自治县请来了一百多位藏族群众,这些藏民不

《西藏风云》拍摄现场,场记卢瑞祥和作者

《西藏风云》工作照

用服装师的服装,都自动穿戴好民族服装。这些人都没有见过拍摄电影,十分好奇。我们谨记在甲根坝的教训,要求木里藏族自治县派出干部带队,组织拍摄。九龙山周围的人们听说在拍电影,都纷纷赶来看热闹。近的走着来,远点的自驾拖拉机也赶来观光,这里平时就有很多小商贩做买卖,现在更是一个多小时就聚集了几百名群众。本来大殿外的场院就不大,又是崎岖的山路,此时更显得十分拥挤,我们只好调来跟剧组的一部分解放军维持秩序。这些商贩在摊位上大声吆喝着,群众也成群地往大殿里挤,本来我们请来的藏族群众都穿戴得很整齐,一会儿队伍里就掺和进来了一些服装怪异的群众。他们搅乱了我们的队伍,解放军战士们只好把服装不合适的观众劝出来。

两个多小时录完了同期声,摄像师卢学平搭了个高架子拍摄大全景。我录了些大全景效果声音后,导演告诉我去休息会儿。把机器拆下来装箱后,我告诉徒弟袁方看好设备。这时候摄像机也停了,唯有演员赵燕国彰(原名赵彦国)还在忙活着。我到他背后和他"逗闷子":"赵哥们儿,你自己忙着,我们走啦!"

赵燕国彰说:"咱们剧组最最讨厌的就是录音师!"

拍摄完了,我们下午四点钟才回到住处——九龙县呷尔镇招待所。大家忙了一天还都没吃上饭,等开饭了我去找赵燕国彰要酒喝,他虎着脸:"我还没和你算账,你在现场嘲讽我!"

我回答:"姓赵的,没良心,你不该请我喝点酒?哈哈哈!"

女战士不见了

九龙县的平均海拔有三千多米,这里绿树成荫,花草茂盛,空气清新。第二天四点左右,剧组出发去雪域高原拍摄解放军进军西藏时路过的雪山。到了海拔四千五百米的地方,大家都觉得喘不过气来,感觉最不好的就是导演和我了。因年龄关系,高原反应强烈,我脸色煞白,也不敢说话。导演翟俊杰也是张着大嘴喘粗气,跟组大夫说:"没有关系,只是因为坐车上来,暂时对稀薄的空气没有适应的过程。"再看这些年轻人都没有什么事,战士们都为登上雪山顶做着各种准备。剧组的人员也在从车上搬东西打包,等了半个多小时,我也慢慢平静下来了,导演也感觉好多了。拍摄地点是雪山顶,还要往上走三百多米才能到,这时候的部队发电车也到了现场,他们要拉一条二百多米的电线供鼓风机用电。战士们全副武装,来回往上运拍摄设备,两个小时后全部准备就绪。有人建议不让导演和我上去了,拍摄师卢学平也劝导演在原地等待。可我不能不上去，有三场同期要录音，就一个助理录音根本完不成。导演见我坚持上去，他也觉得没有什么不好的感觉，便也一定要上。大夫觉得凭我俩的身体，一步步爬上去肯定不行，到雪山顶上还会难受。他们都知道海拔高十米，稀薄的空气就会有变化，战士们七嘴八舌地要把我俩抬上去。大夫说："让几个战士搀扶着往上一步步走，也好一步步地适应更稀薄的空气。"有一个战士提议："用绳子捆扎腰部，一边两个战士往上拉。"四个战士拉着我，用了一小时才把我和导演拽到雪山顶。

到了上面，导演喜出望外，只见白雪茫茫一望无垠，一阵阵带雪的旋风滚滚而来。导演命令不用鼓风机了，自然旋转的风雪很好，也可以给同期录音减少点压力。又过了一会儿，还拉上来了六匹军马。部队战士们在雪山顶上一字摆开，这个山坡陡峭，倾斜六十度角，在斜坡下一百多米处有很多战士做好了准备，随时拦截"刹不住车"的战士滑出安全区。细心的营长把下滑的战士都编上号，因为看似平坦的雪坡下有很多深坑，被风裹着雪刮得平平整整，稍不小心我们就会有"灭顶之灾"！战士们摽好了背包，放下了枪刺，斜挎着收拾好武器。"开始！"拍摄一声令下，只见山坡上卷起一阵阵雪花，白茫茫一片混乱，战士们在雪旋风中时隐时现，武器撞上石头叮当乱响，战士们吼叫着连滚带爬到达了有"拦截网"的地段，这段录音同样十分精彩！导演很高兴："好！好！一次完成！"

拍摄完了战士们的近景，该拍军队卫生部门的戏了，十几个女兵牵着马驮子路过雪山。忽然一匹载着女战士的黑马陷进了三四米深的大雪坑，只见那匹马嘶鸣着往上蹿，可几次踩空都没能出来。那个拉马的女战士没有任何动静，人们急了，不顾一切地七手八脚把马先拽上来，马背上的驮子也不见了，早已掉进坑里。马拉上来后，溜雪立即又把坑封闭了，女战士没有了音讯，战士们也不敢往下跳，恐怕砸坏了她，只能顺着坑边手拉着手往下滑动，最下边的那个战士一把摸到了女兵的小辫子，大声吆喝着："找到了！"沟壑上边立刻顺下来了一根绳子，拴住她的腰慢慢把她拉上来，女战士紧闭着眼睛也不说话，人们吓坏了，都喊着她的名字！经医生检查，女战士倒是没有伤到身体，只是吓坏了。我们赶紧送她去成都军区医院，营长命令连夜赶赴医院。经过清点人数，战士们都到齐了，只有一个战士滚下山坡时撞上石头骨折了，还有不少战士擦破了皮、撞伤了脚。完成拍摄任务返回成都后，制片人廉振华还去医院看望了受伤的战士们，那个女战士很幸运地一点没伤到，只是当时吓得说不出话来了。

作者和《西藏风云》导演在山顶

《西藏风云》拍摄现场,作者和工作人员合影

和古月对峙中南海

八月我们回到了北京，此时天气已不算很热，我们在中南海毛主席的卧室、书房和周总理的办公室里一共有三十多场戏要拍，而且只给我们两天一晚的时间。灯光、设备来回倒腾几次恐怕时间不够用。上午九点才让剧组进中南海拍摄，大家心里都很紧张，干活儿很麻利，没有人说话，只有偶尔听到设备的碰撞声会引起一点骚动。我忽然想起现在的氛围与周总理在世时这里工作的声场环境非常相似，每有工作时人们也是鸦雀无声，大气儿不敢出，来回走路都是轻轻地。多少年了，再看看总理办公室的陈设，一点都没有变，办公桌上的两只打补丁的蓝色套袖还是像总理最后离开时原样放在那里。然而今天已人去楼空，我心里难免一阵酸楚。

剧组用了半个小时布好了灯光，导演翟俊杰也是低声发出拍摄命令，恐怕破坏了这种氛围。在强烈的灯区里，我的助理袁芳正一手举着无线话筒，一手举着发射机和扮演毛主席的演员古月对峙着，两个人四只眼睛对视，谁也不说话。

两分钟过去了，空气好像凝固了一样，导演的"假斯文"也控制不住了，大声吆喝："干吗呢？"

坐在我一旁的饰演朱德的演员王伍福拉一下我的衣服："怎么啦？"

我小声说："古月发牛脾气，不让我的助理拴话筒，两人较劲呢。"导演也听到了我俩的对话，立刻站起身来就要发火。

我急忙拉住导演说："你先坐下，我过去一下。"说完我把场记翟小乐拽起来，一起来到灯光区："古老师！对不起，这个现场举不起话筒杆来，请你配合我拴上话筒，不然导演训起人来要耽误很长时间的，你也知道导演的脾气。来，我给你拴！"说着话，我把设备从袁芳手里接过来。

这时候古月小声对我说："我从来没有成功地录过同期。"

"对，都是'中戏'的瞿存元给你配音，在做《宁都暴动》的后期时我就是用他给你挑着配的音，那部戏的同期录音我不在。"我与他说着话就把无线话筒装好了。

这场戏拍摄完成了导演才说："看来古月好对付。"我悄悄跟导演说："他是个'顺毛驴儿'，搁不住几句好话。"整整一天，古月连吃饭都没拆话筒，因为总理办公室外走廊的镜头也特别多，《西藏风云》全部合成后我便请古月到我机房补句台词。剧务主任时冬明把午饭安排得很丰富，古月这时才给导演说："我拍同期声就没成功过，这次老冯录成功了，我得谢谢他啦！"

　　我接过话头："在中南海以前咱们录得都很好，我没有给你提过要求是因为声音完全能用。"

　　在武汉东湖毛主席下榻的地方有一个小树林，我们拍摄毛主席和十八军军长张国华在树林里散步的场景也都使用了无线话筒。演十八军军长的演员叫哈斯巴根，他跳出文艺界经商了八年没有拍戏，这是他回归后的第一部戏，他的台词有不少是现场补录音。剧组副导演郑绪和哈斯巴根关系很好，我们仨常常喝酒喝得"帽儿歪"，所以每次补台词时我总骂哈斯巴根为了挣钱去经商是不务正业。我每次数落完他他都会在晚上用酒灌我，却每每都是他们先喝歪了，还有他的"帮凶"郑绪也是少数民族，讲义气，豪爽大方，还是牛脾气！他们有时候和导演"顶牛儿"，而我是百分之百的"两面派"，所以他们很直接地骂我"老奸臣"。

　　十月的哈尔滨虽然还未下过一场雪，但是当你在外工作时就会感觉到北方的天气寒冷，伸出手来冻得慌。剧组在北京拍摄毛主席的专列时，车厢里温暖如春，一夜到了哈尔滨瞬间就像换了个季节。今天晚上拍摄的是毛主席访问苏联时曾在哈尔滨下榻过的地方。古月早已穿好了主席当年穿着的浅灰色大衣在温暖的化妆室里候场。美工师们正在布置当年的场景，我也只是简单看了一下演区，顺便让徒弟站一下杆位，就冻得我鼻涕直往下流。化妆室的火炉旁，古月此时正叼着烟悠然自得地享受着。他看我脸都冻红了，问："外面那么冷？"我答："贼冷！"他不以为然。正式开拍了，古月刚到演区站了没有两分钟就冻得赶紧往回跑，到化妆室就嚷嚷着让服装师给他在大衣里面加衣服，主席当年穿衣服都比较宽松。我们一看演员跑了，也趁机往屋子里挤。这时候导演让灯光师不要灭掉院子里的灯光，说是增加点温度。等到古月穿好了衣服出门时我问他："外面冷吗？"他不假思索地说："外面还冷吗？快把'吗'字去掉！冷！贼冷！"在院子里拍了二十多分钟，两场戏拍完了，我们都冲进屋里暖和一下。人家哈尔滨的演员不进屋，他们早有准备。古月的夫人，八一电影制片厂的演员张燕一看这样冷，赶紧把袖口撑开让古月把手伸进去取暖。"唉……唉……张燕老师，两口子秀恩爱也不挑个地方！"她瞪我一眼："你管不着……"幽默风趣的古月一边笑着一边要把手抽出来，张燕不让。两人抖来抖去，古月急忙说："让我点支烟。"大家都笑了。导演说今天晚上不拍了，明天白天大家都去买件厚衣服，晚上再拍。

　　下午没有戏，古月和几个麻将迷自然是趁机从下午打到凌晨两点多。因为第二天还是夜景，大家早晨起来不化妆。一连四五天，终于拍摄完了毛主席访问苏联前在哈尔滨的所有活动。

　　最后一场戏很重要，是主席在卧室外的雪景里徘徊的镜头，主席在思考访苏的问题。导

在主席办公室,作者和演员古月

在周总理办公室,作者和演员孙维民

演需要雪景，美工设计师也早已选好位于哈尔滨北面的呼兰县一个叫双井镇的地方。那里有一座古老的花园，还有些古老的民族建筑。他们是根据当年毛主席待过的小院照片选的景，导演拿出当年的照片一看，还真像主席站立时的环境背景，现场又经过美工组的加工，更是逼真。

可没有雪怎么办？经过制片人廉振华和导演商定，剧组决定再等几天，如果三天不见分晓就人工降雪。这场戏要求长度在八分钟左右，里面穿插有古月的心声。我看看本子上这场戏有300多个字，便要求趁着这几天的时间，把古月的心声在我们当时的住处，哈尔滨香坊区天鹅饭店的大包间里先录制好。古月天天打麻将，我几次向他提出来录音，他都用一句四川话回答我："着啥子急嘛！你不看老子正忙着嗲。"

第二天晚上省电视台预报："明后天呼兰县部分地区有小雪。"导演一听精神了，马上派美工去往呼兰县盯着，如果下雪一定要保护好雪景现场，不许任何人进去留下脚印。早晨起来两位美工出发了，我也把消息传给古月：必须赶在拍摄前录好"画外音"。他听后好像觉察出点什么似的，用他浓重的四川话问我："老冯，我准知道几次催促我的目的，只要录完了'画外音'，你就不去呼兰县挨冻了，对不对？"他歪打正着地说对了我的心思，我一时语塞："我……我……"他哈哈大笑着说："老奸巨猾！"晚饭时我故意和他坐在一个桌子上，导演也凑热闹似的告诉古月："今天晚上吃过饭就到我的大包间，有好茶！"到了大包间，徒弟袁芳早已装置好了机器，我给了他经导演删改过的台词，录完了他问导演："你们俩唱的是哪一出呀？"我说："泉州的高甲戏《赶毛驴儿》！"大家笑得肚子痛。不一会儿，就听对面房间里传来古月的声音："五筒，碰！"

十一点多钟，已前往呼兰县的美工打电话来说："天阴得很沉，黑压压的，明天肯定有雪！"导演赶紧让剧务通知明天早晨六点"交妆"，七点出发。

夜里十二点了，还能听到他们哗啦啦的麻将声。我给张燕房间打电话说："他们还打！明天早上四点就要化妆，你快叫他们睡吧！"我听着张燕进了古月的房间便也跟去"捡乐子"。

推开门一看，房间里只有一个管道具的人在和他打，我问："就你们俩怎么玩？"

古月玩得正起兴，头也不抬地说："两人玩更有意思！"他抬头一看老婆也来了，马上不玩了，把麻将桌合上。

张燕说："冯老师要不告诉我，我还以为你早睡了。"

他一听这话，用手指着我："哈斯巴根叫你'老奸臣'倒也不冤枉。"

我嘲笑他："怕老婆有酒喝。"

作者在毛主席办公室

作者在毛主席专列车厢

古月说:"姓冯的!明天我一定把你拽到呼兰县去。"

"还用你操心?翟俊杰不会放过我!"我说完笑着出门睡觉去了。

呼兰飘雪

早晨七点钟,剧组准时向拍摄地呼兰县进发。一路上漫天飘着雪花,车子行驶缓慢。路面结冰,车子时常打滑,我带着一个卡带放音机,准备在拍摄八分钟的长镜头时现场放音,给演员和导演一个参考长度,更是为了给演员在表演上有所启发。

到了目的地已经十一点多了,吃过午饭后天气也开始放晴,现场保持完好的雪景此时已融化许多,只在原地留下一汪汪的水,比拍摄要求差得很远。导演有点失望,美工师也有点抓瞎,怎么办?还是当地一个工作人员说:"甭看现在晴天了,看这样子还要下雪,北方的天空还有云层。"大家半信半疑。美工师说晚上肯定要结冰,并询问导演是否可以拍摄,如果要继续拍摄,希望灯光师把景深打得模糊点。导演也觉得只有这样了,不然来回往返更耽误时间。

下午五点多,灯光就布置好了,美工们在导演的同意下把地上的冰用刀子来回划道道,地面上的冰被划得泛着白光,和雪景相差无几。六点多开拍时,我一播放古月昨晚录好的心声,他当场就不干了:"别放音了,我入不了戏,还是我凭感觉表演吧!"

我问他:"长度你掌握得了?"

他答:"没有问题。"我急问他:"昨天晚上你怎么不说?害得老冯我连夜从录像机上转换卡式带,比你睡得还晚!"

古月听了鼓掌大笑:"哈哈哈!我的目的达到了,我就是不让你偷懒儿!"大家一边笑一边忙碌着各自的活儿。

我只好辩解:"一切都在我意料之中。"

也是奇怪了,我们拍摄第一遍时天空竟下起了小雪,洋洋洒洒飘来飘去,调整灯光后拍摄第二遍时,大片大片的雪花飘落了下来。导演不知这是天公作美,大声夸奖着:"美工师真了不起!这雪花做得真好!"我们的操作台都不在院子里,屋里的人们也不知道外面下雪了,看回放时大家很满意。导演知道实情后想向当地人要炷香烧,他们说大半夜到哪里去找香,回宾馆再说吧!任务完成了,我们连夜往回赶,赶回天鹅宾馆吃早餐。

主任问司机："这个路，夜间你敢开吗？"司机说没问题，下雪开夜车是家常便饭。大家装好设备都上车了，唯有古月和张燕迟迟不来，等他们俩一上车我就感觉不对劲。张燕身上裹着大衣，动作蠢蠢的。再看古月下身只穿着单薄的演出服，里面只穿一条秋裤，冻得脸色也不好看。

我问："古月老师，你的毛裤呢？"

他头也不抬地说："张燕都冻坏了！"原来他把毛裤套在了老婆身上！我嘲讽他是天下第一模范丈夫，他也不呛我，只是嘻嘻地笑！大家说这么冷的天，冻坏了明天怎么拍戏？服装师从大包袱里拽出来一件棉大衣盖在他腿上。

懒散的巴基斯坦兄弟们

剧组准备去巴基斯坦继续拍摄，在北京机场等待上飞机前往卡拉奇时，飞机延误了。大家都很着急，半个小时后机场才广播飞往卡拉奇的飞机到达。难道飞机也可以晚点？我问制片主任王甫，他回答说："不仅飞机误点，到那里工作还会碰到很多意想不到的麻烦。他们那里的工作人员从不按时上班，非常随便。今天飞机晚点就是因为两个工作人员去购物，没有按计划归队造成的。"

第一天计划拍摄卡拉奇公园，双方约定好早晨八点准时在公园开机。我们早晨七点就在宾馆东门等车，八点多了巴方的车队才露头，导演早就沉不住气了，王甫连忙打圆场。

到了拍摄地点，我们先把西藏话剧团演员的戏拍完，然后又是无尽的等待。当地的群众演员不到，拍不了其他镜头，导演火了，直拍桌子。我提醒导演我的工作台不牢靠，他自顾自地在那儿吼。主任王甫说明天一定准时，好不容易十点多拍上了，摄影师卢学平的摄像机还出了点毛病，跟机员宋壮基满头大汗地修理了二十多分钟。再看那些巴方演员们早就喊饿了，别看他们来得晚，还都没吃早餐！我书包里有三四盒饼干，是预防吃不上饭时救急的，我打开包装给十多个人每人分两块，王甫趁机给每人发一瓶汽水，才又开始拍戏。就四五场戏拍到下午三点多钟，中间不敢停下来吃饭，只要一停机巴方人员就"溜号"，这件事制片人廉振华早就叮嘱过大家！

拍摄结束后我问王甫："你跟巴方人员嘀咕什么？"

他答："为了明天能准时拍摄。"

果然，第二天耽误的时间不多，到了现场王甫让昨天那些演员都站好，司机们一看也急忙来排队了。今天他们都怪怪的，主任到底使的什么鬼法子？今天不但没有耽误多少时间，而且还都很听话。原来王甫拿出来两盒中国产的清凉油，每人发了两个。中国的清凉油在巴基斯坦被奉为"神品"，传说能治百病。只要有清凉油，在巴基斯坦什么事都能办。所以剧组带来了几个大纸箱子，我们也向组里要了几个带在身上，几天里王甫总是拿着此物去"招摇撞骗"。

在国外拍戏时，录音师从来没有助理，而且还要兼顾多职，什么道具、服装之类的。在卡拉奇，廉振华给我当助理举话筒杆。有一天老廉有事没去现场，我请一个巴方人员举杆，那个人嘻嘻笑着向我伸出手来，我一时还没反应过来这是什么意思。翻译说："他给你举一天都行，除了工资以外再加十瓶清凉油。"我满口答应他！中午拍完了戏那个家伙拿着话筒不让我收，并伸手要礼物。我只给他五个他不干，一定要十个，我耍赖只有半天只能给五个！通过翻译，他同意先给五个，其他的下午再给。这些天老廉一不在，我就用这种方法请录音助理。拍摄期间每天都有人主动提出要给我帮忙。

卡拉奇

卡拉奇是有名的大城市，也是巴基斯坦原来的首都。因为多种原因，现在的巴基斯坦首都早已迁至伊斯兰堡。在卡拉奇拍摄期间，剧组规定不许随便外出购物，如有需要也要几人同行。这里大街上时常发生枪击事件，我们也偶尔听到过枪声。卡拉奇的市面环境很差，大街上一有风吹草动就十多天没有清洁卫生人员。成堆的垃圾无秩序地胡乱堆放，成群的白色乌鸦在大街上、垃圾堆上觅食。奇怪的是，我们的乌鸦是黑的，卡拉奇的乌鸦却是白色的，翻译告诉我这里管白色乌鸦也叫乌鸦。拍摄中我要录些卡拉奇大街小巷里的背景声，剧组专门抽出一天时间来供我们连拍带录大街实况。

这天我们一行五人来到事先选好的大街上录音。摄像师卢学平刚刚架好机器，周围就围了很多人，赶不走他们，这可急坏了翻译。现场人越来越多，公交车打扮得"花枝招展"，车顶上和车厢两侧都挂满了人，他们都用手抓着汽车上可抓住的地方。平时也是一样，公交车上挂着人。这样的现场根本拍摄不了，我给翻译出主意，让他叫几个警察来临时维持秩序。翻译只好从提包里拿出来一盒清凉油，每人发五个，四个警察很高兴地配合我们。

一个多小时后交通才疏通，拍摄完成后怎么也找不到我的短话筒杆，大家都在没有散去的人群里穿梭，翻译大声吆喝着说："谁捡到了交给我们，给谁礼物。"说着他拿出来两个清凉油举在手里一晃。一会儿，一个"坏小子"拉我的衣襟，用手指着翻译手里的礼物，他用手比画着"咱们交换"。我先看看我的杆在不在，他从另外一个人那里拿出来了。人们笑着把这个"小偷"数落一顿，他也听不懂，但是从我们的表情上这个小偷也知道是和他开玩笑。他抢过两个清凉油分给另一个人后，钻出人群一溜烟儿跑了。

在卡拉奇市公园拍摄现场

一场尴尬的录音

在卡拉奇一家宾馆，我们要拍摄几场戏份很重的戏。我们从本地请来两个专业演员，这两个中年妇女长得很漂亮，都穿着白色透明的纱衣外罩，里面衬着粉色内衣。高高的鼻梁上装饰着金色的闪闪发光的鼻钉，看上去十分华丽大方。她们从一个门里拐个弯来到大厅落座，这个拍摄现场无法用举杆完成，只有拴微型无线话筒了。我到演员面前一看，傻眼了……薄薄的衣着，透明的白纱怎么也藏不住话筒。我拿着话筒回到导演台前，和导演商量是否不拍同期了，回国后我用汉语配音。演员赵燕国彰正和那两个女演员侃英语，他见我迟迟没有动静也来到导演台，一看我正在为无法拴话筒而发愁。赵燕国彰高兴了，他略想了一下，马上

作者在克什米尔一个小镇

作者在拉瓦尔品第雪山

坏主意来了："导演不能回去配音，一配音戏份就低了。"

导演不知赵燕国彰的花花肠子，马上支持他："拍同期录音。"我说："赵先生，咱俩走着瞧！"他嬉皮笑脸："冯先生！随时奉陪！"

导演不解其意，催促我快想办法解决。没有办法，我只好求赵燕国彰当翻译，让两位女士把外衣扒下来我好处理，粘好话筒后再让她们穿上。再看他坏笑着说："你怎么不去直接贴在她们身上，还要脱衣服？"

我说："你废话！我能用手伸到衣服里粘话筒？"

"哈哈哈！"他满意地笑了。我在两位女士的外衣里面用白色胶布裹上黑色的线贴了上去，好！这下颜色一致了，不穿帮了！拍摄完成后，两位女士在现场就开始脱衣服换服装，我用双手捂住导演的双眼，导演说："景山！你干什么呀！捂住我的眼干什么？"我答："女士换衣服你不能看！"

"你呢？"导演问。

"我早闭上眼了。谁让你非听他的要拍同期，让我难堪！"现场一片嘻嘻哈哈嘲笑声。

戏耍赵燕国彰

下午三点多钟剧组才吃完午餐，赵燕国彰还在吃他的烤羊排，撑得直打饱嗝儿还舍不得放下。今天要拍摄赵燕国彰应酬完外事回到卧室要水喝的一场戏，本子提示：赵燕国彰进屋就要先喝两杯白开水。他进屋先拿起桌子上的一杯水一饮而尽，而后又向随从要一杯也喝掉。赵燕国彰表演得很到位，只见他急急拿起水杯，恨不得一口气喝下肚去。喝完第二杯后，他坐在沙发上跷起二郎腿。导演满意了："过！"我偷偷跟导演说："再备一条。"导演又组织拍摄第二条，正当赵燕国彰把第四杯白开水灌下肚时，我大喊："停！停！不行！"我边说边招呼廉振华："把话筒杆放低些！"并招呼摄影师卢学平："把镜头推成近景，我重录一下赵燕国彰的喘气和动效！"我看着卢学平已把镜头推成近景，便告诉导演可以拍第三遍了。这时，赵燕国彰已经发现了我的用心，用手指着我挤眉弄眼，并且做着以后要报复我的动作。但他不敢骂出声来，我在灯光背景处也不敢笑出声来。我急忙催促导演开始，导演下了开机命令。只见他进屋抓起那杯水再一次一饮而尽，又要了另外一杯也灌了下去。六杯白开水喝下肚，再加上他吃的那些烤羊肉，任谁也受不了，他双手捧着肚子一屁股坐在沙发上。导演

左起作者、导演翟俊杰、摄像卢学平和演员赵燕国彰

说这个动作完成得不如前面好,他刚要宣布再来一条时,我已哈哈地笑出眼泪来了!导演不知就里:"景山,你笑什么?"

我说:"导演,前面拍的画面没有问题吧?这条我只要声音,没有问题就过吧!"这时的赵燕国彰再也忍不住了,双手拄着沙发扶手艰难地站起来,挪动双脚,双手捂着肚子奔厕所去了。

走了几步回过头来,一只手抱着肚子,另一只手指着我大骂:"咱们剧组最坏,最最坏的,就是录音师!"

我急忙呛他:"谁让你撺掇导演上午拍摄同期时出我的洋相呢!"大家这才听出名堂来,都开怀大笑!玩笑开完了,导演要求快布置下场的灯光,顺便给赵燕国彰留出拉肚子的时间。

二十分钟抢拍六场戏

在卡拉奇以北三十千米处的一个小火车站,剧组要利用火车靠站的二十分钟拍摄六场戏。有上车、下车、在车厢里对话和在火车起动时告别等场景,按时间计算怎么也完不成。我和摄影师卢学平商量着简化设备:一是拍摄时间不管多少,要变化的镜头都只用一个镜头,不许换镜头;二是我们俩一直保持同方位顺角度拍摄;三是导演不看监视器,而是事先和摄影师提出要求,如果临时需要加镜头导演可以现场提出;四是剧组人员都要去车厢内,在下车的车门处组织旅客,保证拍摄时不乱;五是要求制片主任王甫去火车头和司机打好招呼,不见车站指挥旗挥动,不许启动车头,更要求王甫打发好车站的旗语人员听我们指挥,容我们拍完镜头再发车(这个时候王甫的万能清凉油再一次发挥了大作用!司机和旗语人员每人分到了五瓶);六是我舍去调音台,只用一条三米的短话筒线直接插入机头,再打开机头供电系统,用一个二米超短杆装置话筒,这样我就可以灵活转换方位,调整好镜头"基准"的"千周"讯号,我也不监听了,全凭声源和话筒距离调整音量;七是全体人员除导演在适当时候可以提出简单的要求外,不许说有关拍摄电视的术语,以防影响台词。这是导演事先让我和卢学平拿出的方案,在拍前会上已经通过了。在会上我要求演员,拍摄时说错了台词也不用停机,直接重来,免得耽误时间,并且自己控制点音量,因为我不能监听。一切按计划执行,当火车停稳后我俩按计划先上了车,演员也跟上车了,谁知旅客们蜂拥而至,上车的和下车的堵在了一起,把我和摄影师推出了老远,和演员离开有五六米,我俩根本录不到演员的最佳声音。此时学平给我使个眼色,我俩迅速同时上了座椅,越过两个座椅后,我大喊一声:"赵彦国!"他一抬头,卢学平给了一个手势,正戏开始了!我俩换了两个角度拍摄了不同的两场戏。这时候车厢里很乱,杂音特别大,我心想这回惨了,声音肯定不能用。这时候制片人廉振华和摄影助理宋壮基也挤上了车,他们俩也不用翻译,用手比画着让旅客让了两个座位,把演员们安排好又拍摄了两场主戏。还剩一场上车和一场车上车下的告别戏。我们先把车上挥手告别的镜头拍摄完了,还要拍一个带着车下送行人员的镜头,但是车下演员没有找到合适的位置,没有拍上。

这时候老廉卡着表说:"还有七分钟,往下挤,下车!"说着便招呼演员往车下挤,车下的旅客大包小包没命地往上拥。我和学平拼命挤下车,演员却被人群堵死在车门处!我俩在火车门右侧架好了机器后,只见老廉和宋壮基使劲往下推演员。车站上的开车铃此时也丁零零地叫起来,叫得我们直发慌,这时的王甫满头大汗地跑向旗语员,接过旗子。演员此时刚刚下车，正转身拍摄上车的镜头，老廉他们俩又组织现成的群众演员有秩序地上车。这时候距离发车时间已经过了五分钟，火车启动了，导演已经把车下的送别演员安排好了，带着火车走动的背景拍摄了两句台词，还有向远去的火车招手的镜头。拍摄完成后，王甫和导演站在车站的椅子上开始欢呼！巴基斯坦的拍摄结束了。乌拉！他们疯狂地呼喊，只有我和卢学平怀里抱着机器瘫坐在另一个椅子上不愿意动，累傻了。

剧组在北京延庆县（今延庆区）"大沙丘"拍摄十八军进藏的戏，因为翟导演是当年十八军宣传队的成员，在军长张国华手下当过兵，熟悉十八军的情况，因为在沙丘上搭建的战士窝棚不"真实"发了火。

"导演！这个很难搭建得和当年一样，再不拍太阳下山了！"

"你少给我'推横车'，今天听不尽'谗言'的！拆了！连夜按照我的要求重新搭建。收工！"

翌日九点到了现场，他一看高兴了，搭建得对心思了。各部门刚拉开架势要拍，一阵狂风从西北方向刮来，我们赶紧用黏布盖好机器，人趴在机器上。

"导演！这样的狂风一阵一阵的，刮起来总会有半个多小时。我在延庆当兵时，每年都这样！"

半个多小时后再一看，一个个满头沙子，耳朵里头发上厚厚的一层。风刚过，导演就喊："把王甫叫来！"他站起来走向高一点的沙丘上大声说："景山！景山！我骂街啦！"

我回："导演防备张口吃沙子！"

他大嗓门喊："为什么昨天不看天气预报，今天有无大风？"

"导演！天有不测风云！这是阵风！没法儿预报！"

导演问："你是谁呀！你是哪头儿的！"

"导演！我是王甫那一头儿的，快拍吧！说不定还会再刮呢！"说话的正是王甫。"这个天杀的！"导演说着来到工作台。"导演！挂布帘！"我给他做个"鬼脸"。最后一场戏是解放军马队追匪那场戏，一队战马按照指定方位从我们工作台边飞奔而过，虽说沙子把马蹄子陷得很深，但速度还是不慢。忽然对方枪一响，有三匹临时安排的战马被绊倒，只见导演的儿子翟小兴也从马上折下来了，导演一看儿子栽下马来，也顾不上摘掉我的耳机，向小兴奔去。我急中生智，快速从调音台耳机插孔拨出耳机插头，也跟着他跑去。他边跑边自言自语："这叫怎么回事？"跑到小兴跟前一看，人安全，才松了一口气。

我说："你真不像话！我的耳机！如果弄坏了叫你赔我一副新的。"

三、结缘《希望的田野》

平衡和综合处理

在大家都熟悉的电视剧《希望的田野》里，有一场十一页的长镜头：从村庄外汽车上的台词，下车后的台词，进到房间的台词，内景里儿女们和母亲告别，弟弟拉着老姐姐的手交代后事。这里各角色交换场地，直到老姐姐死去，有弟弟徐大地哭诉的一大段台词。从村外到房间里十一页的长篇台词要一个镜头完成，中间上车、下车、屋子里的戏都用一台摄像机、一个话筒、一个调音台完成所有全景、小全景、中近景、近景、特写镜头、交换镜头。摄影师就一台摄影机怎么着也可以随机应变，可我还要接力调整话筒位置，接力调音台，上下车，进屋交换人手，话筒不穿帮，讯号记录不能断。大导演孙沙着实给我出了个大大的难题！

先说话筒杆长两米，小汽车里后排两个演员。舅舅徐大地由著名演员程煜扮演，外甥女田小田因母亲病危请舅舅来家里。车上副驾驶位置不用说也是摄影师的，我们的话筒举杆人员和录音师没有地方了，只好减人。录音师兼话筒员，这个两米多长的杆怎么处理呢？只好

程煜和作者

是录音师和摄影师在同一位置上，摄影师靠近司机往里拍，录音师挂在汽车门的脚踏上，大开着车门，车到大院门口录音，摄影一起下车跟着演员进屋，录音两个人在停车位迅速接力：一个接调音台，一个接话筒，跟着摄影师往里跑。在协调会上，我提出几点要求：一是沿着大街必须布好人员，以防街道上有人说话，镜头不穿帮也是摄影师提出的要求；二是关闭所有手机；三是大门口、院子里、屋子里不许有任何人，灯光师布置好灯光就离开现场，灯光区不许用强光，免得灯光影把话筒杆影投到拍摄区；四是汽车开到位置马上熄火，不许倒车再有发动机的声音。为了拍摄空间大，导演不跟监视器，拍摄完成后看回放。我们录音组四个人做了分工，车上一个人是录音师马进军，我和赵文友在大门口，我负责接调音台，赵文友接话筒杆，马进军下车后顺话筒和摄像机电缆。一切按计划执行，也没有试拍，一次就完成了。看回放时大家长时间地鼓掌。这个镜头长度三十八分钟的十一页剧本就这样完成了。真是感谢演员们深厚的功底，中间一句台词都没错，且表演得十分到位。

  这场戏环境很差，只能是有什么录什么，中间有很多不尽人意的地方。导演孙沙不让改，他觉得这场戏录音很成功，因为程煜的哭声和柏青的对白有巨大的感染力，回放时大家都眼含热泪。在一段感人的台词里，我们要求的亲切感怎样传达给观众呢？它和话筒、声源的距离有很大的关系。观众听到的与站在现场较好的位置上听到一样，也就是说观众离演员距离近，就有亲切的感觉，似乎彼此间有着情感的交流，但它与现场的"直达声"，以及后面跟随着的一系列的"近似反射声"的间隔大小也有很大的关系。如果这种间隔小于二十毫秒，就会突出亲切感，同时要求亲切感收到的"直达声"比混响声大。也就是说，话筒离声源的距离要小于混响的半径。这场戏到了内景时，赵文友很好地掌握了话筒与人物的距离，摄影师和灯光师配合得非常完美，才有了回放时导演也感动了的结果。车上、院子里边走边说着的台词里有些不足也变成了优点。导演说："人物距离恰到好处！"

收获了三个半生的朋友

  在拍摄电视剧《希望的田野》时，我认识了铁哥们铁蛋、挚友王世俊和"老姐姐"柏青。铁蛋是佳木斯话剧团的，本名叫张世杰，在剧中扮演郑三，是一个反面角色；王世俊在剧里扮演的是潘喜林；影视剧、评剧演员柏青在该剧中饰演著名演员程煜的老姐姐，扮相富态、大方，满脸带着慈祥，剧组的人员都亲切地喊她"老姐姐"。我也喊她"柏青老姐"，她喊我"景山老弟"，后来都省去了名讳，直呼老姐、老弟。

在拍摄一场大暴雨的时候，正赶上了夜间的大雨。第二天，导演孙沙白天就利用大雨拍摄水库抢险的场景。我们的调音台在车里，下边的工作人员和演员淋得像个"落汤鸡"。

这时候有一个剧务把一个保温杯递给我说："这是你'老姐姐'柏青让我送来的姜汤，她怕你感冒。"

我说："我先谢谢你跑这么老远，还淋着雨。"

一会儿车上来了一个浑身是水、满腿是泥的家伙，上车后连连打喷嚏，原来是在《走西口》演田耀祖的侯天来。我问他还有没有镜头，他说和程煜还有一场戏。

"你把'老姐姐'送来的姜汤先喝点，感冒了拍不了了！"侯天来并不领情："噢！你怕台词不好才让我喝姜汤的？"

我说："侯子！你别'狗咬吕洞宾'，不喝放下！"

他一仰脖儿喝了一大口："你想得美，说不定'老姐姐'是送给我的。"我马上挖苦他："有猴子从天上来，不亦乐乎！"水库拍完了转场去院子里拍摄车上的戏，车上坐着宋佳伦和铁蛋。为了拍摄车子在泥泞路上行走的效果，五六个场工晃动车身。我忽然一转头看见柏青和饰演她闺女的张华提着两个暖壶站在对面的门洞里，等着我们拍完喝她加上糖的姜汤。人们进门洞都非常感谢老太太，制片人阚小龙看见后告诉食堂，再拍雨戏时专门派人做。

那年春节联欢晚会，央视邀请巩汉林、柏青演小品，来北京前几天，"老姐姐"柏青打电话来："老弟，我元月一号下午坐飞机去北京排小品，你晚上去宾馆，咱俩吃个饭，聊聊天。"

晚上，我带去了好多她爱吃的东西，饭后一直聊到凌晨一点。临走时她让我第二天十一点到这里拉她去王府井百货商店买衣服。因为王府井大街没有停车位，从老远就只能步行。一路上碰到了两群人围住她问这问那，并问一部戏拿多少钱。老太太无言以对，只是笑笑和人们摆手。

到了商店服装摊位上她要一件大衣，左挑右选，试衣服、买大衣也不用进试衣间。一会儿围了很多人并指手画脚地说她演过谁谁。

有二十多人看她买大衣也跟着挑选，我和老板说："她给你招来了这么多买主，还不给她打个折？"老板娘声明："只给老太太打九折。"人们又起"老姐姐"的哄。

除夕春晚演出完，她坐夜班飞机飞回长春，下飞机转车时我打了个电话说快到家了。大年初一我们正在聚会，大家一听是昨晚上演小品的柏青跟我通电话，都争着给她问好！手机那边传来爽朗的笑声。

四、再现《关东金王》

雪封夹皮沟,再遇"老姐姐"柏青

电视剧《关东金王》讲述的是清朝末年,清政府以开矿破坏"龙脉"为由,把几十个金矿都封闭了,并且在金矿最北边东西几十千米长的地段就地取材,用树枝架起一道篱笆墙,把所有淘金者都赶往篱笆以北。其中最大的淘金团体的首领姓韩,号称"关东金王"。他带领几百号淘工也迁到篱笆外,在篱笆墙以北继续寻找金矿。

后来他找到了一条金矿主脉,方圆几百里被他霸为己有。几年工夫他发展到了拥有几千工人,于是制枪、制炮,发展"矿兵",制定制度,明确规定,赏罚分明,有很多偷金者被处死,也为矿死难者重金赡养家属,形成一个"地道"的独立"王国"。他曾经带领工人几次和英国侵略者的军队抗争,打了很多胜仗,也和日本人拼杀!他的地主庄园竖着一面大旗,称"韩边外"。

这部戏拍摄得十分困难,人物众多,场景分散。这次我们来到了黑龙江的夹皮沟,这里是杨子荣部队驻扎过的地方。三天三夜的大雪把一个小村庄裹得严严实实,厚厚的积雪覆盖着大街小巷。

剧组为了拍一组"大逃亡"的镜头,头天晚上美工师就派人把拍摄点的雪景保护起来,将近一米深的大雪,怕人们踏上脚印。导演张忠伟要求大家拍摄时千万不能笑,因为一旦有差错,雪景留下脚踩痕迹就不能重拍了。

这天的天气特别好,话筒杆一举起,雪地上就有杆影。没办法了,赵文友只好把大杆抛弃,手持一个 MK816 超指向话筒在摄像机底下录,效果可想而知。导演一声令下,推车的、背包袱的、牵牲口的都拥上大街。

等待回放一看,演员光顾蹚雪没说台词,导演气得直叫唤。完了,靠中近景补拍台词吧!演员们失误,唯有我高兴,因为没有远距离台词干扰声音,特别好剪辑。这时候用人工把踏过的雪痕用雪填平,再拍同期声,一上午一共三场戏没有完成。这里有三个剧组,隔壁街道下午拍摄枪战场面,我们还有些镜头没有拍摄,需要延长一个小时。剧组说下午天道短,太阳很快就落山,不让。他们不让,我就录不了音。我和导演说:"我去协调一下。你们快抓紧时间拍,赵文友你录音的时候注意,有一点点杂音别停机,只要不影响台词就行。"

我到邻组先找导演协调，导演说："我们的炸点、弹着点都布置好了，一点准时起爆。"我们正在僵持的时候，冯远征看见了我："老冯！干吗呢？"我一看救星来了，急忙说："远征！你也在这呀？"冯远征非常热情地把我介绍给导演。

等我把情况告诉冯远征时，他和导演商量给我推迟到一点半，导演无可奈何地说："我知道你们俩都姓冯，过了一点半，绝不再让。"这时候，我紧紧拉着远征的手先说："咱们几年不见了，今天巧遇，我得赶紧去拍戏，有时间再聊，请带问梁丹妮好！"和他握手告别，我一溜烟儿跑了。

回到现场，导演问我有问题吗，我说多亏碰到冯远征了，答应延长半小时。导演一看还有四十分钟，六个镜头："快！抓紧时间！"

拍摄完成我们收拾设备的时候，那里响起了激烈的枪炮声，他们的"总攻"开始了。正当装车时候，远处来了一个老太太并且大喊："老弟！老弟！冯景山！"我一眼就看出了"老姐姐"柏青，我急迎上去说："'老姐姐'！你好哇！你怎么来了？"她喘着气说："听我们组一个人说你在夹皮沟拍戏！我回宾馆路过来看看你！"

我说："走！到我们组，下午没有戏，咱们'老姐儿俩'吃个饭！"

作者曾和冯远征、刘佳合作过《针眼儿警官》。图为剧照

她高兴地说:"行!"

吃着饭她告诉我:"在《希望的田野》演我老伴的郑坤范上月去世了!"

我问:"这老头儿身体不是挺好的吗?"

她说:"唉!是肝癌!"我劝她以后少拍点戏、多休息,她说都是熟人不好辞……直到餐厅要打烊了,我才用剧组的车送她回去。

武术教练挨打

《关东金王》这部戏因打戏较多,也比较复杂,剧组从香港请来一个武馆的六位武术教练充当武打演员,马队、车队应有尽有。因为是同期拍摄,演员队伍也很壮大,主演是王新军、刘永生、刘小宝、杨树田、钟林、姜文艺、王世俊、姜艳嬉、陈昊、颜丹晨、谢兰等一批老戏骨。我们都是老熟人,也有过几次合作,工作起来很顺手。

不过在拍摄武打场面时候,变成了真正的武打场面。制景也砸了,装置也打得千疮百孔,盆盆罐罐都打烂了。我们在外面的工作台听着里面声音不对,我急忙跑去现场一看,双方还在拼搏。我赶紧叫赵文友先把两只话筒收起来,先不管线什么的快速撤离现场。导演也不知发生了什么事,刚刚一探头,就有人大声吆喝:"他是导演!打他!"话声一落飞过来了很多东西,导演赶紧夺门而逃。二十分钟不到公安局来人了,虽说事态没有扩大,但是用了几天才得到了解决。

武斗完了,我赶紧找王世俊,不知道他在现场是否受伤了。一会儿,我的一个小徒弟把他领来:"你上哪里去了?"

他说:"战争一打响,有个美工师父拽跑了我,只是手被门挤住了。"

我说:"你就是笨,跑还挤了手。"

他笑着数落我:"要是你摊上,你连跑都不会。"

我呛他:"他们不会打我!我和他们是哥们儿。"

"山弟会吹牛。"

这次武斗必须从头说起,导演请来了香港的武术队,那个武术总教练脾气不好,几乎每天训人,特别是对待那些小场工,一有差错伸手就打,抬脚就踢,那些孩子常常被打得眼泪直流也不敢反抗。他在当地挑选了十多个男孩子充当"武工",每天都挨打。那天拍摄日本鬼子偷袭的几场戏，有个孩子动作慢了点，导演急了。教练一看导演发火了，不容分说，一大皮鞋把那个孩子蹬出去老远。

谁看都不公了，我宣布："今天不拍了，说清楚，你们为什么老打这些孩子？"我把所有人都叫出来，"我早就看不惯你们打人了！"导演只当两面派说："保证今后不再打人了。"总教练也说好话给大家听。

我问那个孩子："伤着了没有？如果伤着了让他拿钱治伤。"

他说："冯老师，没有伤着！我明天回去了，不干了。"

我看着他很委屈的样子，叹了口气："唉！不干了这个月的工资都没有了，听我的话先干满这个月再说。"

第二天上午接着拍摄昨天的戏，那个孩子果然没来。吃过中午饭不久，从山上来了二十多个小伙子，手里都拿着一根两米左右的大棒子，从后面进入拍摄现场，他们二话不说进屋一通儿乱砸，当场把两个武术人员打成了重伤，趴在地上起不来了。那三个人一溜烟儿地跑上了山，躲避起来了。在雪地里，他们待了一天两夜，饿肚子还不算，手脚都冻肿了。当地公安局派人解决了，他们三个才回剧组，这时剧组已经停工三天了。武术戏暂时拍摄不了，只好先改成拍文戏。

五、又忆《关东渔王》

查干湖的冬季

《关东金王》《关东渔王》《关东煤王》是松原市文化艺术集团冷雪松筹拍的三部大戏。

《关东金王》在央视播出后开始拍摄《关东渔王》，我们从十一月份开机拍摄查干湖冬捕。查干湖的冬季，零下三十几摄氏度的湖面上热闹非凡，人来人往，车水马龙，汽车、马车、耙犁、手推车来往穿梭，人声鼎沸嘈杂。一片片捕区分工明确，一排排马拉"绞索滚动拉网盘"，吱吱嘎嘎叫个不停。渔民们都各自分班作业，四天至五天一网，一网下来，若是有三十万斤的鱼就"红网"了。渔民们就在临时工棚外敲锣打鼓，洒酒祭天。如果捕捞几万斤或者十来万斤就不是"红网"，他们就偃旗息鼓，不做声张，别的捕捞队就知道他们收成不佳。于是鱼贩子们就往"红网"区域集中,第二网如果是"红网",他们也会把第一网的鱼一起卖完。一到冬天,不管最后一网是不是"红网"都要入鱼库,等待来年开春再卖。

查干湖每年十月封,十一月进入捕捞季节,到捕鱼期冰冻厚度一般都有两米五左右,就像一块几百平方千米的大铁板盖在湖面上。十几吨重的拉鱼卡车在冰面上就好像走高速公路一样平稳安全。

湖底有一条深几十米的大深水区域,长十几千米,宽两千米左右,渔民称之为"大清沟"。渔民们都谈"沟"变色,传说这个大清沟每年都会漂移。现在这里的湖底地质结构渔民们一清二楚,重量级的大卡车不准顺大清沟顺向行驶,只能横跨,怕有沉湖之灾。

每年十一月份的冬捕开网祭祀仪式都非常隆重,渔民们盼望着网网红。一排排整齐的腰鼓队、秧歌队、锣鼓队,祭天的供桌上摆放着各种吃食,有馒头、水果,中间的特大供盘里供奉一条大鱼、三碗老酒、几码黄钱(黄金纸帛),渔民们都穿戴整齐,每人手里一炷香,跟随老"渔王"跪在冰面上,嘴里念念有词,而后围绕供桌歌舞一番,把这条供鱼塞进打好的冰洞里入湖,大家把供品分食,每人分吃一口,参加活动的人人都有份,不够分就会用馒头补发。

每年每个捕捞队的第一网鱼,也就是网上第一个浮出水面的鱼叫"头鱼"。据当地渔民说:"头鱼代表着一年万事大顺,富贵有余,号称'一斤头鱼一称金'。"那些有钱的阔佬十月封冻都抢先订购头鱼,并交定金。一般的每斤头鱼都在万元以上。他们都喜欢头鱼越大越好,并且在购头鱼合同上写明,如果头鱼正好是十六斤、十八斤,每斤价格上涨一倍。取一个"六六"大顺和"发发发"吉祥寓意。渔民们很实在,从不在斤两上打折扣,但是像十六斤、十八斤这个数字极少,几十个捕捞队伍一年也碰不上一条。几辈子的渔民严格地遵守着这条规矩,这是老祖宗留下的祖训。

在查干湖上每天都有来回奔忙的高档轿车。这些人可以在出鱼口的"鱼溜子"上挑选活蹦乱跳的鲜鱼。有很多时候鱼一露水就被挑走,往往都是渔工们用手一掂,张口就说出这条鱼的斤两,一般都差不了多少两,而他们也不还价,立刻付钱。他们说吃的就是这"封冻鱼的一口鲜"。

威严的"孙大头"

我们剧组春节放假一个月，三月全组在长春继续集中拍摄，拍摄周期一百二十七天。在这漫长的工作过程中大家都有了一定的工作感情，剧组有一段顺口溜儿："孙大头，于大炮，朱老肥子瞎胡闹。谢常更，导演的爹，录音师骂大街。李老歪短条腿儿，化妆师李大嘴儿。"这段顺口溜儿把本剧的主创人员都写进去了，也反映了本组演职人员的和谐精神。"孙大头"是导演孙滔，大大的脑袋，一张大方而又威严的脸，他对演职人员要求很严，训话时毫不留情。

那天拍摄一组抗击日寇的戏，烟火师带领十几个徒弟从下午一点就在城墙外围、道路两旁、城墙楼上，布置了几百个炸点、弹着点。准备傍晚借天光"密度"拍摄大场面，几台摄像机同时拍摄。各种角度面面俱到，演员调度井然有序。我把现场的话筒分区域布置好了，我录A组，用三支无线话筒录台词，助理李辰录B组城头上的对话，C组助理赵文友录大全景枪战炮声隆隆的效果。一切就绪后全组都像在实战场上一样严阵以待，等待开机命令。

下午四点半天光刚刚有了"密度"，总攻开始了！只听机枪阵阵，炮声隆隆，喊杀声此起彼伏。我的攻城演员台词清清楚楚，杀声比例适度而有层次，这次场面之大无可比拟。导演高兴得手舞足蹈，我几次用脚踹着提醒他别大声喊叫。

拍摄正激烈时，有一位场工穿着一身白色制服冲进画区，动手往炸点堆上加柴草以助火势旺盛。导演发现后火冒三丈，大喊大叫让他快回来！这样大的枪战场面哪能听得见，喊破了嗓子也无济于事。导演拍着桌子大声说："明天一定让他滚蛋！"刚一停机，导演叫现场指挥铁蛋把他拉到工作台边，一通儿训："明天你结账走人。"那个小场工吓得连话都不敢说。经回放检查，他进画面时在右边角上，没有什么大碍。

第二天上午小场工没有到现场，午饭休息时间他来到我身边说："冯老师，铁蛋老师让我找你，我不想出组，我要走了以后，别的剧组也不愿收我。"

我说："今天你先回去，别让导演看见你，明天你等我消息。"

拍完戏收工时我上了导演的车，刚一坐稳，他说："干爹！今天上我的车，我知道你来给小场工说情。中午我早看见铁蛋把他领到你饭桌上去了。"

我说："兄弟！得人饶处且饶人！"

导演说："你净充好人！我根本没有真让他走人。"

我说："导演你真不是人，现场那么发火，好吓人啊！好啦，我下车啦！坐不起你的专车！"

我到车下还听见他喊："一会儿去我那儿喝酒！"

隔天小场工上班就来工作台前给导演道歉，这事就算过去了。

"于大炮""朱老肥子"和"谢常更"

查干湖的冬天非常寒冷，滴水成冰，哈气也成冰，我的录音设备在冰面上一定要做好保暖维护。在北京时我特意做了一个厚厚的棉被子，此时套装在调音台上，拍摄完一组镜头，话筒和线都要立刻收入棉被套。这里零下二十几摄氏度的气温，又是在冰面上，每次拍录放线只几分钟，大长话筒线就成了一条冻僵了的白蛇，直挺挺不能打弯，一旦弯曲就会被拦腰折断，所以收线时都要盘一个两米左右的大圆圈，如果有移动镜头就用三个人拉线。调音台的供电电池一套只能拍摄二十分钟，拍摄长镜头时一定提前计算好时间。导演喜欢自导自演，在湖面上时他就饰演了一个大富豪，坐着爬犁来买头鱼时刚好碰到了劫匪，这一场追逐的戏就有二十多分钟。我要求开机就得入戏，时间卡在二十分钟以内，摄影师于琪中途千万不能停机，我先录一条备用台词。一切就绪后，副导演发出开机命令，然而他的马拉爬犁走得太快，土匪们跟不上，十分钟后被迫停机。第二次重拍时爬犁上多了个有经验的马夫，由他来控制马的速度，这次总算拍摄完成了！摄像师于琪说画面不理想，还想再拍一遍。这次都准备充足了，开机很顺利，谁知道十分钟不到，马的腿一打滑，平身躺在了冰面上！爬犁掀飞出去三四米，导演孙滔四脚朝天仰在爬犁旁边，他的绅士眼镜也碎了，裘皮大衣也撕了个口子，皮帽子不知去向。他爬起来后满世界摸他的眼镜，嘴里还念念有词："马夫！把老子都摔啦！还不帮我找眼镜！"三个助理的大长话筒线也被绞在爬犁上，出事时他们三个全兜着跟头趴在了冰面上，腿脚都摔肿了，好在没人被马压住。我的大长话筒线断成了三截儿，心痛得直骂于琪非要重拍，其实补点近景就够用了。人们呼啦一下围住导演，就怕摔坏他。他一拐一拐地来到工作台时我嘲讽他："这就是你想当演员的'下场'。"他也不反驳，只说："爹呀！我都摔成这样了，也不夸我两句，真不哥们儿！"

后来在拍摄《沸腾的群山》时，他也是想方设法要演戏，在本子上给自己加了五场戏，演一个从武汉来东北帮忙打解放军的"串联人物"。拍摄到中间时发下的生产单中却找不到这几场戏，第二天拍摄时我向导演要台词本，他说："那是我临时加的戏！"我说他是为自己加戏过瘾，他说："你管不着，我有权力加戏！哈哈哈！"全部拍摄完成后回北京剪辑时，他剪辑到此处总是迟迟下不去剪刀。我看他左右为难就数落他："哥！你剪别人的戏时可是毫不留情，'咔嚓'一剪刀，多畅快！"他两眼离开监视器，扭过头来看着我："噢！兄弟在这儿等着我呢？我偏不剪，留两场。"混录的时候他说："看我这两场戏加得多好！"我呛他说："要是别人的，你早'咔嚓'了！"刚好宋佳伦当时也在场，给他鼓掌。他回头说："你们俩一伙的？"孙滔导演就是这样，又爱导戏又爱演戏。

"于大炮"，就是《关东渔王》的摄像师，长春电影制片厂的于琪。他非常喜欢用移动轨道二十多米的大摇臂，常常一场戏一个镜头完成，推、拉、摇、移都在一个镜头里表现出来。画面很好看，流动性非常强，对演员的要求也很严格。但是这就苦了我这个录音师了，往往话筒杆位没处躲没处藏！他是顺手了，却给大家带来很多麻烦。服、化、道都要围着摄像师转，所以大家都公开喊他"于大炮"。

一个芦苇荡的大全景，十几米高的移动轨道，宽广的芦苇荡深处有两个年轻人急急奔跑着，边跑边对话。我的大杆连"现场参考声"都录不上，因为距离远，无线话筒没有讯号。我想用MK816超指向话筒录动效，可这个"于大炮"老是大声吆喝我的助理刘玉林："话筒穿帮了！往后退！往后退！再往后退！"玉林这时候再没有地方退了，三十米的长线已经到头了。

这时候刘玉林的犟脾气来了，他把杆高高举起，站在那里一动不动，任凭于琪再怎么叫就是对他不理不睬。僵持了几分钟后，"于大炮"从高架子下来直奔杆位而去，我一看急忙离开调音台，招招手。五个徒弟们呼啦就把"于大炮"围在中间，我说："于琪！你把镜头稍微紧紧不就行了吗？"

于琪也是个"愣头青"，他大喊大叫："我的画面！画面！"

"于琪你再喊！你再喊我叫你凉快凉快！"他看了一下我的徒弟，也没辙了！

"于琪！你以后少对我徒弟发横，成天嘴里不干不净地骂人。"说完之后我回到工作台。导演很高兴："你俩是针尖儿对麦芒，半斤八两，没有胜负。"再开拍时我叫玉林把话筒往前走十米，"于大炮"只好调整角度。转过年来在杭州横店电影城的《女子戏班》建组时，我给制片人廉振华推荐于琪担任摄像，到横店电影城我告诉他，这次是非同期拍摄，尽情发挥你的"大炮"功能吧！

美工师老朱，人长得又矮又胖，剧组里都习惯称他"朱老肥子"。文学编辑姓赵，成天戴一副金丝边眼镜，在组里见谁跟谁开玩笑，从早闹腾到晚，人们叫他"赵瞎子"，背地里却叫他"瞎胡闹"。服装设计师谢长贵是导演的挚友，孙滔的戏都会用谢老师做服装设计。剧组一有大动作，在协调会上两人总是不合拍，最后往往是"假戏真做"。

在东北影视城拍摄一九四八年解放军入城式的大场面戏时，二百人的解放军队伍略显不足，导演要求再加一百人，可这一百套解放军的服装是个大难题。老谢一听立刻"摔耙子"（闹情绪）："导演的嘴一张一合说得好轻巧！我给你上哪儿弄那一百套服装！我偷都来不及！"

导演嬉皮笑脸："爹呀！你会有办法的！"

谢长贵爱发火，大家叫他"谢常更"，是常年更年期的意思。他猴儿急："叫爹也不行！"

导演也知道怎么对付他，不紧不慢地说："你是我亲爹还不行？咱们组我有两爹，亲爹'谢常更'，干爹冯景山，这俩活爹一个我都惹不起。"

"唉！你俩吵架关我什么事？别把我也扯进来。"我反驳他。

他说："不把你拉进来这架打着没劲。"大家哄堂大笑！

我站起来："我看入城时三百解放军也不多。"

他真急了，说："你到底是哪一伙的？昨天的酒白让你蹭了！"

大家起老谢的哄，导演宣布："明天的计划生产单改后天拍，把后天的明天拍。美工师、照明设备暂时不动，改戏。"

实际老谢心里早有底，上百套军装去长春拉就是了，他故意和我俩打会儿架开开心，可这一点儿不妨碍他是一个办事十分认真的主儿。

第二天从长春用两辆厢车拉来了一百五十套服装，拍摄那天从早上五点开始发放，七点演员就到现场了。再看这位"谢常更"凑到导演身边说："这些军人不够，三百五十人才大气磅礴！"

导演说："没有那么多服装呀。"

"你有人我就有服装！"老谢理直气壮："你让美工、录音和场工都穿上，我提供服装。""爹呀！你在这里挖了个陷阱！"于是导演又临时招呼了十几个人。我那天就随便录点动效，用不着那么多人，只好也去滥竽充数。老谢达到了目的，心满意足地回服装车上喝茶去了，这类事情是经常发生的。

长春电影制片厂有一位道具师左腿短一点，走起路来一歪一歪的，不要说是剧组了，就是制片厂的人们也忘记了这位道具师的名字，都叫他"老歪歪"。我喜欢他对待工作热情而且十分认真的态度，每场的道具摆放从来不出差错。在湖面上拍摄"祭网"那场戏时，桌上摆放了各种供品，每种供品摆放的位置他都要记录下来，以免再拍时道具移位。

祭祀活动第一天，我们把大场面抢拍完后，第二天要补拍环境、供桌和人物近景。昨天收工时"老歪歪"把一只盛果品的大花瓷碗丢在了工作台上，赵文友又把它随手装在了录音箱里。今天摆放祭品时"老歪歪"找不到大碗了，急得快哭了，导演催促抓紧时间，他拐着腿团团转，直跟导演说："再等等！"

我知道他是为了大瓷碗。我把"老歪歪"叫到工作台："你管我叫声大哥，我就告诉你碗在哪里！"

他半信半疑："你给我找到碗我给你鞠三个躬，叫你声大哥。虽说我比你大，我认了！"我叫赵文友从箱子里拿出碗来，"老歪歪"高兴地鞠了个躬，撒腿就跑！我喊："还没叫哥呢！回来！"他扭过来说："美得你！你徒弟偷了我的道具我还没找你算账呢！"

一波三折走西口

《走西口》《下南洋》《闯关东》是中国国际电视总公司的三部曲。总制片人廉振华首先筹拍《走西口》，而后又拍《下南洋》《闯关东》。《闯关东》因重名，播出时改名《角儿》搬上屏幕。

为了决定《走西口》是否同期拍摄经历了一波三折。老廉给我剧本时要求准备两套录音设备，分双机双组拍摄。在筹备会上对于是否同期拍摄各方有了不同意见。制片方坚持同期拍摄，而这个导演却不同意同期拍摄，据说是他拍不了同期，那个时期不能拍摄同期录音的导演几乎没有，大多数导演都想方设法要求同期录音。如果拍摄环境不够录音条件的话，要求能有百分之六十同期拍摄也算是同期，也能达到拍摄的要求。现实是同期拍摄困难大，但是非同期对于央视播出有一定的影响，双方争论不休。最后导演提出和录音师一起去榆次、蔚县等地方"复景"。

在榆次的一座大地主庄园里逗留了两天，我把各个拍摄的场景细细观察了一遍，这个大院非常之大，令人难以想象，几千套房子，几条垂直大街，大街小巷都建造得飞檐斗拱、富丽堂皇。露天舞台和各种办事机构相互辉映，高大的护城墙、护城河都是那么雄伟壮观。拍摄的内景环境要求幽静，没有任何噪声，而它远离公路，汽车声根本听不到，正好是一个理想的拍摄同期环境。这里的内景场次很多，我想在这里同期录音没有什么问题。

我现场和导演说这里没有问题时，他把我叫到大街上说："这么多游客乱说话，你怎么录音？"

我说："有的戏拍摄条件比这还差，我照常完成得很好！请你放心！我会组织游客的。"

他不耐烦地说："我不要低质量的录音。"话说完头也不回地走了！

在榆次的大街上有二十几场戏，附近有一个飞机场，每架次相隔十七分钟，而且前班飞机声刚刚消失五分钟，后班架次的飞行隆隆声已传到我耳朵里，我用秒表卡着估计只有五分钟可使用。

这时候导演问我："这环境你能录音吗？"

我呛他："大院里二百多场戏，这里只有二十场，按照同期比例是九比一，可我们拍百分之六十就是同期拍摄了！"

"复景"到了蔚县是土匪刘一刀的匪窝，这里更是旷野，整个土匪窝棚离村镇很远，这个低噪声的环境使我兴奋不已。在这里待了两小时，导演总是不给我交换意见的机会。

北京密云《沸腾鱼乡》拍摄基地紧靠飞机场。飞机一架接一架，根本没有空隙，不间断的隆隆声使我烦躁不安。这个时候导演笑嘻嘻地来了："怎么样老冯，这你能行吗？"

我急了："我知道，你不敢拍同期戏！"一个星期的为录音"复景"工作组就不欢而散。回到北京后我向制片人详细地汇报了各个拍摄场景的录音条件，能有多少可以利用的地方。我把各种不同程度的"声场扩散"都向领导做了汇报，并且我也保证有百分之八十的场景可以同期录音，不能用的场景让演员后期自己配音，可以弥补得天衣无缝。如果是开年大戏会拿到好多奖项，包括音响奖。

我的建议得到了领导的确认，决定执行同期录音，我的设备、人员都备齐后，制片主任通知我可能有变化。因为导演坚决反对同期，他说根本没有同期录音的条件。双方坚持了两天，制片人考虑离开机还有十多天，临阵换将（把导演换了）恐怕来不及，问我："如果你能联系到某个导演……"

我急忙约制片人找新的导演，不巧的是这位导演刚刚接到一个本子，我只能自己打电话向领导表示抱歉。最后没办法，只能采用这个导演后期配音的方案。

拍摄期间我去过几次现场录制本剧的戏曲片段，发现演员们的台词非常好。忽然我想找几个有特色的演员后期自己配音，另外找配音导演张伟、廖倩夫妇帮忙"对号入座"地选择配音演员。这两个配音导演是老熟人，又多次合作，我把配音样带拿给他们时提出了我的要求，两位满口答应。我又要求富大龙、储智博、吕中自演自配。进棚配音时，一个女演员坚决要求给自己配，配音后，经领导一审查，老廉给我打电话，要求重配那个女演员的。我一下子就蒙了，离政审还有十几天，我能拿出来吗？廉振华告诉我咱们的《走西口》，领导已批准开年大戏，在一月一日晚黄金时间播出。

我急忙调我的徒弟范卫军来帮忙，改台词的事我又联系廖倩说明情况，二位配音导演一口回绝了我："女配音我们按照你的要求选择好了，他们不用，我浪费了一个人！而且咱们谈好的经费主任少给了一万。因为咱们多年的关系没有告诉你。"

我也发火了："你一定再找一个人给我配音，否则，冯某人永远不再用你。"

最后她说："要补的四十场，请你们主任加四千元才给你补录。"因为情况紧急我答应了，万万没想到主任坚决不出，说是录音的钱已经出过了。这时候我开口大骂："这是非常时期！如果我完不成任务，一切后果你负责，并且你少给了人家一万元录音费。今天下午五点配音演员到我机房，你要是迟到一分钟，我就给制片人打电话，老子不干了！"果然演员来了先向我要钱，我把钱付给她，她十分内疚地说："冯老师，十分对不起你。"我还能说什么？而后我"埋怨"这两位配音导演！廖倩说："老冯，你不了解当时录完音主任是怎样给我结账的！因我顾及你的面子没有告诉你。"听完后，我说："谢谢你们！希望你也顾及我们制片人的面子吧！"

刚刚挑了这位演员的声音，廉振华匆匆来到机房，亲自传达审片组第二条修改意见，因为是今年开年大戏，审片组要求"净化台词"，把全剧五十三集里凡是带"哦"的口头语都改成"我"。

"什么？什么？你再重复一遍！"老廉一字一句地重新说了一遍，我一屁股坐在沙发上半天没有清醒过来，"晕菜"了。

等我回过神来，慢慢吞吞地收拾我的随身物品，一边给老廉说："这部片子出现的问题太多了！都是人为的，我完成不了！这几个月的劳务费我不要了。工作上的困难我不怕，我能克服。这样不了解实际情况的审片艺术家们，怎么不看看哪儿还有时间修改五十三集的口头语，这五十三集戏有几千个'哦'。所有演员配音时导演要求都带点地方口音'哦'，离政审还有十天了，离播出还有不足一个月。我有九只手都完不成，只好走人！"我拿起东西就往外走。当我回头时发现老廉怔怔地看着我也不回话，也不拦我。我心里一阵酸楚，不能为难几十年的哥们儿，实在没补救的办法了再说。

我背对着老廉说："你怎么不问问我还有办法弥补了吗？"

老廉说："知道你只耍脾气，不会走。"

"回去你把我的原话向那些只顾拿审片费的大艺术家说，如果改动这些个口头语，就等于重新配音，我需要二十天时间重录台词，经费三十万，里面包括配音费、机房费，等等！别说元旦播出，春节都播出不了！"老廉慢慢站起来，脸色很难看，喃喃自语："官僚们的嘴一张一合真要命。"

"老廉！我今天已经开始用两个机房合成了，我雇了两个录音师，每天每人合成三集，争取十天合成完毕，可以提前几天政治审查，今天我先不合成了，等领导意见！如果他们坚持要改，元旦开年热播只能是痴人说梦。"

第二天早晨七点，老廉打电话来告诉我，领导同意你的意见，抓紧合成吧！原来他一宿没睡，向十几个审查委员会成员一一解释。我大声地说："你快睡觉吧！我马上进机房工作。"合成到第四天已经完成二十多集了，我们三个在机房一边合成一边转播出带。几天没露面的导演来到了我的机房："老冯，今天我约了另一个制片人唐珉来谈谈音乐。"我有点吃惊，都完成一半了还谈什么音乐。

等到唐珉来后，导演提出要换作曲的，说："音乐根本用不上劲！我找个作曲家二十天完成全部曲子！"

唐珉一下子傻眼了，说："离播出时间还有二十多天。你怎么不算算时间。"

导演说："这样的音乐糟蹋了我的作品，我要求换！"又说，"这样的音乐录音师为什么不提出要求。"

我压着怒火："五十三集戏，作曲只有十六段曲子，我两次提出增加音乐，开机前老廉约作曲家一起谈音乐，我提出根据本子要求恐怕需要五十段音乐，还不算长短句，作曲家只给了我两段'中性'音乐。我还憋着一肚子气，为了赶元旦播出，还得顾大局！"唐珉脸通红，气得说不出话来。

我又呛他："音乐就这样了！我没时间闲扯。"导演一看唐珉一言不发，大声吆喝："我这部剧作就栽在音乐上了。不过《亮剑》的音乐不就用了两段琵琶来回拨弄，收视率也很高吗？这次我忍了！"说完摔门而去！

从此，在我的机房再也没有见过他的身影，任务完成得很好。元旦播出时我回老家去过春节，接到八一厂大录音棚一个电话，问我《走西口》是否同期拍摄的，我回答是后期配音。原来廖倩导演在八一厂的配音演员说《走西口》是同期，为了证实是配音，廖倩才打电话让我告诉他们是后期配音。

六、难忘《洪湖赤卫队》

有了思想准备，再难的同期录音也能完成

《洪湖赤卫队》（以下简称《洪》）是湖北电影制片厂和湖北影视厅合拍项目。这个本子已经被另一家创作组拍摄完成了，而《洪》剧本的版权属于湖北影视厅，所以两家拍摄单位打起了官司，拍摄完成的这个剧组要播出，湖北影视厅说他们是"山寨版"，没有权利播出。湖北影视厅在官司赢了以后决定拍摄出上等的作品，争取在央视一套黄金时段播出，而且一定要同期录音拍摄，"山寨版"因录音条件是同期录音半途而废。协调会上领导强调：不管花多少钱，需要多少人力物力都全力支持，希望主创人员尽最大的可能在央视一套黄金时段一炮打响。

导演石伟找到我后，先跟我说："这次同期录音困难很大，'山寨版'就是因环境噪声和交通工具干扰而中途放弃了同期录音。湖北影视厅决定要同期录音是下了决心的，现场录音我听你的，全靠你把关。"我提出："现场可通过两种录音方法——现场录和现场补台词来补救，可能延长一点拍摄时间。"

影视厅的领导说全力以赴保证同期录音完成，常戎、温峥嵘、石小满、杜旭东等都是名牌演员，这几个主演的台词功底都特别好，拍摄时一般不出差错。因为是同期录音，导演石伟很注重台词能否过关。

密不透风的芦苇荡

剧组第一站入驻仙桃市郊外的汉江饭店，我们每天赶往洪湖几十千米以外一个叫杨嘴村的附近的石码头江边去拍摄芦苇荡的几百场戏。石码头芦苇荡是一望无际的洪湖东侧的大芦苇塘，这里的芦苇秆都长成十几米高，比手指还粗。美工师们在这里搭建了三套小院，每个小院都把割下来的芦苇当建筑材料做成几十个窝棚，形成三角之式。三个小院都有上千平方米的活动场地。这三个小院有芦林小道贯通，一个大全景可以完全包容在内。我们把这个环境叫芦竹林，粗壮高大的芦竹林遮天蔽日、密不通风，小院里一丝丝的凉风都没有，平时的

温度都在四十摄氏度左右，热气逼人，人们的衣服都湿得贴在身上，尤其是工作人员一步也离不开现场。头一天就有一个化妆和一个美工休克了，这些二十来岁的孩子都顶不住高温，为了救人耽误了不少拍摄时间。演员们可以轮换着在芦苇荡外的河边透透风，通往河边的芦竹林小道成了人们最喜欢的通道。我让录音组四个人也开始轮换，保证三个人在现场，一个人在河边休息一会儿，把身上的汗吹干了再进现场。剧组里属我年纪大，从不出来透风，只有吃饭时去河边。

　　第二天有两个人出现了头疼、恶心，导演把化妆组全部搬出芦苇荡，这样解决了不少问题，但是这三百多米的小路人来人往，人声不断，倒成了录音的心头之患，多次影响拍摄录音，常常是刚刚开机，人声传了进来。没有别的办法，导演就派出一个人拿着对讲机两头联系，可堵住了通道，堵不住人在那里大声说话。后来导演规定：谁在拍摄中说话"穿帮"了，罚款买饮料给大家喝，每次不少于一百元。这个方法很奏效，一连几天拍摄顺利！

　　一天，一个小场工喊他的帮手抬道具，犯了"清规戒律"，被罚了一百元。他一天辛辛苦苦才挣一百五十元，我心里不忍，告诉大家是因为我操作失误才造成停机的。人们不信，嚷嚷着一定罚他，也是故意开他的玩笑。谁知道这个孩子认真，第二天他真从汉江宾馆买了两箱汽水随车运到现场分给大家。一个小工挣钱不容易，我问他花了多少钱，说是花了八十六元。我拿出一百元给他，叫他把剩下的十多块钱明天给我捎瓶二锅头来，那孩子照办了。以后几个月里，现场一有人说话影响拍摄，他都会帮我维持秩序。人们都叫他"录音小助理"。

　　拍摄中我对台词要求很严，停机非常多，演员们大部分向我提意见，杜旭东往往对着干，也大声说："老冯，你这样要求演员，咱猴年也拍不完。"我也呛他："猴年拍不完还有马月，请'大个子小旭东'听话。"他咧开大嘴就笑。

　　后来杜旭东常为别的演员"搭台词"。他搭台词的节奏、语气和拍摄时一样，他连喘气、"水词"都搭得非常准确，后期剪辑都能用上他搭的台词。杜旭东和我说："如果我拍摄的时候，有的台词里有杂音甭停机，我一会儿拍别人的时候给你重录。"我们俩合作很默契。

可怕的血吸虫

石码头的芦苇荡是这地区的血吸虫病多发区。当地老百姓的防范意识很强，他们一般不吃附近的鱼，下水穿着胶皮筒子鞋，也不让水牛在水中浸泡，怕传染了血吸虫。这个情况剧组没有人知道，尤其是演员们，拍摄时间都光着脚穿着草鞋，将脚丫子直接泡水里。二十天后一个化妆的女孩子在现场休克，急忙送去仙桃市人民医院，后来医院证明她感染了血吸虫病毒，可能会落下后遗症。消息传到剧组后，剧组的人都向看拍摄的老百姓打听，他们说："你们拍摄的现场是我们不敢去的地方，那块地方是血吸虫病高发区，每年割上来的芦苇都要消毒处理后才能用。"

我在现场拍摄没有听到消息，到换场时候演员们都走了，河边没有人了，我们也跟着回到宾馆。第二天我们都装车准备出发了，看看车场没有一个人，全组罢工了，大家都不出门！后来在饭堂里召开全剧组大会，人们向制片商提出几个问题："一是你们采景时候知道这里是传染区，为什么不改选拍摄场地？二是既然你们知道这里是传染区，为什么不提醒大家注意穿不露脚的鞋？三是为什么导演拍摄中穿着高腰大皮鞋，还要演员穿着露肉的草鞋，为什么不把演员的草鞋换掉？"大家一连串地向制片方提出问题，要求制片方答复。

这时候的制片方像热锅上的蚂蚁团团转，到第四天湖北影视厅领导来到汉江宾馆，做出最后决定：从仙桃市人民医院抽调了十多个医生，带着医疗器械来宾馆给大家抽血化验，有病的全包治了。每人有一份影视厅的保证书，一年内如果有发现患血吸虫病的病人，影视厅全费出资治疗。剧组人员拍摄完成后三个月，各自去医院做检查，影视厅会跟踪服务，拍摄现场要组织地区专业技术人员向水中每天洒防虫药消毒。

经仙桃市人民医院抽血化验，有三十四人有可能被传染病感染，其中有我！凡有怀疑的人员都去医院复查，我去医院检查两次，最终确诊没有传染上病毒。

经过十来天的交换意见，剧组又在芦苇荡开机了。我们录音组每天出发最早，到拍摄点能遇到洒药消毒的人员。他们说："只要不沾水绝不会传染到人，一般来说人民医院每年都复查，我们也习惯了。"听当地人这样说，我们也就放心了。

转移瞿家湾

我们在芦苇荡拍了四十三天，完成了所有芦苇荡镜头，而后转移到革命老区瞿家湾。瞿家湾镇距离洪湖市城区八十五千米，与监利县（现监利市）接壤。第二次国内战争时期，这里曾经是湘鄂西苏区的革命中心。一九三一年至一九三二年是中央湘鄂西省委、省苏维埃政府、省军事委员会，以及下属二十几个单位的驻地。贺龙、周逸群、段昌德、谢觉哉、柳直荀等都在瞿家湾领导过根据地的武装斗争。

导演要利用这些旧址实景拍摄，不过有的环境狭窄，耍不开架势。虽说录音举杆受到限制，但声场极佳，台词动效一次录制完成。这里的老百姓见到过不少剧组，但基本上没有围观群众，而且在拍摄时过往的群众都会主动放轻脚步，有事互相打手势，不说话。

在拍摄渔霸和手下对话时，来了几个小学生，一看我们正在拍摄都用手捂住小嘴打手势，不发出声音来。我特别感动，停机后我问他们："为什么捂住小嘴？"

他们说："你们在录音！"瞧瞧这些孩子多聪明，我急忙拿出饮料请他们喝，只有两个孩子拿着，剩下的几个一溜烟儿跑了。

在洪湖赤卫队外围墙院的高墙外曾经发生过一次激烈的枪战，按照资料美工们早已布置好了房顶机枪阵地方位，房子上面的炸点也是按历史图片装上了粉式炸药包，也就光炸点烟火，没有任何破坏力。瞿家湾的一领导小组复查景点区的炸点，坚决不让炸。美工怎么解释都不管用，他们就怕这座地主庄园被损坏。

瞿家湾政府对这里的文物保护非常严格，这里拍摄过很多影视作品都没有先例。通过半天的商量才在瞿家湾有关负责人的监督下，每个炸点都用两平方米的铁板垫在下面，还在铁板周围喷上灭火粉才算安全。

第一遍拍摄下来因为机枪、炸点火力太猛，听不见台词，有的还听不清楚，导演和我商量最好不补拍了。那就利用现场环境马上配音，一会儿摄录就准备好了。我利用二声道配音，留下了一声道的枪战效果。配音完成后导演让两个声道一起放还音，我把摄像机头的音量控制按钮稍加调整，放出的声音的声场空间距离、声场扩散、声场色彩十分好听！大家鼓掌欢呼！导演说："这是我和老冯早已设计好的录音方法，'山寨版'为什么没有同期录音成功，他们缺乏的是经验。"我接着说："以后在白洋淀拍摄水上镜头还是要用这种方法，因为白洋淀机帆船太多，还会给大家增加点工作量，希望大家能够帮助我。"我向大家深深地鞠了个躬。

巧遇王世俊

《洪》剧组刚刚进入仙桃市宾馆,下午我忽然接到世俊兄的电话来:"山弟,你在哪儿啊?很想你!"

我说:"老哥,你在哪儿呢?"

他说:"山弟,我在仙桃汉中宾馆,是石伟导演把我从广州调来演《洪湖赤卫队》的胡子爹。"

我说:"老哥!我们有两年没有见面了,太想老兄了!我去仙桃市探班去吧!"

他一听打趣地说:"哈哈!太好了!你来吧,一切费用我承担!"

我问:"你在几号房间?我马上坐'火箭'飞去汉江宾馆找你!"

他大笑着说:"你又拿你哥开心!"

我看了一下住房表,他在四楼五号。放下电话我就从五楼下到四楼,一推门没有锁,直接进去了,他在床上盘着腿坐着,也不抬头自顾发他的短信:"你找谁?"

我答:"我找王世俊!"

他猛然抬头看出了是我,非常惊讶:"呀呀!老弟!怎么是你?"他跳下床,光着脚一把抱住我,说:"从天上掉下来的?兄弟。"激动得不知道说什么好。我慢慢将他扶上床:"我也是石伟导演找来的。"

"今天晚上也不拍戏,咱俩就在饭厅要两个菜喝酒。"说着话他订了几个菜。王世俊是一个老演员,成年累月不在家,总在外面拍戏,一个接一个,自从老伴儿过世更是不着家。他把挣的钱不管多少统统给儿子,一个十足的"老江湖",纯粹的"流浪汉"。我和八一电影制片厂的孟子琳商量着给他找个老伴儿,他总是说兄弟拿他开玩笑。

我们俩从《希望的田野》《关东金王》《关东渔王》开始,接连不断的十多年都在一起拍戏。多少年几乎每天都有短信,通电话,至今已有三年没见,世俊说是老天爷安排的。他身体不太好,每每回北京还是饥一顿饱一顿,没有人好好照顾他,他儿子每天上班也照顾不过来。他身体状况不佳,主要是在京休息时间身体得不到恢复,故而瘦骨嶙峋。今天在一个剧组里,我想好好照顾他,他这段时间精神很好,也吃得多了些。他一顿饭就是半个馒头几口菜。我有时逼他多吃点,他说我把猪喂肥了好杀肉吃。

剧组转场到了瞿家湾时,常常不见他吃饭。那天上午不拍戏准备下午拍夜景,十一点发生了日全食,人们都下楼观看,我找不到他,去他房间一看还在睡懒觉。把他叫醒后,他问我什么时候了,我这才知道他连早餐都没吃。剧组的伙食非常差,大多数都是白菜炖鱼一个菜,大多数演员都不在这里就餐。吃小锅儿饭的导演们,从不进食堂,可想而知我们这些工作人员。世俊的身体状况非常不好,我每天如果不拍戏就是他的"跟屁虫儿"。当转景到白洋淀,他的身体好些了,已经拍摄了五十场戏,还有九十场等待去横店影视城拍。到白洋淀后因为剧组人多分几个地方住,剧务主任特意把我和他安排在一栋楼里,离导演有五千米之遥。

过了几天,他非要拉我去安新县城吃驴肉。我拗不过他,只好嘱咐赵文友去录。剧务主任破天荒地派出一辆汽车送我们俩到县城。吃过驴肉后他还给导演石伟买了几个大驴肉火烧(他知道导演爱吃),有谁能知道这是我们老哥儿俩今生今世最后一餐!

三天后,他在白洋淀拍船上的戏,我忽然发现世俊的腿肿得好粗,脚也肿了。拍完戏回住处时他走路都费力气了,我马上打电话给导演说明了他的情况,第二天拍戏回来知道他儿子已经把他接到北京住院。当晚他给我发来了短信:"山弟!我已经住院,经检查是肝腹水。"然后我又嘱咐他多休养。想着这几天也没办法安心拍戏,和导演商量我回北京去探望王世俊。一会儿导演和统筹孟子琳开车来找我问情况,我告知导演,世俊的病是肝腹水,他们知道这病拍不了戏,并且通知副导演快找一个"胡子爹"来接拍世俊的戏!

剧组从武汉话剧院找来了一个演胡子爹的演员,想尽快趁着芦苇叶还没黄的时候把王世俊在石码头芦苇荡拍的近景全部补拍,瞿家湾的近景到横店再补拍。

趁着这几天补拍,又都是一个人的近景。我快速回京探望世俊,进到医院病房里看见他已经瘦得不成样子了,本来瘦小的身躯现在显得更加矮小了,他喘着气伸出双手,我抱着他,这一刹那我感觉他浑身都在抖动,冰凉的手有气无力地示意我坐下来。

我问他:"你儿子呢?"

他气若游丝地说:"回家取东西,一会儿就回来。"

我把带来的绿竹插到瓶子里,放到他床头柜子上说:"剧组拍完白洋淀的戏转场去横店,到时候我把你的剧本什么的都给你带去,我在那里等你!"

他用很失望的眼神看着我,轻轻摇摇头,小声说:"回去你给导演说,我对不起他!"待了半小时,怕累着他,我起身告辞,他拉着我的手久久不愿放开,我扭过脸去,怕他看见我的眼泪。

"世俊!好好养着,拍完了戏再来看你!多保重!"我出门时忍不住一回头,他已是满脸的泪水。"山弟!慢走!"我摆摆手赶紧逃跑,全然崩溃。

过了几天,他儿子来电话说,爸爸已经回家养病,我知道那是病危通知书,随即我发去了一个短信哄他开心:"昨夜幽梦忽到京,急到医院看吾兄,蓬头垢面衣衫破,两眼泪水垂满襟。兄何故这尊容?"几分钟后收到了他的一回信:"山弟!我知道你是给我开心,我无能为力了!这是儿子代我答复你!山弟!保重!兄世俊!"在转场去横店的汽车上,大家问起王世俊的情况,我把给他发的短信和他回我的短信让大家传阅了一番,车上有些人和他合作过,都说太可惜了,毕竟才六十八岁!

在横店收到了我最不想听到的一个电话,是他儿子的,说:"爸爸今天已经走了!"经常演王震的演员逯长恩接过电话说:"老冯!我们又少了一个哥们儿,不过丧事办得很好,放心吧!"

挂了电话,一时间好像有什么压着我,压得我喘不过气来。最遗憾的是这么多年,我俩一张合影都没有。我老说抽时间去坟上看看,到今天还没有成行。

七、我的渡口

湖北省的清江南北横穿恩施市,流过宣恩县时拐一个弯路过覃家坪。这里有一个码头,人们来回办事就靠几只木船当交通运输工具。这里山高坡陡,至今还没有一座横跨大桥,这里有一家祖祖辈辈当渡工。

我们拍摄这个故事的时候,据当地老船工说,他已是第四代了。这里曾经发生过许多感人的故事,不管刮风下雨、早早晚晚,只要有人渡河他都不会拒绝。这里摆渡的人们,不管大人还是年轻人都习惯地叫声"渡爷爷"。

这个演渡爷爷的就是湖北话剧院的,第二个《洪湖赤卫队》的胡子爹。导演给我介绍时,我说这不是胡子爹么?在《洪湖赤卫队》拍摄时我都喊他"胡子爹"。一喊"胡子爹",我自然想起王世俊,故而喊得很亲切。"胡子爹!你好哇!"他愣了片刻:"冯录音师。"他立刻埋怨导演建组时,不告诉他老冯也在。导演打趣:"谁知道老冯是何许人也?"说完大笑。

这边的蚊子、小咬、蚱蜢特别多,只要你坐下就会听见不断的"嗡嗡嗡"的声音。被咬是常事,每天都十几个大红包。有些人都买了面罩套在头上,虽说热点,总比挨蚊虫咬好多了。我头上戴着耳机无福享受头罩的恩惠,任凭它们咬,如果正在拍摄的时候咬我也顾不上打。几乎每天我的脖子上、耳朵两侧都会肿起来,天天喷药也不太管用。后来脸也咬肿了,一块块鼓起来红红的，火辣辣地痛，每天晚上回家用买来的药洗，我穿着长袖衬衫也没有躲避的地方，都咬糟了！因为别人在拍摄时可以活动一下，唯有我戴着耳机像个"死榆木疙瘩"，只有挨咬的份。

后来宣恩电视台记者采访了我们，并把我的"尊容"在每天晚间新闻节目播出。有时候去大街上买东西，有些人会认出来我是拍电影的。过了几天县里派出了医院卫生队来现场送药，他们给我的药最多，也最关心我，说我是"大明星"。

一天，拍摄到一半时江上下起了大暴雨，一连三天不晴，大雨滂沱引发了山洪。江上水位一下子涨了九米，把原来美工搭的木码头深深压在水下五六米深的地方！山洪暴发冲刷下来很多树枝、树杈，以及大量的水草，满江挤得不透风，江水流速很慢，原来清清亮亮的蓝色江水被漂浮的杂物黄泥汤搅在一起。

导演像个傻子也不说话，制片人咬碎了牙齿往肚子里咽。当地人说，江水下去很快，有一个星期就差不多了，若江水变蓝还要等几天。等吧！剧组歇工了，美工们天天往江边跑，查看详情。后来干脆让美工们住在覃家坪，好随时报告。

这几天，我和"胡子爹"经常在他屋里喝酒。谈起《洪湖赤卫队》的第一个胡子爹王世俊时，他说知道他，但没有见过面，说是因为世俊肝腹水，导演才找了他。他说如果不是这样，这个"渡爷爷"可能还是世俊的。我很感慨，唉！都过去三年了。

这几天美工们都在江面上打捞杂物，等待水落到原来水位时，已经九天没有开机了！江水没有了漂浮物，但水质还不太清亮。因为我俩老一块儿喝酒，"胡子爹"的眼睛都喝红了，剧组里老埋怨我。只好先拍大全景、全景，留下中近、近、特写镜头等一切条件好了再拍。这部戏拍摄得不顺利，全组就我损失大。

八、我的收山之作

二〇一七年，反映一九四八年剿匪的巨片《沸腾的群山》在东北影视城建组。在北京时我向剧组要主要演职人员名单，发现都是故旧知交。职员的摄、服、化、道大部分都合作几十年了，几乎年年如是。

我急忙打电话给导演孙滔说："滔子！我看了演职员表后，我要给你交一个满意的卷子。因为这是老冯今生的最后一部戏。我今年七十二岁了，该'杀青'了。"

导演说："我不明白。"

我说："年纪大了，再一个也该给年轻人让地方了。我如果不走，一半徒弟不能上台子。"

导演说："你进组后咱们再好好聊聊。"

"滔子！我不听你给我上政治课。"电话里传来友好的骂声。

在开机仪式的大会上，导演："这部戏我俩'活爹'都来了。"下边附和声："我们知道，一个'谢常更'，一个冯景山。"人们哄堂大笑，而后导演把他作的一首诗咏给大家听，导演很激动，也很动情，演职员们欢欣鼓舞。

拍摄十几天后听说作曲家来剧组了，制片组就安排我和他聊聊，原来他还兼顾本组财政。见面时他说："《西游记》里猪八戒背媳妇里的板胡是我演奏的！"他这一说，我俩谈话的气氛就热烈起来了，他说他是写歌剧的，有不少交响乐作品。当谈到这部戏的作曲时，我问他原来写过什么电视剧，他说基本没有，我有点失望，但又一想人家是作曲家，又是管财务，肯定根基不浅。我也顾不上许多了，直接谈我对音乐的一些看法。谈到按照本子段落有些想法时，他只谈他的交响乐，最后我告诉老师："这是年代戏，应该有些地方味道。"他说没问题。我悻悻地回到宿舍，心里闷闷的，想着：难道又像《走西口》《水草》一样，让我三番五次地逼制片人廉振华向作曲家要求加音乐？如果这次音乐不成熟，那也是命。再想想自古以来哪有录音师净"狗拿耗子多管闲事"，每次为音乐得罪那些作曲家。虽说如此，这几天我心里老想着要不要和导演和廉振华说。又过了十多天，老廉叫我去他房间，我趁机谈了我对这部戏音乐的想法。最后我对老廉说："我很自私，只怕音乐没有品位，耽搁进度。"老廉让我之后再谈。

没有几天，我把老廉和作曲家叫到一起喝酒，再一次和作曲家提出更具体的要求。这部戏的男一号是当时大名鼎鼎的宋佳伦，他原来叫宋凯，我习惯叫他原名。这次我问他："你为什么改名字了？我叫着不顺嘴！"

他爽快地说："你叫我什么都行，不过是因为演戏时候老挨摔，有人说我的名字改一改会好些。唉！你甭说，从我改叫宋佳伦后一次都没有挨过摔。原来叫宋凯常常鼻青脸肿，也是奇怪。"

我也说："怪不得改名了。"

戏拍摄了一多半，他要拍一组骑马打枪的镜头，十几匹马在大街上追土匪，他一个打枪的动作没有把握好从马上栽了下来，当下就把腰摔坏了，动不了了。在沈阳住了几天院，打上固定板，缠上绷带回剧组养伤。为了不耽误进度，剧组先用替身拍摄全、中景。在拍摄不紧张时我抽空去他房间看望他，他老婆也被调来当护理。

一进门我俩开玩笑说："你这次挨摔只怕是我喊你宋凯而显的灵。"

他哈哈大笑说："兴许是！兴许是！以后别再喊我了！哎呀腰疼，笑岔气了！"

我打趣地说："老天爷就是眷顾你们这些名人！知道这几天冷不让你出门，哈哈哈！"

《沸腾的群山》共五十二集，用了九十七天拍摄完成。大家都开始领劳务费，收拾设备准备回家了。听说张金花、贾元元二位老总要换作曲，我急忙上赶着去打听消息，贾总说要用李戈作曲。

我心里一阵高兴，问贾总："为什么要换作曲家？怎么认识李戈的？"

贾总说他听过李戈《黄河绝恋》的音乐。他问我："你认识李戈吗？他的《黄河绝恋》曲子太好啦！"

我当下拨通了李戈的电话，他在电话里问："你在哪儿啊？冯老师？"

我说："在贾元元的《沸腾的群山》剧组。"

电话那头传来李戈激动的声音："这么说咱哥儿俩又一起合作了！贾总没有告诉我录音是你！"

张金花打趣地说："你们既然认识就省得我们再介绍了。"

我说："我们合作多年了！我也是从《黄河绝恋》的音乐认识他的，我给李戈推荐了几部戏的作曲，都很成功！"

贾总说这是缘分。这时候导演接过电话又一通说了半个小时，我在旁边直提醒导演，我的话费不多了。他在电话里跟李戈说我是"冯老抠"，李戈给导演保证这次一定拿出像样的曲子来。

二〇一八年十一月七日下午八点，我混录完了《沸腾的群山》最后一集。混录到第五十二集时，我放慢了混录的速度，这是我今生今世混录的最后一集片子了，那一刻我双手捂住调音台的八路"推子"，久久舍不得离开，只要我一松手就和这些相伴几十年的设备永别了！

当最后一个音符落地时，监视器里没有了画面，监听喇叭里没有了声音，一切都空寂了。我呆呆地坐在那里，脑袋里一片空白。我老跟别人说，这部戏是老冯的"杀青"戏，真的"杀青"了，又是这样地留恋不舍。

当后边响起掌声时，我才意识到失态了，我也不敢再看导演他们。我背对着他们慢慢收拾东西说："导演，你们先吃饭吧，我一会儿家里有事，不吃了。"而后装作十分从容的样子退出录像带，在片盒儿上工整地写上：《沸腾的群山》第五十二集，一声道播出带，二声道国际声。

从学录音到这天整整四十九年。这四十九年来有多少日日夜夜我通过调音台和广大观众交流感情，这中间体验了多少风风雨雨，多少磨难，多少不为人知的辛酸苦辣。经历了多少个日日夜夜，多少个成功的喜悦，还认识了多少个熟悉的面孔，多少个挚友！再见了，我只要跳出这个圈子，就不会再打扰你们！

下篇 | 敢问"录"在何方　251

作者在剧组的照片

采文十指下，悠然逢景山（代后记）

　　反复修改，几易其稿，冯老师夙兴夜寐，终于完成了自己的心愿。当你翻阅到此页时，你已陪伴这年近耄耋之年的老冯头回顾了他可爱、有趣、富有传奇色彩的尘烟往事，大半生流连。很难想象这本书从起笔之日起，每一个字、每一个标点符号都是冯老靠一部手机完成的，套用陶渊明的诗，正是"采文十指下，悠然逢景山"。这也是他告别外出采访、实景录音舞台之后的又一次"指上功夫"。当年也因工作的特殊性，很多采访活动没有保留任何照片，不得不说是一个遗憾，但冯老朴实的文字和真情还原弥补了这一残缺，令人欣慰。

　　窗外日光弹指过，席间花影坐前移。仿佛须臾之间，电视剧《西游记》也到不惑之年，四十年悄然而逝。如今，静听冯老细数旧影斑驳的过往岁月，看着他艰难而又执着地点手机按键，回眸曾经的点点滴滴，实为感慨。

　　一九八七年"齐天乐"春节晚会前夕，"金池长老"程之和"黄眉老佛"曹铎光临《西游记》的机房，映入他们眼帘的是简单得不能再简单的设备：两个话筒，一台九寸的监视器，一台十二寸的监视器，一台2860录像机，两台720开盘大座机，一台录新闻淘汰下来的上海产六声轨小调音台，采访用的"艾格拉"录音机做前机。就是这些毫不起眼的"土"设备，陪伴了我国第一部大型神话电视连续剧走完了艰苦卓绝的六年，完成了极为艰难却又非常漂亮的"补妆"——为《西游记》配音的工作。

　　即使现在也无法想象当年《西游记》的录音棚是用几个棉被、褥套、大屏风打造而成，更无法想象这破败不堪的录音棚能烘托孙大圣上天入地的神仙音效、声动寰宇的如来玉音、苦斗天兵的震天动地、奋战妖魔的激烈艰辛。这些声音与各具特色的众多场面联系在一起，汇成一个整体，从而得到了最具观看效果的电视剧集，完成九九八十一难的述说。

　　不管道路多么曲折，他和他的战友、"棚虫"们用六年的时间，用唐僧西天取经的精神战胜了一切艰难险阻，完成了任务。有条件要上，没有条件创造条件也要上。即便如此，每每提起，他对整个过程多个细节深有遗憾。二十世纪八十年代技术条件的局限阻碍了《西游记》更加理想状态的呈现，有太多的想不到，太多的不容易，他们都做到了。在人生漫长道路上，曾经的细节都是瞬息，如今都已过去。就像孙悟空说的那样，天地本不全。电视艺术本就是遗憾的艺术，但电视剧《西游记》留给观众的记忆却是完美，是永恒，是对一个时代的怀念。怀念那个万众一心的年代，怀念那段激情似火的岁月。《我为〈西游记〉补妆》从表面上看是对这部剧音画效果中的"音"的一个补充，是给这部剧增色、"补妆"，其实我觉得这更是对每个幕后工作者表达的敬意。

　　正如冯老说的那样，那是一群不可复制的人，他们在做一件有追求的事情。艺术是他们的唯一，纯粹、自然。自我的名利得失，永远不被他们萦怀，冯老师在向你我讲述那段艰苦岁月时，提到最多的是感谢：他感谢杨导的赏识；感谢台长阮若琳的大力支持；感谢与王崇秋老师的偶遇；感谢那些和他同甘共苦的战友们；感谢那个伟大的时代。

　　如今那个简易的录音棚早已没了踪影，但是从那里腾空而起的神奇绚丽的天籁早已飘过了一个又一个时代。时间定格在那个最美的年华，声音记录下曾经的时光。岁月不居，时间如流，但屈指西风几时来？又不道流年暗中偷换。

　　电视剧《西游记》自诞生以来，陪伴了一代又一代人的成长，我仿佛又回到了儿时那座充满童年时光的小院。序曲骤然响起，那一刻我被快乐紧紧包围，那时你我怎么也不会想到，它将成为我们终身的伙伴。戏里的人依旧年轻，戏外的人在慢慢长大，慢慢变老，但西游人斗罢艰险、翻山涉水的精神将激励一代又一代年轻人去踏上他们的"西行之路"，取得属于自己人生的真经。戏里戏外，台前幕后已成为你我一生的牵挂，一生的执念。耳边仿佛又唱起："人生贵在有追求，哪怕脚下路悠悠！"

部分作品

《西游记》（1982 年）	担任录音师、配音导演，其中第四集荣获中国首届全国电影电视技术学会声音奖。 （导演：杨洁；主演：六小龄童、徐少华、迟重瑞、马德华、闫怀礼）
《西游记外传之坑人大饭店》（1988 年）	担任录音师。 （导演：荀皓、任凤坡；主演：李建成、李云娟、李嘉存、黄斐）
《针眼儿警官》（1992 年）	担任录音师。 （导演：彦小追；主演：冯远征、刘佳、韩童生）
《长流不息》（1992 年）	担任录音师，获中国第三届全国电影电视技术学会声音奖二等奖。 （导演：袁牧女；主演：周海媚、周里京、马羚）
《琉球之风》（1993 年）	担任录音师。 （导演：杨阳；主演：修宗迪、郭良、修健）
《弘一大师》（1996 年）	担任录音师，获第十七届飞天奖优秀音响奖。 （导演：潘霞；主演：佟瑞欣、张金元）
《贾里的故事》（1996 年）	担任录音师。 （导演：秦竞红；主演：肖岳、沙磊、迟蓬）
《冰糖葫芦》（2001 年）	担任录音师。 （导演：翟俊杰；主演：张光北、许还山、林连昆）
《我们的连队》（2001 年）	担任录音师。 （导演：李俊岩；主演：罗刚、刘敏涛、初星一、吴军）
《军歌嘹亮》（2002 年）	担任后期制作。 （导演：李舒；主演：孙红雷、陈小艺）

《希望的田野》（2003年）	担任录音师。 （导演：孙沙；主演：程煜、沙景昌、张凯丽、柏青、侯天来）
《红领章》（2004年）	担任录音师。 （导演：李俊岩；主演：高冰、栓子、黄维娜）
《关东金王》（2006年）	担任录音师。 （导演：张仲伟；主演：王新军、盖丽丽、范雨林、谢兰）
《女子戏班》（2007年）	担任录音师、配音导演。 （导演：张世纯、熊见平；主演：段奕宏、邢宇飞、颜丹晨）
《关东渔王》（2007年）	担任录音师。 （导演：孙滔；主演：孙洪涛、姜立福）
《走西口》（2009年）	担任录音师。 （导演：李三林；主演：杜淳、苗圃、富大龙、杜志国）
《地火》（2012年）	担任录音师。 （导演：陈健；主演：朱亚文、苗圃、杜志国、吕一）
《我的渡口》（2012年）	担任录音师。 （导演：石伟；主演：周光大、刘军）
《沸腾的群山》（2017年）	担任录音师。 （导演：孙滔；主演：宋佳伦、杜志国、梁林琳）